PLAISIR COUPABLE

LES NUITS DU CAMPUS

REBECCA JENSHAK

RÉSUMÉ

Raisons de ne pas craquer pour Adam :

    1) C'est le frère de ma meilleure amie.

    2) C'est mon voisin.

    3) C'est le capitaine de l'équipe de hockey.

    4) C'est un monogame invétéré qui a renoncé à sortir avec des filles.

Raisons de ne pas faire semblant de sortir avec Adam :

    1) Voir ci-dessus.

    2) Il ignore qu'il me plaît... vraiment beaucoup.

Mais est-ce que j'écoute l'une de ces très bonnes raisons ? Bien sûr que non.

Bon, grâce à mes talents incroyablement convaincants d'actrice, un faux rendez-vous avec lui et il finit par devenir mon faux fiancé (oups !).

Ce petit plaisir coupable risque de me faire perdre la tête.

UN

REAGAN

Cancer, aujourd'hui vous pourriez vous sentir abattu. Reprenez-vous. Sérieusement, tout le monde est abattu ces jours-ci. Ne stressez pas et ne prenez pas de grandes décisions. Prenez soin de vous, méditez et gardez de l'énergie pour les événements excitants qui arrivent en fin de semaine. Vous gérez !

Peu de choses font plus peur que ce moment où l'on se réveille d'une cuite et que tous les événements de la veille reviennent avec une clarté très sobre. Mon ventre se tord et tourbillonne, ce n'est pas à cause du vin que j'ai bu avec Ginny hier soir. Même si ça n'aide sûrement pas. Ce n'est pas non plus à cause du manque de sommeil. Nous avons bu, ri, élaboré des plans audacieux, comme on fait quand on est bourré, jusqu'à ce que la nuit laisse place aux premières lueurs de l'aube.

Je me redresse dans mon lit et ferme les yeux, très fort. Mon cœur tambourine.

Des paillettes dorées sont étalées sur ma couverture. Du papier cartonné et des feutres sont éparpillés par terre et sur mon bureau. Plusieurs prototypes ont également été jetés dans la pièce. Des cœurs de diverses tailles dans six différentes nuances de rouge. C'est comme si une étagère de cartes de la Saint-Valentin et un magasin d'arts créatifs faisaient un bébé, et que ce bébé vomissait partout dans ma chambre. Ne jamais sous-estimer l'ingéniosité de deux filles qui ont bu une bouteille de vin.

Oh non. Non, non, non, non.

Fini les rencontres en ligne. Au moins, le type d'hier soir n'avait pas quinze ans de plus que l'âge déclaré sur son profil. Que dire ? Mes critères sont peu nombreux, mes attentes encore moins, grâce à de multiples rendez-vous allant de l'ennuyeux à l'horripilant. J'abandonne les rencards, je vais me concentrer sur mes amies ou n'importe quel truc cliché que les gens disent quand ils ne supportent plus d'aller à un autre rendez-vous pourri. D'autre part, mes amies sont géniales ; la preuve en est qu'hier soir, Ginny est venue m'épauler après un autre rendez-vous raté. Toujours prête à s'amuser et à me consoler avec du vin et de la glace, mon amie s'est pointée dans l'heure qui a suivi.

J'aurais vraiment mieux fait de rester au lit hier. Mon horoscope disait que je devais tirer le meilleur des pires situations. Le meilleur du rencard d'hier soir... eh bien, je le découvrirai quand ma tête arrêtera de me marteler.

L'appartement est silencieux alors que je quitte ma chambre pour aller dans la cuisine. Ma colocataire, Dakota, est déjà partie en cours. Si elle avait été là hier soir, elle nous aurait stoppées. Son semestre est bien rempli avec son travail et ses dix-huit matières. C'est la rationnelle de notre trio. Ginny est l'optimiste, je suis la rêveuse et Dakota est notre dose de réalité.

Je trouve mon téléphone sous les coussins du canapé et j'appelle Ginny. J'ai besoin d'un peu d'optimisme là.

— Bonjour, répond-elle.

Sa voix est rauque et moins pétillante que d'habitude.

— Tu es chez les garçons ?

Par la porte d'entrée, je passe la tête dans le couloir qui mène à nos voisins.

— Non. Je suis retournée à ma chambre quand Heath est parti pour l'entraînement ce matin.

Je vérifie l'heure.

— Ils finissent dans combien de temps ?

— Ils devraient bientôt avoir fini. Parfois, ça dure un peu plus longtemps. Pourquoi ?

— Pourquoi ? Sérieux, pourquoi ?

— Euh...

— La lettre, chuchoté-je avec empressement.

Elle reste muette au bout du fil. Peut-être que ce n'était qu'un rêve. Non, je ne suis pas aussi chanceuse.

— J'ai écrit une lettre à Adam hier soir. En forme de cœur et couverte de paillettes. Ça ne te dit toujours rien ?

— Ooooh. J'avais oublié, dit-elle comme si je ne venais pas de lui dire le truc le plus gênant qui m'est arrivé récemment. Je veux dire, je m'en souviens maintenant, mais j'avais complètement oublié. Il a dit quoi ?

— Je ne sais pas. Je ne l'ai pas vu. J'espère qu'il ne l'a pas trouvée. Sinon, je déménage et je change de nom.

Ma peau devenant moite, j'inspire profondément plusieurs fois par le nez.

— Tu es si dramatique.

Sérieusement, je ne crois pas qu'elle comprenne la gravité de la situation. Je viens d'avouer à un homme qu'il me plaît en lui fabriquant une carte alors que j'étais bourrée. Rien ne fait plus craquer un homme qu'une lettre d'une admiratrice secrète... *Bon sang.*

— Je vais aller la chercher avant qu'il revienne.

— Pourquoi ? Je croyais que tu étais prête à lui dire ce que tu ressentais.

— Tu penses vraiment que je devrais m'y prendre avec un cœur rouge pailleté découpé dans du papier cartonné ?

Elle glousse.

— Ça partait d'une idée simple et ça venait du cœur. Mon frère est un romantique.

— Il a aussi vingt et un ans. Je ne crois pas que le surprendre comme ça soit mon meilleur plan.

— Je trouve ça mignon.

— Eh bien, je retiens pour quand je déciderais de te dire à quel point je t'aime.

— Je préfère les chocolats.

— Ça m'aide.

— Et s'il l'a déjà vue ?

— Alors j'enverrai une carte postale quand je serai installée dans ma nouvelle ville. Je dois y aller.

— Relax. S'il l'a vue, il le sait enfin, et sinon, on trouvera un autre moyen de le lui dire. Tu dois lui dire.

— Promets-moi que tu ne me laisseras plus jamais faire ça pour un homme.

— Je ne peux pas promettre ça. Deux verres de vin et ma raison passent par la fenêtre.

— Encore une fois, ça m'aide.

Elle rit dans le téléphone.

— Envoie-moi un message et dis-moi comment ça se passe.

Après nous être dit au revoir, je jette mon portable sur le canapé et me rends à l'appartement où vivent Adam, Heath et Rhett. J'abaisse la poignée, la porte est heureusement ouverte.

Le salon est désert et silencieux tandis que je me précipite vers la chambre d'Adam. Leur appartement possède le même agencement que le nôtre, avec des chambres de chaque côté du séjour. Heath et Rhett sont d'un côté et Adam de l'autre. Je regarde par-dessus mon épaule en direction du couloir qui mène aux autres portes, m'assurant que Heath et Rhett ne sont pas là.

En m'approchant de la porte fermée de la salle de bain, j'entends le bruit de la douche. *Merde !* Il est là.

Mon pouls s'accélère lorsque je me rue dans la chambre d'Adam. Son parfum m'arrête un instant dans ma course. Du déodorant masculin et du Calvin Klein. Je ne suis pas louche, c'est juste qu'il porte les deux depuis que je le connais. Il y a toujours au moins deux déodorants différents sur le meuble de la salle de bains, juste à côté de l'eau de Cologne Obsession qui m'a marquée pour des raisons évidentes.

La deuxième chose qui me fige, c'est son lit. Ses draps blancs sont froissés, la couette non rabattue. Mon imagination m'échappe et invente d'incroyables scénarios détaillés qui incluent nous deux enroulés dans ces draps. En sueur, mais avec la peau luisante, pas une transpiration dégoûtante.

Mon coup de cœur pour Adam ne connaît aucune convenance. Depuis deux ans, je craque pour mon voisin. Il est juste... tout. Intelligent, gentil, attentionné et protecteur.

Il pourrait facilement être un connard arrogant. Je veux dire, ce mec est vraiment sexy. C'est le capitaine de l'équipe de hockey de l'Université de Valley et il est ridiculement malin. Des A partout et en prépa médecine. Mais ce n'est pas un connard ni un arrogant. Bien sûr, c'est un peu un play-boy. Il vole de fille en fille, mais pas comme ses amis. Adam aime être en couple. Il sort le grand jeu pour chaque fille. Ses relations ne semblent simplement pas durer très longtemps. Il est resté avec sa dernière petite amie un peu plus de trois mois.

Trois longs mois déchirants. Pour moi en tout cas.

Secouant la tête, je parcours la chambre des yeux à la recherche de la lettre. Nous l'avons glissée sous la porte très tôt ce matin. Une image de Ginny et moi à quatre pattes, gloussant et nous disant de nous taire, pendant que nous poussons la déclaration en forme de cœur de l'autre côté, me fait tressaillir. *À quoi je pensais ?*

Je me retrouve à nouveau à quatre pattes, la cherchant désespérément. Une traînée de paillettes me conduit vers le lit. Je cherche à tâtons en dessous. Je sors une chaussette sale que je jette vers la corbeille à linge, puis la lettre. *Bingo !*

Oh, seigneur. La version cauchemardesque ne rendait pas justice. Elle est énorme et criarde. Le cœur est de travers, un côté plus gros que l'autre. Mon écriture d'habitude propre est bâclée. J'ai le vague souvenir de le reconnaître et de déclarer que ma passion ne pouvait pas être contenue et soignée.

Adam,

Mon cœur t'appartient.

Reagan

Avec un autre grognement, je la plie en trois jusqu'à ce qu'elle passe dans mon poing. Même cette phrase n'est pas assez bien pour une déclaration d'amour. Plus de vin. Plus jamais.

— Reagan ?

La voix rauque d'Adam s'abat sur moi.

Je suis toujours à genoux. Rapidement, je me redresse et me force à sourire. Je commence à parler, mais l'homme torse nu devant moi me coupe la chique.

Tout droit sorti de la douche avec seulement une serviette autour de la taille, c'est l'incarnation des fantasmes de toutes les femmes. Un mètre quatre-vingt-douze et quatre-vingt-dix-sept kilos (oui, j'ai mémorisé sa taille et son poids sur le tableau des joueurs de hockey parce que, eh bien, je suis à fond sur lui !), chaque délicieux centimètre est ciselé. Mâchoire, torse, abdominaux et... ce n'est qu'une supposition... fesses.

De l'eau tombe de ses cheveux blond foncé. Mon regard suit une goutte qui descend lentement entre ses pectoraux, ses six abdos, puis finit par être absorbée par la serviette blanche suspendue juste au-dessous de sa taille. Frustration. Toi comme moi, petite goutte d'eau. Ce que je ne donnerais pas pour une goutte d'eau sur sa...

— Reagan ? Tout va bien ?

— Oui, super.

J'ai une voix tendue et aiguë. Des gouttes de sueur sur le front et entre les seins. Pas vraiment la peau luisante que j'imaginais avoir dans sa chambre.

Un coin de sa bouche se retrousse. Son sourire cause ma perte à chaque fois. Il ne sourit pas souvent. Non pas qu'il n'est pas un gars joyeux, mais Adam est toujours sérieux et dans le contrôle. Même quand il passe un bon moment, ses sourires et ses rires sont rares.

Vu ma jeunesse, sa détermination et les valeurs qu'il défend me parlent d'une manière indescriptible. C'est aussi sexy que ces rares sourires.

— Qu'est-ce que tu foutais sous mon lit ?

Ses yeux noisette se plissent, prenant conscience de la scène.

— Oh, je...

Mon poing se referme sur la lettre.

— Je cherchais mon chouchou. Je l'ai prêté à Ginny. Je me suis dit qu'il était peut-être là.

— Un chouchou ?

— Comme un élastique. Pour mes cheveux, ajouté-je bêtement.

Je passe ensuite les doigts dans mes cheveux emmêlés.

— Comme celui à ton poignet, fait-il remarquer.

Exact, pourquoi serais-je en train de chercher un chouchou si j'en avais un ? Cachant mon bras dans mon dos, je souris.

— C'est mon chouchou porte-bonheur. Il est noir avec de petites étoiles dorées.

— Je ne l'ai pas vu, mais je chercherai.

— Merci. Ce serait super.

Le silence est pesant.

— Autre chose ?

Il tient sa serviette. Il attend littéralement que je parte pour se mettre nu.

Bouge-toi ! Fuis ! Va-t'en ! Ne dis rien de plus !

Malheureusement, mon cerveau fonctionne au ralenti quand Adam est dans le coin. Évidemment, il est magnifique, mais ce n'est pas son apparence qui me rend stupide. C'est juste lui. Mon coup de cœur est incontrôlable. Il est devenu si fort au fil des ans qu'il est incomparable. Pas même avec lui. C'est en partie la raison pour laquelle je ne lui ai rien avoué. L'autre raison est bien trop ridicule pour l'admettre, même à moi.

— Non. C'est bon, dis-je enfin.

Je lève la main et lui fais un salut militaire. Un salut militaire ? Sérieusement ?

— Tu as un peu de...

Il s'arrête de parler et s'avance. Sa main frotte ma joue. Du pouce, il caresse ma peau. Je fonds à son contact. Mes yeux se ferment lentement. Le vrai paradis.

— C'est quoi ? Des paillettes ? demande-t-il.

— Hmm ?

Sa main s'écarte, j'ouvre les yeux et trouve son doigt devant mon visage, un petit point doré dessus. Il est si proche que je pourrais lécher les gouttes d'eau dans son cou. Je me contiens.

— Ah oui. J'ai fait des travaux manuels hier soir.

— Des travaux manuels, hein ? Eh bien, quoi que tu aies fait, ça devait être amusant. Ginny était dans un sale état ce matin. Elle avait une bonne gueule de bois.

Adam passe à côté de moi et fouille dans son armoire. Il en sort un jean et un t-shirt gris, puis des chaussettes et un caleçon noir.

Oui. Un sale état. Comme moi. Je suis soudain très

consciente que je ne me suis lavée ni le visage ni les dents ce matin. Mon pyjama habituel se résume à un short et un t-shirt, donc je ne suis pas vraiment dévêtue, mais je me sens tout à fait nue et indigne de me tenir là.

Aussi, je suis encore immobile, béate, ce qui va devenir gênant vu qu'il tient à nouveau sa serviette.

— Tu es sûre que ça va ? T'es bizarre.

— Je vais bien. Tout va bien.

Ma voix se baisse comme si j'étais un mec charmant. J'agite la main et le cœur rouge tombe et atterrit à ses pieds.

Il le ramasse et étudie le carré rouge.

— Une de tes créations ? C'est quoi ?

Il commence à le déplier, mais je le lui arrache des mains.

— C'est un brouillon d'une idée qui n'a pas vraiment fonctionné.

— Si ça vient de toi, je suis sûr que c'est super.

Le compliment réchauffe mes entrailles. Tout ce qu'il dit est si parfait.

— Merci, Adam. Je devrais...

J'incline la tête. *Partir avant de rendre la situation encore plus gênante.*

L'un de ses rares sourires recourbe ses lèvres.

— À plus, Reagan.

Je sors rapidement de l'appartement et retourne dans le mien, en sécurité. Dakota est revenue de ses cours et se trouve dans la cuisine, en train de jeter des ingrédients dans un blender pour faire un smoothie. Le même que tous les jours : poudre protéinée au chocolat et une cuillère de beurre de cacahuètes. Elle met du beurre de cacahuètes dans tout, elle l'achète en gros. J'ai mangé tellement de sandwichs au beurre de cacahuètes depuis que nous avons commencé à habiter ensemble en première année que je n'arrive même plus à regarder un pot.

— Où étais-tu dans cette tenue ?

Elle agite une cuillère remplie de beurre de cacahuètes dans ma direction.

— Et sans chaussures.

— Je récupérais une lettre d'amour.

Je passe à nouveau une main dans mes cheveux ébouriffés puis utilise mon chouchou pour les attacher. Où a bien pu passer ce chouchou noir et doré pour de vrai ? Il ne me porte pas vraiment bonheur, mais c'est mon préféré et je ne l'ai pas vu depuis des semaines.

— Oh, s'exclame-t-elle en haussant les sourcils. On dirait que j'ai raté une soirée intéressante.

— Tu n'as pas idée.

DEUX

ADAM

Je suis foutu.

Une fille sexy est assise sur mes genoux et la seule chose à laquelle je pense, c'est à quel point son cul pointu me fait mal à la cuisse. J'essaie de bouger pour trouver une position plus confortable sans la virer de mes genoux. Elle se tourne, me sourit et bat des cils.

Elle est jolie, de ravissants yeux bleus et une coupe à la garçonne mignonne qui va à peu de filles. Mon regard se baisse sur sa robe serrée qui moule ses formes et s'arrête à mi-cuisses. Non, rien. Je ne ressens rien. Je suis vraiment foutu.

Être célibataire n'est pas mon truc. Bien sûr, c'est sympa de faire des soirées, de boire et de flirter, mais ça a l'air superficiel. Je drague avec un objectif : me mettre en couple. Celle sur mes genoux n'est pas vraiment mon genre.

— Hey, dit-elle pour la dixième fois au moins.

C'est tout ce qu'elle dit. Un mot, répété. Je ne sais pas si c'est une blague que nous sommes censés avoir entre nous ou si c'est la seule chose qui lui vient en tête.

— Hey, l'imité-je.

Je n'ai pas compris, mais je suis le mouvement.

Elle sourit et bouge, enfonçant son coccyx dans ma cuisse. Putain, ça fait encore plus mal que prendre une crosse dans le visage. Au moins avec la crosse, c'est rapide, au lieu de ces petits coups incessants.

Je ne suis pas ce genre de type, assis avec une inconnue qui ne l'intéresse pas sur lui. Mais je suis un peu comme ça ces temps-ci. Quoi que je fasse, ça ne marche pas. Quatre petites amies différentes en moins d'un an. Ça fait beaucoup, même à mes yeux. J'aime être en couple, mais j'admets que quelque chose doit changer. Peut-être que les interactions superficielles sont exactement ce dont j'ai besoin en ce moment.

La porte de notre appartement s'ouvre et nos voisines, Dakota et Reagan, entrent. C'est une simple petite soirée ce soir, mais le salon est bondé.

— Salut, les gars, dit Dakota.

Elle s'avance comme si elle était chez elle et indique à Maverick de bouger pour qu'elle puisse s'asseoir entre Rhett et lui.

La chienne de Maverick, Charli, lève la tête, couchée à ses pieds.

— Salut, ma jolie, dit gentiment Dakota au chien.

Ça ne lui ressemble pas du tout de parler comme ça.

Reagan est plus hésitante et polie que sa colocataire. Elle salue de la main et scrute la pièce, souriant à tout le monde et probablement en train de chercher un endroit où s'asseoir.

La seule place libre se trouve à côté de moi. Je tire la fille au cul pointu, Leah, plus haut sur mes jambes pour faire de la place et me soulager également de son coccyx.

— Il y a de la place ici, dis-je à Reagan. Viens t'asseoir.

Elle croise mon regard puis baisse la tête en se serrant à côté de nous et en s'asseyant le plus loin possible. Ça fait deux ans que nous nous connaissons, mais Reagan est un peu timide. Je dis un peu parce que je l'ai vue sortir plusieurs fois de sa coquille avec Ginny et Dakota. Cependant, dès que j'essaie de lui parler, elle ne dit pas grand-chose et j'ai du mal à apprendre à la connaître. J'ai toujours trouvé ça ironique qu'elle soit timide en personne alors que sur scène, elle est pleine de vie et animée.

— T'as trouvé ton chouchou ? demandé-je.

— Quoi ?

Elle se penche plus près pour m'entendre. Ses cheveux couleur miel tombent sur son épaule et chatouillent mon bras.

— T'as trouvé ton chouchou porte-bonheur ?

— Non, mais ce n'est pas grave. Je suis sûre de le retrouver.

Un air gêné sur le visage, elle s'écarte.

Elle n'a aucune raison d'être gênée pourtant. Je sais à quel point les filles peuvent être possessives avec leurs affaires. La trouver dans ma chambre, fouillant sous le lit pour un chouchou que ma sœur lui a emprunté, ce n'est pas le pire exemple qui me vient en tête. Une fois, Ginny s'est effondrée, elle a pleuré et tout, quand je lui ai emprunté son anticerne. J'avais dix-sept ans et c'était le soir du bal. J'avais besoin de cacher un bouton au milieu du front. Bref, Ginny m'a surpris avec son maquillage et elle s'est agitée dans tous les sens et a crié :

— *Il ne se fait plus. C'est le dernier tube !*

Puis elle ne m'a pas parlé pendant trois jours.

— J'ai retourné ma chambre pour le chercher cet après-midi.

— Ah bon ?

Ses yeux, bruns avec des taches claires, se rivent sur les miens et les soutiennent. Ses lèvres se recourbent davantage et ses pommettes font leur apparition.

Leah bouge et j'ai plus de mal à voir Reagan.

— Je ne l'ai pas trouvé. J'ai trouvé des trucs bizarres, mais pas de chouchou noir avec des étoiles dorées.

— Quel genre de trucs bizarres ?

Je m'approche un peu plus.

— Je crois que je vais me mettre la honte si j'en dis trop.

— Il va falloir que tu me le dises maintenant.

Je secoue la tête.

— Oh non. Tu refuses de me montrer tes créations moches. En parlant de ça, je n'arrête pas de trouver des paillettes dans ma chambre. Je suis parti en cours alors que j'en avais partout sur le visage.

— Désolée.

Reagan sourit à nouveau timidement et un petit rire lui échappe.

— Ce n'est rien. Je...

— Hey, lui crache Leah en me coupant. Trouve-toi quelqu'un d'autre à draguer. J'étais là la première.

Je suppose qu'elle connaît d'autres mots. Mais je dois dire que je n'aime pas être marqué comme du bétail. Je n'aime pas non plus que quelqu'un parle à mes amis de cette façon. Surtout Reagan. Elle est si douce et gentille.

La Reagan que je connais est délicate, lente à se mêler à une discussion, et elle n'est jamais du genre à se retrouver au milieu d'une dispute. C'est Dakota la directe, parlant souvent pour elles deux, mais elle se trouve de l'autre côté de la pièce, ne se rendant compte de rien. Je mets longtemps à trouver mes mots, mais je suis sur le point de dire à Leah qu'elle devrait se trouver quelqu'un d'autre sur qui se défouler ce soir quand Reagan se transforme en furie.

— Tu l'as interrompu.

Son ton reste calme, mais ferme.

— Oui, pour te dire de dégager. Tu ne me vois pas assise là ? Il est à moi. J'étais preums et je ne vais pas rester assise là pendant que tu te jettes sur lui toute la soirée et que tu essaies de me le voler.

La bouche de Reagan s'ouvre, ses joues sont rouges.

— Je n'étais pas...

— Je pense qu'il est temps que tu t'en ailles.

J'aide Leah à descendre de mes genoux.

— T'es sérieux ?

— Absolument. Reagan est ma voisine et mon amie. Je ne suis pas sympa avec les gens qui traitent mes amis comme de la merde.

Elle me fixe bêtement, comme si elle n'arrivait pas à croire que je la rejette réellement.

— Comme tu voudras.

Elle ajuste sa robe, la baissant pour mieux cacher ses cuisses nues.

— Cette fête est naze de toute façon.

Elle marmonne quelque chose sur la stupidité des joueurs de hockey, ce qui est plutôt vrai après lui avoir à peine adressé un mot de toute la soirée. Leah se rue vers la porte et la claque derrière elle.

Les autres ne cillent même pas. Le va-et-vient des filles, malheureusement, c'est habituel ici.

— Eh bien, c'était intéressant.

Je frotte ma cuisse avec deux doigts.

Les grands yeux marron de Reagan regardent tour à tour la porte et moi, puis ses épaules s'affaissent et elle glousse.

— Ça vient vraiment d'arriver ?

— Je crois.

— Désolée. Je ne voulais pas faire fuir ton rencard.

— Eh, ce n'est rien. Tu ne peux pas savoir à quel point elle avait les os du cul pointus. Je crois que je vais avoir un bleu sur la jambe.

— Je suis sûre que tu t'en remettras.

— Sûrement. J'ai vraiment besoin d'un verre par contre. Tu veux un truc ?

Elle baisse la tête.

— Grave.

Dans la cuisine, je sers un verre de vin à Reagan et me

prends une bière. Elle est à nouveau timide et hésitante, silencieuse. Maintenant que je sais qu'un feu brûle en elle, j'ai envie de le revoir.

— Tu t'es bien défendue tout à l'heure.

— Les connasses, ce sont les pires. De vieilles blessures, je suppose.

Je ne peux pas imaginer pourquoi quelqu'un serait méchant envers Reagan. En plus de se tenir à l'écart du centre d'attention, elle est tellement douce et gentille. Elle a une façon d'être qui fait que les gens veulent être amis avec elle. Je sais que c'était comme ça pour moi. Dès que je l'ai vue, j'ai voulu lui parler et en savoir plus sur elle. Pour être honnête, le fait d'être ridiculement sexy y est probablement pour quelque chose aussi.

Deux ans plus tard, je n'en sais pas autant sur elle que je le devrais vu le nombre de fois où nous avons traîné ensemble.

Appuyé contre le comptoir, je scrute le salon. Les gars de l'équipe et le groupe de filles qui a tendance à les suivre sont entassés dans la petite pièce pour regarder les Coyotes jouer contre Vegas. Je ne suis jamais sorti avec l'une de ces filles et je me souviens pourquoi maintenant. Elles sont plus nombreuses que nous et plus d'une semble avoir remarqué le départ de Leah.

— Puisque tu as fait fuir mon rencard, je crois que tu vas devoir rester collée à moi.

Reagan observe les filles qui me reluquent comme si j'étais une récompense.

— Pourquoi ça ?

Elle bat des cils, jouant les innocentes, comme si elle ne savait pas.

— Je crois que les deux à côté de Ginny sont en train de jouer à pierre, feuille, ciseaux pour savoir laquelle fera le premier pas. C'est bizarre, pas vrai ?

— Oui, confirme-t-elle.

— Si seulement j'avais quelqu'un d'autre avec qui traîner ce soir, dis-je en tapotant mon menton. Pour tenir les cinglées à l'écart.

Un rencard, un ami, un garde du corps.

Ses pommettes ressortent et elle m'adresse un sourire jusqu'aux oreilles.

— Oh, je vois. Tu veux que je sois un leurre.

— Tu es trop belle pour être un leurre. Un rencard par contre...

Ginny débarque dans la cuisine et nous regarde tour à tour.

— De quoi vous parlez ?

Je lui prends une Seltzer dans le frigo et la lui lance.

— Reagan est mon rencard de ce soir.

— Il plaisante, dit rapidement Reagan. Il se planque.

— Je trouve que c'est une super idée. Vous seriez adorables ensemble.

Ma sœur rayonne.

— D'accord, doucement sur l'alcool, lui dit Reagan. Tu te souviens d'hier soir ?

— Oui. Et *toi* ? rétorque Ginny.

Elles échangent un regard que je ne peux déchiffrer.

— Poupée, lance Heath à Ginny depuis le salon. Tu es trop loin.

— Je dois y aller, dit-elle en partant voir son petit ami qui est aussi mon colocataire.

C'est facile de voir à quel point Heath est folle d'elle, mais je n'aime toujours pas le fait que mon bébé de sœur soit en couple avec l'un de mes coéquipiers. Non pas qu'elle a demandé la permission. Non. Ma petite sœur est en couple et moi... je ne sais pas ce que je fais. Si c'est coucher à droite à gauche, eh bien je suis nul. Et je déteste être nul dans quoi que ce soit.

— Ils ont l'air heureux.

Reagan les observe par-dessus son verre de vin.

— Oui. Je crois bien.

— Tu n'es plus aussi furieux qu'il y a quelques mois quand tu te retrouves dans la même pièce qu'eux.

— Tant qu'il ne lui fait pas de mal, ça me va.

— Tu devrais essayer de redire ça avec un sourire.

Ma mâchoire se détend. Merde, on dirait un vieux grincheux.

— Et toi ? Pas de rencard ce soir, ça doit vouloir dire que celui d'hier soir était à chier.

— Comment tu sais ?

Elle hoche la tête et regarde ma sœur.

— Ginny ?

— Oui. Avant de partir hier, en prenant mon vin, elle a mentionné un truc à propos de ton rencard qui t'avait commandé une salade.

— Il était Scorpion. J'aurais dû être plus avisée. Je n'ai pas besoin qu'un homme commande à ma place et s'il le fait, il y a intérêt à ce que ce soit du chocolat. Aussi, le vin était délicieux et a plus que rattrapé mon dîner pourri, alors merci.

Je lui souris. C'est peut-être la première fois que je parle autant à Reagan, rien que nous deux. Et la première fois qu'elle parle autant d'elle.

L'une des filles qui sont venues avec Leah vient dans la cuisine et s'approche plus qu'il ne faut. Son amie attend derrière elle. Notre cuisine n'est pas très grande. Elle pourrait se tenir à l'autre bout de la pièce que nous serions assez proches pour nous parler en murmurant.

Je me demande si elle a gagné à pierre, feuille, ciseaux, et, si c'est le cas, ce qu'elle y gagne. Je peux demander ?

— Adam, tu dois venir dehors avec nous. On va jouer au flip cup.

Elle prend ma main et la tire.

Je ne bouge pas.

— Désolé. Je ne veux pas abandonner mon rencard de ce soir.

— Rencard ?

Sa voix s'élève et elle étudie mon visage.

Je regarde par-dessus elle Reagan et lui lance mon regard le plus implorant.

— Désolée, les filles.

Elle passe devant elles et se blottit contre moi.

— Ce soir, il est tout à moi. J'ai même dû me battre pour l'avoir.

Cette dernière phrase est prononcée avec une voix dure.

Sa main remonte doucement sur mon ventre et se pose sur mon torse. Eh bien, c'est... agréable.

— Je croyais que tu n'étais que la voisine, dit l'une des filles.

Une bonne chose que l'un de nous soit une super actrice. Reagan ne perd pas pied.

— C'est ce que tu as entendu ?

Elle rit gentiment, avec une pointe de dédain.

— D'accord, bon, puisque Leah est partie, on a besoin d'un autre joueur de toute façon. Venez jouer avec nous.

La fille nous fait signe de les suivre et franchit la porte vitrée qui mène à la terrasse.

Dès qu'elles sont hors de vue, Reagan s'écarte de moi.

— Désolée.

Oui, moi aussi. Désolé qu'elle ne me touche plus.

— Non, c'était parfait.

Je penche la tête en direction de dehors.

— T'en dis quoi ?

— Tu ne crois pas qu'elles vont deviner qu'on ne sort pas vraiment ensemble ?

Je lui prends la main. Oui, vraiment agréable.

— Impossible. Pas avec Scarlett Johansson à mes côtés.

Elle sourit.

— Et toi ?

— Eh bien, je ne suis pas un acteur d'Hollywood, donc je ferai de mon mieux pour ne pas avoir l'air de trop m'ennuyer avec toi, plaisanté-je.

En vérité, je ne m'inquiète pas une seconde que nous ne passions pas un bon moment.

Les deux heures suivantes, nous nous amusons. Je dois dire qu'être le centre de l'attention de Reagan... je ne déteste pas ça. Elle est franche, drôle et elle n'arrête pas de me toucher. De petites marques de possessivité de temps à autre. Des rappels tactiles à nos nouvelles amies. Une main sur mon biceps, un petit câlin, nos deux petits doigts entrelacés.

— Tu es vraiment douée au flip cup, lui dis-je après qu'elle a fait gagner notre équipe. D'autres talents cachés ?

— Cachés ? Où crois-tu que je me suis entraînée pour ce talent ?

Je hoche la tête. Exact. Sûrement ici même.

Elle s'approche de moi et ses tétons effleurent mon torse. Elle passe nonchalamment les mains autour de mon cou. Sans hésiter, je pose les mains dans son dos.

— Tu étais généralement de l'autre côté de la terrasse, ne me prêtant aucune attention, murmure-t-elle.

Pas de méchanceté dans son ton, mais je me sens toujours idiot de ne pas avoir remarqué.

Je me penche jusqu'à ce que mes lèvres frôlent les siennes.

— Je prête attention maintenant.

Lorsque le ciel s'assombrit, nous abandonnons le flip cup et nous asseyons avec nos nouvelles amies sur la terrasse. Il fait froid dehors. Les chauffages sont branchés et j'apporte des couvertures pour nous tenir chaud. J'intéressais peut-être les filles au début, mais c'est devant Reagan qu'elles se pâment à présent.

Elle est assise à côté de moi. Une couverture couvre nos

jambes et ma main est posée sur sa cuisse par-dessus le tissu doux. Winona et Sage, deux de nos nouvelles amies, se penchent en avant et touchent ses cheveux, la complimentant et craquant sommairement pour elle.

— Vous devriez venir avec nous à l'after de Theta.

— Oh, euh...

Reagan me regarde.

— Je crois qu'on va passer notre tour ce soir, dis-je en serrant la jambe de Reagan.

Elles se préparent à partir, Winona et Sage prennent tour à tour Reagan dans leurs bras.

— Vous êtes si mignons ensemble, dit Sage.

Elle essaie de le dire d'une façon que seule Reagan puisse entendre, mais son murmure de bourrée n'est pas bas du tout.

— N'est-ce pas ? répond Reagan.

Elle les salue de la main tandis qu'elles retournent dans l'appartement pour partir.

Quand il ne reste plus que nous deux dehors, Reagan laisse échapper une longue expiration et s'affale sur sa chaise en riant.

— Waouh.

— Merci. Une performance digne d'une ovation.

Les quelques traînards qui ne sont pas partis ou allés se coucher sont à l'intérieur devant la télé, en train de regarder Rhett et Heath s'affronter sur la Xbox.

— De rien.

Elle ne joue plus la comédie maintenant et je la sens prendre ses distances.

— J'ai passé une très bonne soirée. Je suis désolé si c'était bizarre pour toi. Je ne m'attendais vraiment pas à ce que ça dure toute la nuit.

— Non, c'est bon. J'ai passé un bon moment moi aussi.

Le vent souffle ses cheveux sur son visage et elle brosse les mèches en arrière.

— Je peux te demander quelque chose ?

— Tout ce que tu veux.

— Pourquoi est-ce que tu évitais autant les filles ce soir ? Taryn et toi avez rompu il y a des mois et pour autant que je sache, tu n'es sorti avec personne depuis.

— Sauf toi maintenant.

J'incline ma bière vers elle, puis je bois une gorgée.

— Tu vois ce que je veux dire. Un vrai rencard, les coups d'un soir ne comptent pas. Ces filles étaient plutôt sympas. Tu ne t'es toujours pas remis de Taryn ?

— Tu me demandes poliment pourquoi je ne me suis pas tout de suite remis en couple ? Parce que les mecs me font chier. Pas besoin de prendre des pincettes. Je sais que j'ai la réputation de passer d'une fille à une autre.

— C'est plus qu'une réputation. Tu n'es pas resté plus de quelques semaines sans copine depuis que je te connais.

J'hésite, mais je hoche la tête. Je ne sais pas si c'est vrai, je n'ai jamais vraiment effectué un suivi, mais ce n'est pas loin de la vérité.

— Ce n'est pas grave si tu n'as pas oublié Taryn. Elle était géniale. On l'aimait tous beaucoup.

— Oui.

Je m'imaginais bien un avenir avec ma dernière petite amie, mais quand elle a changé d'école ce semestre, nous avons tous les deux décidé qu'il serait plus facile de couper les ponts plutôt que d'essayer une relation à distance. Je suis romantique, mais je suis aussi réaliste. J'aime trop passer du temps avec mes partenaires pour me contenter d'un week-end par-ci par-là.

— Ce n'est pas Taryn. J'essaie de prendre mon temps, d'être célibataire. En plus, comme c'est ma dernière année de hockey, je veux vraiment me donner à fond et me concentrer là-dessus.

— Ça a du sens.

— Ne dis pas aux gars que je suis au courant, mais ils ont

parié sur le temps qu'il me faudrait pour me mettre avec quelqu'un d'autre.

— Oh, je sais. Heath a perdu. Il avait dit une semaine.

— Je suppose qu'entre mes potes qui parient sur moi et la merde avec mes parents, ça semblait être le bon moment pour briser mon cycle habituel.

J'ai toujours mal dans la poitrine quand je pense à la séparation de mes parents. Ils m'ont complètement pris par surprise. Je pensais qu'ils étaient follement amoureux, même après toutes ces années. Ginny pense que je le prends trop pour moi, mais c'est personnel. Tout ce que je crois sur l'amour et les relations est basé sur mes observations d'eux. Ils étaient si heureux. Enfin, c'est ce que je pensais.

— Mais si tu trouvais quelqu'un avec qui tu avais envie d'être ? Le mauvais timing t'arrêterait-il ?

— Non, je doute que quelque chose m'arrête.

Le problème, c'est que je ne suis pas sûr de faire confiance à mon instinct. Je ne m'engage jamais dans une relation en m'attendant à ce qu'elle échoue. Et pourtant, c'est toujours le cas. C'est vraiment génial au début et puis, un mois ou six plus tard, soudain tout semble... nul.

— Adam, il faut que je te dise quelque chose.

Reagan se penche vers moi. Ses yeux se baissent sur ses mains. Elle semble si sérieuse tout d'un coup.

— Quoi ?

Les secondes passent, mon rythme cardiaque s'accélère, impatient.

— Je... commence-t-elle avant de se lever rapidement. Non, rien. Je dois y aller. À plus.

Reagan file à l'intérieur, dit quelque chose à Dakota, puis sort de l'appartement. Euh. Eh bien, c'était froid. Quelle soirée bizarre !

Bonne nouvelle, cependant. Je ne suis finalement pas foutu.

TROIS
REAGAN

Cancer en couple : vous pourriez avoir l'impression de vous ennuyer avec un partenaire complaisant. Variez les plaisirs ! Cancer célibataire : c'est le moment parfait pour rejoindre un cours de pole dance ou lire un livre sur le kamasutra. On ne sait jamais quand le mec parfait nous tombera dessus.

C'est toujours les mêmes qui se pointent aux auditions libres pour la pièce du printemps. Principalement des étudiants de théâtre, ou d'autres qui en ont déjà fait. Nous sommes clairement divisés selon notre degré de sérieux. Tous les étudiants de théâtre sont assis ensemble d'un côté de la scène et le reste de l'autre côté.

Pendant que le docteur Rossen commence à expliquer les modalités des auditions aux nouveaux, une fille que je ne connais pas entre dans le théâtre.

La porte claque derrière elle et nous la fixons tous. Elle descend l'allée centrale jusqu'à la scène.

— Pardon pour le retard, dit-elle sans vraiment croiser le regard de quelqu'un.

Docteur Rossen regarde par-dessus ses lunettes avec impatience.

— Tu es là pour les auditions ?

Elle parcourt la scène des yeux, nous regardant tous. Je la vois déglutir.

— Oui.

— Très bien. Ton nom ?

— Mila.

— Assieds-toi, Mila, dit-elle en levant son porte-bloc. Comme je disais, le metteur en scène Hoffman et moi ferons passer les auditions dans l'ordre des inscriptions. Vous venez, vous dites votre monologue ou lisez le script. Si besoin, nous vous rappellerons en fin de semaine. Le casting sera accroché ce week-end et nous commencerons les répétitions mardi prochain. Des questions ?

Elle attend à peine une seconde avant d'incliner la tête et de se diriger vers la seconde rangée de sièges.

— Commençons.

Tout le monde quitte la scène hormis la pauvre âme qui est tombée la première. Le docteur Rossen et monsieur Hoffman sont connus pour être durs à impressionner. Personne ne veut jamais commencer, même si leur humeur ne s'améliore pas vraiment sur la durée. De plus, c'est la première fois que monsieur Hoffman a le rôle de metteur en scène, donc j'ai l'impression qu'il va être encore plus difficile à convaincre.

Mila a l'air inquiète tandis que des gens passent avant elle. Je me souviens de ce que c'est d'être la nouvelle.

— Salut, dis-je en m'approchant. Moi c'est Reagan.

— Je sais. Je veux dire, je suis un peu une fan. J'ai vu toutes tes représentations ces deux dernières années. Mila.

Son sourire est timide, mais elle parle vite et avec animation.

— Ravie de te rencontrer.

Elle me suit derrière le rideau. Les élèves sont assis sur

quelques chaises et des piliers. Je continue, passe devant tout le monde et pose mon sac à dos dans un coin.

— C'est mon petit coin.

— Oh, désolée. Je...

— Non, attends. Ce n'est pas ce que je voulais dire. Je t'en prie, installe-toi. Je suis plus nerveuse que d'habitude. Ça me ferait du bien d'avoir un peu de compagnies.

Elle laisse tomber son sac par terre.

— Tu es nerveuse ? Toi ? Je n'ai jamais fait ça.

— Vraiment ? Jamais ?

Elle secoue la tête.

— Même pas en primaire ou au centre aéré ?

Je pensais que tout le monde avait déjà fait du théâtre, même si c'était contre leur gré.

— Cet air sur ton visage...

De la main, elle effectue un cercle dans les airs de façon dramatique.

— Ça n'aide pas !

Je lui adresse un sourire désolé.

— Pardon. On n'a pas beaucoup de nouveaux. Tu vas faire un monologue ou lire le script ?

Monsieur Hoffman est l'un de ces metteurs en scène qui nous laisse auditionner un passage précis. Il nous attribue quand même les rôles de la manière qu'il juge la plus appropriée pour la pièce, mais il fait au moins semblant de prendre nos préférences en considération.

— Je ne suis pas sûre.

Elle sort un script imprimé.

— Et toi ?

J'hésite à lui dire. Elle le saura dans quelques minutes de toute façon.

— Je lis la crise de colère de la plus jeune sœur à la fin du premier acte.

— Vraiment ?

Ses yeux s'écarquillent et sa bouche reste ouverte.

— C'est tellement différent de tes rôles précédents.

— Sans blague.

On m'a toujours donné le rôle de la fille calme, sérieuse, lambda, mais je n'ai jamais joué un rôle comique ou idiot. Et je n'ai jamais eu le rôle principal. Ces deux rôles me sortent de ma zone de confort, mais je sais que c'est exactement ce dont j'ai besoin pour améliorer mon jeu. Je ne peux pas jouer le même rôle éternellement, celui de la fille tranquille et sexy. D'autre part, tout le monde est sexy à Hollywood. Il me faut plus qu'un physique et quelques pièces de théâtre à l'université pour être pris au sérieux ailleurs qu'à Valley University. En supposant que c'est là que j'irai ensuite. Je ne me suis pas projetée aussi loin, mais j'aime être parée à toutes éventualités.

De plus, j'ai grandi en me nourrissant constamment de brioches à la cannelle et au sucre devant *I Love Lucy*. La comédie et la bêtise, c'était un peu mon truc. Ma mère ne me prêtait pas beaucoup d'attention. Quand j'ai été assez grande pour me nourrir toute seule, elle a cessé de faire semblant de vouloir être à la maison. Elle était plus souvent absente que chez nous. Je restais debout tard, en partie pour l'attendre et parce que j'avais trop peur de dormir. Je regardais alors toutes les émissions que je pouvais trouver aussi tard. Ma facture de téléphone portable était rarement payée, mais avec une bonne antenne, je pouvais capter quelques chaînes même quand le câble était coupé.

Je suis devenue assez douée pour prendre soin de moi. Lucy, et d'autres m'ont tenu compagnie et m'ont aidée à me sentir moins seule. Les parents à la télévision m'ont probablement appris plus de leçons que ma propre mère. Toutes, sauf la plus importante : toutes les mères ne veulent pas être mères.

— Je pensais lire quelques répliques de la cadette, dit Mila. Elle ne dit pas grand-chose, mais elle est souvent sur scène.

— Tu as peur de ne pas mémoriser les répliques ?

Je m'installe avec mon script. Une autre chose que j'aime chez monsieur Hoffman : il nous donne le script avant les auditions. Ça fait une semaine que je le connais, mais c'est toujours réconfortant de l'avoir en main.

— Grave. Il m'a fallu trois jours pour apprendre le passage. Je ne sais pas du tout comment vous faites.

— C'est facile. Je te le promets. Tu seras capable de réciter toute la pièce à tort et à travers avant la fin des répétitions. N'aie pas peur d'essayer d'avoir un plus grand rôle.

Sur ce, nous nous taisons, nous lisons le script et nous préparons. Mon audition a lieu avant celle de Mila, alors je me lève pour rassembler mes affaires.

— Bonne chance, dit-elle.

— Merci. Pareil pour toi. On se reverra, je pense.

— Je l'espère.

Quand vient mon tour, je me dirige vers le centre de la scène. Les projecteurs sont allumés dans tout le théâtre aujourd'hui, donnant une atmosphère complètement différente que lors de nos performances, quand le public est dans le noir et que la scène est illuminée.

Le docteur Rossen jette un œil à son porte-bloc.

— Reagan. Quand tu es prête.

Un stress que je n'ai pas ressenti depuis des années fait trembler ma voix tandis que je me lance. Peu importe à quel point je suis nerveuse, la scène me procure un sentiment de paix que je ne ressens nulle part ailleurs. Un anonymat tout en restant fidèle à moi-même.

Monsieur Hoffman arbore un visage impassible qui ne trahit jamais ses pensées, mais la rapidité avec laquelle il prend des notes donne un peu d'indications. S'il a apprécié, il écrit furieusement comme s'il essayait de coucher chaque sentiment et pensée avant d'oublier. Si ça ne lui fait rien, il prend son temps, le stylo se déplace lentement sur le papier.

Je ferme les yeux rien qu'un instant, respirant entre les mots, me glissant davantage dans le personnage jusqu'à devenir quelqu'un d'autre. La benjamine est excentrique et insensible. Elle se déplace avec insouciance. Elle n'a aucune inhibition et blessure. Elle ne garde rien pour elle parce qu'elle ne sait pas encore à quel point le monde peut être cruel. Ce n'est pas le personnage principal, mais elle peut voler la vedette si elle est bien jouée.

Si seulement c'était aussi facile d'ajouter un peu de cette insouciance à ma vraie personnalité. Je suis parfaitement certaine de pouvoir être n'importe qui, mais quand je suis moi, eh bien, ce n'est pas aussi facile de feindre l'assurance.

Quand je termine, je fais une pause et retiens mon souffle avant de poser les yeux sur monsieur Hoffman. Il tient son stylo dans sa bouche, entre ses dents. Ni lui ni le docteur Rossen ne parle durant plusieurs secondes et le théâtre devient silencieux. Trop silencieux.

Il pose le stylo sur sa feuille, mais n'écrit pas.

Qu'est-ce que ça signifie quand il n'écrit rien ? Je suppose, rien de bon.

Il gigote dans son siège.

— D'accord, merci, Reagan. Faisons une pause de cinq minutes, tout le monde, puis nous reprendrons là où nous nous sommes arrêtés.

Je descends de scène, le cœur tambourinant.

— Je peux vous parler une seconde ? demandé-je en m'approchant lentement d'eux.

Sans répondre, ils m'accordent leur attention.

— Je sais que c'était un peu brouillon, mais je peux le faire.

— Le faire... ce rôle ? questionne monsieur Hoffman.

Je hoche la tête.

— Je suis surpris que tu aies choisi ce personnage. Je pense que tu jouerais bien l'aînée ou n'importe quel autre rôle.

L'aînée. La sérieuse. Un rôle que je pourrais jouer sans réfléchir.

— J'aimerais vraiment avoir une chance de prouver que je peux faire quelque chose de différent. C'est le rôle qui m'intéresse.

Ses sourcils se froncent.

— D'accord.

Je recule, incertaine si j'ai augmenté ou ruiné mes chances d'être dans la pièce.

— Merci de votre temps.

Je retrouve Dakota sur la piste d'athlétisme une fois nos cours terminés. Elle est déjà en train de courir quand je passe le portail. Pendant que j'attends qu'elle fasse le tour, je m'étire sur le côté. Elle court ridiculement vite malgré les nombreux tours qu'elle a sûrement déjà effectués.

C'était une coureuse. C'est une coureuse, j'imagine, mais elle ne fait plus partie de l'équipe d'athlétisme. Elle est partie après la première année.

— Salut. C'était comment les auditions ?

Elle s'arrête et regarde l'heure. Elle se chronomètre pour s'assurer de ne pas avoir perdu sa vitesse. Selon Dakota, ce n'est pas parce qu'elle n'en fait pas en compétition que ça veut dire qu'elle ne devrait pas en être capable sur un coup de tête. C'est l'une de ces personnes qui pourrait m'annoncer sa décision de tenter sa chance aux Jeux olympiques, et ça ne semblerait pas si fou.

Elle me laisse choisir l'allure tandis que je me place à ses côtés, une vitesse bien plus lente que ce dont elle est capable. Je suis là seulement parce que je sais que j'ai besoin de faire quelque chose pour contrebalancer mes mauvaises habitudes alimentaires. Je n'aime pas faire de l'exercice, mais j'aime encore moins abandonner la malbouffe.

— Il n'a rien écrit. Je crois que je l'ai choqué.

— Le choc, ça peut être bon.

Sa queue de cheval rousse se balance à chaque pas bondissant. Qui bondit en courant ?

Je traîne des pieds.

— J'espère.

Je repousse cette sensation désagréable qui me rappelle que je pourrais très bien travailler en coulisses cette fois-ci.

— Pourquoi tu as mis autant de temps à rentrer hier soir ?

— Tu veux dire après que tu étais dehors avec Adam, blottie contre lui, puis que tu as paniqué et accouru chez nous ?

— Je te l'ai déjà dit, nous faisions *semblant* et j'étais fatiguée. Ne transforme pas tout.

— Malheureusement, mes vagabondages ne sont pas aussi excitants qu'Adam et toi qui flirtez. Je suis partie acheter des tacos avec Maverick et Jordan et ça a duré une éternité. Beaucoup de gens veulent des tacos à deux heures du matin. Alors... tu le lui as enfin dit ? demande Dakota avec un sourire qui s'étire sur tout son visage.

Mes amies sont bien trop intéressées par mon coup de cœur pour Adam. Pendant presque deux ans, j'ai réussi à la cacher de tout le monde, c'était une époque bien plus simple quand personne n'analysait chacune de mes interactions avec lui.

— Non, j'étais son faux rencard pour que le groupe de filles qui sont venues avec Jordan, celles accros aux joueurs de hockey, ne le harcèle pas.

— D... d'accord, dit-elle lentement. Depuis quand Adam fuit la compagnie féminine ?

Je me sens sur la défensive avec lui.

— Il veut prendre son temps avant d'entamer une nouvelle relation.

— En quoi faire semblant de sortir avec toi pour un soir est-il différent de traîner avec une inconnue ?

Elle lâche un rire.

— C'est bien Adam de trouver un moyen de ne pas avoir de rencards en en ayant un. C'était horrible de faire semblant de sortir avec le type pour qui tu craques autant ou c'était incroyable ? Je n'arrive pas à savoir si c'est tragique ou excitant.

— J'ai vécu l'instant. Je m'en souviens à peine.

Plutôt honnête, mais je n'oublierai jamais la sensation de ses bras forts autour de moi. Tragique. Vraiment.

— J'avais espéré que tu lui aurais enfin dit. Tu *dois* lui dire, Rea.

— Je le ferai. Je vais le faire. J'essaie juste de trouver comment.

J'étais si près de le lui dire la nuit dernière, mais je ne veux pas tout gâcher.

— Facile. Vas-y ce soir et dis-lui. Mets ça sur le compte d'hier soir s'il le faut. On a besoin que tu lui dises.

— On ?

— Oui. Même Rhett commence à s'en rendre compte. Rhett le naïf ! En plus, plus vite tu lui diras, plus vite tu arrêteras de sortir avec tous ces losers.

— Ils ne sont pas tous mauvais. Et Hunter, le gars de mon cours de psychologie ?

— Il t'a apporté des pissenlits dans un gobelet.

— J'ai trouvé ça mignon !

— Si tu le dis. Je pense qu'inconsciemment, tu dis oui à ces types que tu sais que tu n'aimeras pas parce que tu ne veux pas les aimer. Tu veux seulement Adam. Tu ne passeras jamais à autre chose tant que tu ne lui auras pas dit.

Passer à autre chose. La façon dont elle le dit, comme si l'idée de nous voir ensemble était improbable, me fait mal. Comme si je devais lui dire, le laisser me rire au nez et ensuite, passer à autre chose. Bon, même Dakota n'est pas aussi cruelle, mais est-ce ce qu'elle attend ?

— Je vais lui dire. Je dois juste trouver le bon moment.

Quand nous avons fini sur la piste, Dakota se rend à son travail au *Hall of Fame* et je retourne chez nous.

Adam sort de son appartement lorsque j'arrive en haut des marches de notre deuxième étage partagé. Il porte un jean foncé et un t-shirt qui moule ses larges épaules.

Il incline la tête quand il me voit.

— Salut, copine sexy.

— Quoooi ?

Mon cœur s'accélère et mon cerveau court-circuite.

Il balaie la main dans les airs.

— Désolé, je parlais de l'autre soir. Encore merci. Ça aurait pu me servir aujourd'hui à la cafétéria.

— Je crois que trouver une vraie copine serait plus simple.

J'entends par là moi, bien sûr, mais son regard me dit que ce n'est pas ce qu'il pense. Idiote. Non, il ne devrait pas trouver de vraie petite amie si ce n'est pas moi. Je vous jure, je ne mets pas seulement les pieds dans le plat avec ce type, mais toutes les jambes.

Il rit doucement.

— Oui, j'imagine que je ne devrais pas me plaindre. La plupart sont sympas, mais je n'arrive pas à différencier celles qui essaient d'aider les gars à remporter un pari de celles qui sont vraiment intéressées. Mav triche pour gagner. Sortir avec quelqu'un pour un pari...

Il secoue la tête.

C'est ma chance, non ? Peut-être que je réfléchis trop et que je n'ai pas besoin d'un moment parfait ou d'une manière parfaite de le lui dire.

— N'importe quelle fille aurait de la chance de sortir avec toi. Je suis sûre qu'elles sont toutes intéressées. En parlant de ça, j'ai essayé de trouver une façon de t'avouer quelque chose.

— Ah bon ? Quoi donc ?

Ses yeux noisette s'adoucissent, mais il croise les bras. Typique du Taureau qui se prépare à camper sur ses positions. Il doit penser que c'est une mauvaise nouvelle.

Pendant que j'organise mes pensées, la porte de l'appartement des garçons s'ouvre et un Maverick torse nu apparaît sur le perron.

— Ah cool, tu es toujours là, dit-il à Adam. Yo, Rea.

Il me sourit et baisse le menton.

J'agite la main.

— Salut Mav.

Il regarde Adam.

— Tu peux acheter à manger par la même occasion ? Les placards et le frigo sont vides.

— Mec, tu ne vis pas là. Va fouiller tes propres placards si t'as faim.

Aucune méchanceté dans son ton. Adam secoue la tête. Maverick vit seul au rez-de-chaussée, mais il passe tellement de temps chez eux qu'il est sommairement leur quatrième colocataire.

Le téléphone d'Adam sonne. Il le sort puis lève les yeux au ciel en le regardant.

— Merci pour la super pipe. Sérieux ?

Mav glousse et renverse la tête en arrière.

— T'es le meilleur, Scott. N'oublie pas de prendre des gâteaux roulés.

— Tu sais que ma mère a accès à mes relevés bancaires, pas

vrai ? Elle va voir que tu m'as envoyé cent dollars pour une super pipe.

— Alors elle sera fière de tes talents pour la fellation. Les mamans veulent que leurs fils soient de bons suceurs, non ?

Adam tressaille.

— Tu dépasses les bornes.

— Merci Scott. T'es vraiment le meilleur.

Avec un clin d'œil, il disparaît dans l'appartement.

Adam me sourit.

— Je m'excuserais bien pour Maverick, mais je passerais toute la journée à ne faire que ça. Tu allais me dire quoi juste avant ?

— Ce n'est rien.

J'ai paniqué au moment où l'on a mentionné le terme « suceur ».

— D'accord.

Il met un moment à se remettre à bouger.

— Je suppose que je devrais y aller. C'était sympa de te voir, Reagan.

Dans mon appartement, je me frappe la tête contre la porte fermée. Je dois lui dire, mais pas aujourd'hui.

QUATRE
ADAM

— Revenez ici à sept heures ce soir pour regarder le match. Faites une sieste avant si besoin parce que si quelqu'un s'endort, vous ferez tous des tours de patinoires.

Le coach fixe Rhett. Mon pote était notoirement célèbre pour s'endormir pendant que nous visionnions un match.

— Colorado va être dur à battre ce week-end.

D'un hochement de tête, il nous libère.

Maverick ébouriffe les cheveux blonds indisciplinés de Rhett.

— T'inquiète. Je suis sûr qu'il ne parlait pas de toi, ricane-t-il avant de me regarder. Bien sûr que si.

— C'est arrivé deux fois, se justifie Rhett. Non, trois. Il fait tellement chaud là-dedans et les lumières sont tamisées.

— Tu dois faire des étincelles au lit. Carrie en a de la chance.

Maverick tire ses cheveux sombres en arrière à l'aide d'un peigne.

— Vous voulez qu'on aille *Au repaire* ?

Rhett se frotte le ventre.

— Si je mange beaucoup avant de revenir ici, je vais vraiment m'endormir.

— Je dîne avec Ginny à la cafèt, dit Heath. Vous pouvez manger avec nous.

— Je ne peux pas vous supporter trop longtemps par jour, vous deux. Sans vouloir te vexer, mec. Je t'aime, mais je commence à avoir l'impression d'être la cinquième roue du carrosse, déclare Mav avant de me regarder. Scott ?

Je porte mon sac à mon épaule.

— J'peux pas. J'ai rendez-vous avec le docteur Salco. J'espère qu'elle m'a trouvé une bourse. À plus, les gars.

Après avoir traversé le campus, je m'arrête devant le bureau du docteur Salco, je prends alors une profonde inspiration et expire lentement. Elle tient mon avenir entre ses mains et elle n'est pas connue pour son contact avec les patients, ou plutôt les élèves.

L'école de médecine coûte cher. Je ne suis pas éligible aux aides et si je ne veux pas finir endetter sur les trente prochaines années, j'ai besoin de la bourse qu'elle finance. Un étudiant est sélectionné tous les ans. C'est un peu une multimillionnaire. Son père, docteur également, a cofondé une société pharmaceutique qui a décollée. Bref, le seul détail important, c'est qu'elle a la possibilité de rendre mes quatre prochaines années bien moins chères.

J'entre puis me fige quand j'aperçois une autre étudiante assise devant le bureau. Pas n'importe quelle étudiante : Janine. Aussi connue comme mon fléau.

Je regarde l'heure sur le mur du fond.

— Pardon. Je croyais qu'on avait rendez-vous à cinq heures.

Elle me fait signe d'entrer.

— C'est le cas. Asseyez-vous.

La seule chaise disponible est casée dans un coin, recouvert d'une pile de journaux médicaux.

J'hésite, évitant le regard de Janine. Nous voulons en découdre depuis trois ans. Tous les deux en prépa médecine, meilleurs de la classe, détestant ne pas être le premier.

— Vous pouvez les poser sur l'étagère, m'informe le docteur Salco.

Une fois que je suis enfin calé sur la petite chaise, elle commence.

— Merci à tous les deux d'être venus. Je ne vais pas mâcher mes mots. Choisir un bénéficiaire pour la bourse du département a été difficile cette année. Vous avez tous les deux des A partout, vous travaillez dur et vous jonglez entre les activités extrascolaires et les cours. Vos professeurs disent beaucoup de bien de vous. Vos références sont excellentes. Pour faire court, c'est impossible de trancher entre vous deux.

Et moi qui pensais que j'étais le choix évident. Bien sûr, Janine est intelligente et a de bonnes notes, mais elle se repose trop sur ses notes, son extrême préparation et son organisation. Non pas que ce ne soit pas important, mais être docteur requiert d'être préparé à tout, de réfléchir vite.

— Qu'est-ce que ça signifie pour la bourse ? demandé-je.

— Vous n'allez pas la diviser en deux, si ? J'ai plus besoin de cette bourse qu'Adam. La moitié ne suffit pas, déclare Janine.

Le docteur Salco lève la main pour nous faire taire. Super, car j'ai besoin de rester calme et c'est impossible quand Janine blablate. Elle ignore de quoi j'ai besoin.

— Non. Le règlement est clair, un seul étudiant peut être sélectionné, mais pour aider le comité à choisir, nous aimerions que vous veniez tous les deux au banquet concernant la bourse. Dites-nous avec vos propres mots pourquoi vous devriez être choisis.

— Vous voulez qu'on fasse un discours ?

Je me redresse et déglutis avec difficulté.

— Quelle longueur doit faire le discours ? Et y a-t-il des

directives en dehors de la raison pour laquelle je suis une meilleure candidate ?

Janine prend des notes sur son iPad.

Je serre les dents devant son attitude enthousiaste et fausse, puis j'ouvre mon sac pour prendre un stylo et une feuille.

— Cinq minutes, ça suffit. Vous devriez vous concentrer sur vos accomplissements et vos projets pour l'avenir. Le comité est composé de médecins et de professeurs qui ont été à votre place. Vendez-vous.

Sa bouche se retrousse en un sourire coincé.

— Je vous enverrai tous les détails, me dit-elle alors que je continue, le bras jusqu'au coude, à fouiller mon sac pour trouver quelque chose sur quoi écrire.

— Merci, marmonné-je doucement.

Une fois qu'elle nous congédie, je sors en me sentant bien moins optimiste qu'en arrivant. Janine est juste devant moi alors que nous quittons les lieux. Aucun de nous ne parle tant que nous ne sommes pas sortis de bâtiment.

— N'aie pas l'air si déprimé, Adam. Susurrer des mots doux aux femmes est ta spécialité, non ?

Elle lève les yeux au ciel.

— Je doute que ça fonctionne vu que le comité est composé à soixante pour cent d'hommes, répliqué-je. Aussi, je ne susurre pas de mots doux.

— Oui, si tu le dis. Au moins, toi tu n'as pas à t'inquiéter de tous ces vieux qui pensent toujours que les femmes devraient être infirmières et non médecins.

Oui, c'est sûr, ça craint. Je l'ai vu en direct dans plusieurs cours moi aussi. Plus d'aide, d'autres gars et moi pris à part, après les cours, pour s'assurer que nous nous en sortons bien, et probablement d'autres exemples que je n'ai même pas relevés.

J'arrive à son niveau.

— J'ai besoin de cette bourse.

— Moi aussi. Je suis déjà endettée depuis le bac.

J'ai eu de la chance d'obtenir une bourse intégrale grâce au hockey, mais ce n'est rien comparé à la somme qu'il faut pour l'école de médecine.

— Tu crois qu'ils attendent quoi de nos discours ? demande-t-elle.

— Je ne sais pas.

Je parcours des yeux les espaces verts du campus, réfléchissant à toute allure.

— Une assurance qu'on n'abandonnera pas, sûrement. Ni qu'on se rate.

— Tu veux qu'on bosse ensemble sur nos discours ? propose-t-elle, avec l'air de ne pas en avoir envie.

— Tu sais, la plupart des gens ne partageraient pas leurs plans avec l'ennemi aussi facilement.

Elle murmure quelque chose dans son souffle que je ne comprends pas, puis dit :

— Si je gagne, je veux savoir que c'est parce que je suis la meilleure candidate.

— Eh bien, quand je gagnerai, tu pourras poursuivre dans la même veine en sachant que je suis le meilleur candidat.

— Ton ego est détestable.

Elle fait un pas sur le trottoir.

— Demain après la biochimie ?

— J'y serai.

L'après-midi suivant, je me glisse sur une chaise en face de Janine au deuxième étage de la bibliothèque. Elle a déjà son ordinateur ouvert et son discours imprimé à côté d'elle.

— J'ai bossé dessus toute la nuit. C'est un brouillon, mais j'ai essayé de me concentrer sur trois points principaux.

Je le ramasse et survole les nombreuses pages. Bon sang. Je n'ai même pas commencé. Je le pose sur la table.

— OK. Voyons ça.

— Point numéro un, je suis une étudiante exceptionnelle et dévouée à la médecine. J'ai un exemple de mon travail avec le service d'écoute par téléphone. Point numéro deux, toutes les raisons pour lesquelles je souhaite être docteur et les preuves pour lesquelles je serai douée dans mon travail. Je ne vais pas t'ennuyer avec l'histoire de ma vie.

— Je finirai par l'entendre de toute façon.

— Et point numéro trois, mes objectifs et promesses pour l'avenir en ce qui concerne le métier de médecin.

— Pas mal.

Pas mal du tout.

— Pas mal, ça ne suffit pas.

Elle paraît offensée que je n'aie pas adoré.

— C'est juste que ce que tu as prévu, c'est exactement ce qu'ils attendent. On n'arrête pas de parler de nos compétences, de nos espoirs et de nos rêves et puis ils se basent sur quoi pour choisir ? Qui aiment-ils le plus ?

— C'est comme ça que ça fonctionne.

— Ils savent déjà tout ça sur nous.

Je désigne ses feuilles.

— Ils ont vu nos relevés de notes et probablement nos lettres d'admission aussi.

Elle hoche la tête.

— Oui. Alors que suggères-tu à la place ?

Je tape mon crayon sur la table.

— Je ne sais pas trop.

— T'as eu toute la nuit et c'est tout ce que tu trouves ?

Elle me lance un regard comme si elle s'y attendait.

— Tu sais, tu ne pourras pas te conduire en école de médecine comme tu l'as fait ces quatre dernières années.

— Qu'est-ce que ça veut dire ?

— Tu te présentes sans être préparé. Toujours. Les cours, les réunions, les groupes d'étude. Et ça marche pour toi parce que tu es intelligent et que les professeurs t'aiment bien.

— Je ne suis pas préparé. Je pensais qu'on se réunissait aujourd'hui pour se *préparer*. Au lieu de ça, tu t'es sur préparée, comme tu le fais toujours.

— Je suis désolée de ne pas attendre la dernière minute pour tout faire.

— Tu préfères le faire trois semaines avant que le professeur ne donne le devoir et avoir à le refaire parce que c'était faux ?

— C'est arrivé une fois et je devais m'absenter. J'essayais d'anticiper.

Elle lève les bras en l'air.

— Admets-le, Janine. On est différents et ce n'est pas grave. Ton discours, c'est toi tout craché et je suis sûr que c'est génial. Mais je ne suis pas certain que c'est le format que j'ai envie de suivre. Le mieux est peut-être de prendre des directions différentes. Ça leur montrera qui nous sommes à fond.

— Peut-être. Tant que tu ne les régales pas avec tes histoires sur tes performances héroïques dans l'équipe de hockey.

— Le docteur Salco déteste le hockey, donc je doute que ça m'aide.

Quelque chose comme quoi ce sport est responsable de trop de blessures, blablabla. Je veux dire, c'est la raison pour laquelle nous portons des protections et des casques.

— Très bien. Tu pourras au moins lire mon discours et me dire s'il est correct ?

— Bien sûr. Envoie-le-moi par e-mail. Je t'enverrai le mien quand je saurai ce que je vais écrire.

— Je regarderai la veille du banquet alors.

Janine commence à ranger ses affaires dans son sac à dos. Tu parles de travailler ensemble... Cependant, j'ai une meilleure idée de ce dont je ne veux pas parler maintenant.

— Tu vas aller à la soirée ?

— Je n'ai pas encore décidé. Et toi ?

Elle hausse les épaules. C'est un oui.

— Tu penses qu'ils vont nous juger sur quoi d'autre ? demande-t-elle alors que nous prenons les escaliers menant au premier étage.

— Tout, probablement. Tu viens accompagnée à la réception ?

— Mon copain, Sean, vient avec moi. Et toi ?

— Non. Je crois que je viendrai seul à l'événement, à moins que ma sœur ait envie de venir ou quoi.

Elle fronce les sourcils.

— Quoi ?

— Je pourrais avoir tort, mais j'ai l'impression que le docteur Salco aime que j'aie une relation sérieuse. Elle m'a dit une fois que la seule raison pour laquelle elle avait pu faire des études, sans être virée de son appartement pour avoir oublié de payer son loyer ou ses charges, c'était parce que son mari s'occupait des factures et de tout le reste afin qu'elle se concentre seulement sur les cours.

— Elle t'a dit ça ? C'est tellement personnel. En plus, je n'arrive pas à l'imaginer jeune ou mariée.

— Les professeurs te tapent dans le dos quand tu as bien joué et avec moi, ils me glissent des histoires personnelles. On a chacun nos armes secrètes.

— Eh bien, merci pour l'info. Je vais tenter ma chance. Ils penseront peut-être que le célibat est un avantage pour moi, moins de distractions.

Janine regarde derrière moi et sourit.

— Attention, dit-elle sans détourner les yeux.

Je me décale et vois le docteur Salco venir vers nous.

— Ravie de vous voir tous les deux. Avez-vous reçu mon e-mail ?

— Oui, madame, dit Janine.

— J'ai inclus les détails pour la fête de demain soir. Ce n'est pas obligatoire, mais ce serait bien de faire connaissance avec le comité avant de prononcer vos discours au banquet du mois prochain.

J'acquiesce.

— On a hâte d'y être.

Le docteur Salco sourit de cette façon que je n'arrive jamais à déchiffrer.

— Votre petit ami viendra-t-il avec vous ? Ça m'a fait très plaisir d'avoir eu l'occasion de le rencontrer à la soirée du département. Il me rappelle beaucoup, mon Michael. Avoir du soutien est si important quand on est en école de médecine. On peut vraiment se retrouver submergé.

— Il sera là et je suis d'accord, répond Janine en me souriant d'un air suffisant.

— Et vous, Adam ? Viendrez-vous avec quelqu'un ? Les partenaires, les amis ou la famille sont les bienvenus.

Le docteur Salco me regarde avec une vive impatience.

— Oui, dis-je en restant vague.

La seule fois de ma vie où je n'ai pas envie d'avoir des rendez-vous, il s'avère que j'ai besoin d'en avoir un.

CINQ
REAGAN

C'EST LE GRAND JOUR ! C'EST VOTRE JOURNÉE. Prenez-la par les couilles ! Vous savez tous ces trucs clichés qu'on dit ? EMPAREZ-VOUS-EN. Le monde vous appartient ! Peur de commencer un nouveau travail ? Lancez-vous quand même. Laisser la peur vous empêcher d'inviter votre crush à sortir ? S'IL VOUS PLAÎT. Qui pourrait vous dire non ? Quoi que vous ayez sur le cœur, foncez !

C'est le grand jour !!! J'ai tourné encore et encore toute la nuit dans mon lit pour trouver un moyen de le dire à Adam, ou si je devais lui dire. Cependant, l'horoscope de ce matin est on ne peut plus clair. J'aurais toujours une raison de ne pas lui dire. De nombreuses bonnes raisons. Par exemple, il pourrait ne pas ressentir la même chose et me briser le cœur. Ça ne s'appelle pas un coup de cœur pour rien après tout.

Nous sortons *Au repaire* ce soir et je vais le faire. Vraiment ! Probablement. Avec un peu de chance. Non, certainement ! J'emporte des mouchoirs et mets du mascara waterproof au cas où ça se passerait mal. Je porte également mon ensemble de lingerie préféré au cas où ça se passerait très, très bien.

— Tu es bientôt prête ? lance Dakota depuis le salon.

Elle est toujours prête avant moi. En quinze minutes chrono. Elle est tellement confiante dans ses choix, contrairement à moi, qui me suis changée cinq fois avant d'opter pour mon jean préféré et un pull court.

— Deux minutes, crié-je. Ginny fait le trajet avec nous ?

— Non, elle est partie avec les garçons.

Je fourre mon rouge à lèvres et mon mascara dans mon énorme sac et jette un dernier coup d'œil dans le miroir.

— C'est ma journée, marmonné-je dans ma barbe.

Au repaire est un bar-restaurant non loin. C'est le lieu de prédilection des garçons quand ils veulent sortir sans avoir à s'inquiéter de virer des gens de chez eux à une heure décente.

Entrer, boire un verre, parler à Adam et puis... on verra.

Les gens sont nombreux et parlent fort tandis que nous nous faufilons vers le bar. L'équipe de hockey est à sa table habituelle. Ginny se lève de sa chaise à côté de Heath et me prend dans ses bras.

— Vous êtes là.

Elle étreint ensuite Dakota.

— Je vous ai réservé une place à toutes les deux.

Maverick enlève ses jambes de deux chaises.

— Kota, Rea, aussi belles que d'habitude.

Dakota se glisse à côté de lui et je prends l'autre chaise. On nous passe le pichet et la serveuse apporte des verres supplémentaires. Je parcours du regard les alentours, à la recherche d'Adam.

— Ça va ? demande Ginny.

Je reste assise là, le pichet et un verre vide devant moi.

— Tu veux autre chose que de la bière ? Je peux appeler la serveuse.

Je l'arrête.

— Non. La bière, ça me va. Je me demandais juste où était Adam.

— Il boude, répond Ginny.

Au même moment, Rhett dit :

— Il se cache des filles.

— Aussi, reconnaît Ginny. Il est au bar.

— Pourquoi il boude ?

Je me sers un verre en essayant de ne pas avoir l'air trop intéressée. Évidemment, Ginny et Dakota sont au courant de mon coup de cœur, mais le reste du groupe me laisse tranquille et fait au moins semblant de ne pas savoir.

— Il y a cette bourse d'études. Il pensait que c'était une valeur sûre...

Elle agite la main.

— Il va bien. Je pense que c'est juste un tout, avec nos parents, puis la rupture et maintenant ça. Il a eu beaucoup de choses à gérer et tu sais à quel point il peut être taciturne.

Je le sais. Bien que je ne l'aie jamais vu bouder et se cacher au bar. Mon estomac sombre. Me voilà prête à lui ajouter un fardeau sur le dos quand, tout ce dont il semble avoir besoin, c'est d'un ami.

— Je crois que je vais aller le voir et commander un autre pichet pour la table.

Je joue avec mes cheveux et me calme en zigzaguant entre les tables et les groupes debout jusqu'au bar. Je le longe jusqu'au coin le plus à droite avant d'apercevoir Adam. Il se tient derrière un poteau et la caisse où travaillent tous les serveurs. La cachette parfaite pour un gars de sa taille. Même ainsi, deux filles debout non loin le regardent furtivement. Elles sont tournées vers lui, tout sourire, complètement inconscientes de son langage corporel. Je devine facilement qu'il n'est pas ravi d'avoir été trouvé. Les coudes sur le bar, il plonge les yeux dans sa bière.

J'hésite à m'ajouter à son harem, mais il lève la tête et me repère. Un sourire s'étire lentement sur son visage et il se redresse.

— Reagan.

Je me mets entre lui et les filles.

— C'est ici que tu te caches ?

— Je n'avais pas envie de discuter.

— D'accord. Bien sûr.

Avec toi non plus, imbécile.

— Je prends juste un pichet pour la table et je te laisse tranquille.

— Reste. Ça ne me dérange pas de parler avec toi.

Il se penche en avant pour parler aux filles derrière moi. Elles sont debout au lieu d'être assises sur le tabouret en face d'elles.

— On peut prendre ce siège ? demande-t-il.

Puis, sans attendre de réponse, il le tire plus près.

Le frôlement de son épaule contre mon bras et l'odeur de son gel douche font de drôles de choses à mon estomac.

— Merci.

Je m'assieds et pose mon verre sur le bar.

— Tout va bien ?

— Fatigué, j'ai beaucoup de choses en tête. En gros, je suis une compagnie de merde ce soir, mais les gars ne voulaient pas me laisser seul à la maison.

— Je peux t'aider ?

— Tu m'as déjà aidé.

Il penche la tête vers les filles derrière moi. Elles ont tourné leur attention vers un autre type à l'air maussade au bar.

— Tu m'utilises encore pour éviter les filles ?

— Ce n'est pas mon intention, mais ce n'est pas non plus une mauvaise idée.

— C'est vraiment si terrible d'avoir autant de filles qui se battent pour avoir ton attention ?

— Non, bien sûr que non. J'aime les filles et l'attention. Me lancer dans une nouvelle relation serait aussi facile que de respirer. C'est mon schéma habituel. Essayer de le briser est beaucoup plus difficile. En plus, j'ai vraiment beaucoup de choses à faire. C'est injuste d'entraîner quelqu'un là-dedans. Et je suis nul pour draguer.

— Peut-être que la prochaine fille avec qui tu sortiras sera la bonne.

— Peut-être.

Il ricane.

— Tu n'as pas l'air convaincu.

— Je ne suis plus sûr de rien.

Il boit une longue gorgée de sa bière.

— Peut-être que trouver la bonne est un mythe.

— Je ne crois pas l'avoir déjà dit, mais je suis désolée que tes parents se séparent. C'est dur.

Il acquiesce.

— Tes parents sont divorcés ?

— Jamais mariés, mais je ne suis pas proche de mes parents comme tu l'es des tiens.

— Je ne savais pas.

Je hausse les épaules.

— Je ne parle pas beaucoup d'eux. Dakota est plus une famille pour moi que n'importe qui d'autre.

Il sourit.

— Je comprends. Vous êtes proches toutes les deux.

— Alors, qu'est-ce qu'il y a d'autre ? Le truc avec tes parents, c'était il y a des mois, donc ça ne peut pas être la seule raison pour laquelle tu es là à broyer du noir.

— C'est cette bourse pour l'école de médecine. Ils ont réduit la liste à une autre personne et moi. On doit aller à ces deux événements avec le comité avant qu'ils ne se décident.

— Stressant.

— Sans blague. Et comme si je n'étais pas déjà assez inquiet, j'ai dit à la cheffe du comité que je venais avec quelqu'un. Et tu sais ce que je pense des rencards en ce moment.

— Ginny ne pourrait pas y aller ?

— Non, j'ai déjà essayé. Lincoln, l'ami de Heath, vient en ville demain soir et ils ont prévu des trucs. En plus, j'ai eu un tuyau comme quoi le comité pourrait chercher quelqu'un déjà rangé.

— Rangé ? On est à la fac. Ça fait un peu vieux jeu.

— Pas vrai ? Je sais. Ce n'est probablement pas grand-chose, mais...

— Tu ne veux pas risquer de perdre à cause de ça.

— J'ai besoin de cette bourse.

— Mais tu n'as pas non plus envie d'avoir un rencard en ce moment.

— Exactement.

— J'ai du mal à me sentir désolée pour toi en ce qui concerne les rencards.

Il me jette un faux regard noir.

— Désolée, mais choisis juste quelqu'un en qui tu as confiance et essaie de ne pas en faire toute une histoire. C'est juste un rendez-vous.

Il hoche lentement la tête.

— Oui, tu as raison. Putain. Merci de m'avoir écouté râler et me plaindre et de m'avoir dit de me reprendre en main.

Je souris.

— C'est ce que j'ai fait ?

— Oui, et j'apprécie. Tu veux commander un pichet et rejoindre le groupe ?

— Bien sûr.

Nous bavardons pendant que la barmaid prépare la carafe. Je la remercie et me lève. Je pensais qu'il entendait par là qu'il se joindrait à nous, mais Adam ne bouge pas de son tabouret.

— Tu ne viens pas ?

— Non. Va t'amuser. Je vais finir cette bière et rentrer chez moi. J'ai un rencard à dénicher. Merci, Rea.

Je me fige, puis je force mes pieds à avancer. Et dire que c'était ma journée... On dirait que c'est la journée de quelqu'un d'autre.

Je suis toujours levée, assise dans le salon bien après notre retour du bar. Dakota est au lit, donc je regarde la télévision pas fort. J'y prête à peine attention de toute façon. Mes pensées sur Adam sont seulement interrompues par mes inquiétudes pour la pièce de théâtre. L'annonce du casting est dans quelques jours et je ne le sens pas.

Un coup discret à la porte me détourne de la télévision. C'est si léger que je crois que c'est chez les garçons, quand ça frappe à nouveau.

Je me lève et me rends silencieusement à la porte. Je regarde alors par le judas et vois Adam de l'autre côté. Vêtu d'un jogging et d'un t-shirt, il est pieds nus et ses cheveux ont l'air d'avoir été ébouriffés à force de passer la main dedans.

Je baisse les yeux sur ma tenue, décide qu'il est trop tard pour me changer et ouvre la porte.

— Adam, salut. Qu'est-ce que tu fais ici ?

— Je me demandais si je pouvais te parler. Je sais qu'il est tard. Je t'ai réveillée ?

— Non. J'étais debout. Entre.

Il fait quelques pas et s'arrête. Adam Scott est dans mon

appartement. Je peux compter le nombre de ses visites sur les doigts d'une main, et jamais quand il n'y avait que nous deux.

— Je peux t'offrir quelque chose à boire ?

Nous nous tenons entre le salon et la cuisine, gênés.

— Non, ça va.

— D'accord, bon alors, tu veux t'asseoir ?

Je prends un verre et y verse de l'eau du robinet, surtout pour me donner quelque chose à faire. Adam s'assied sur le canapé à côté de la place que je viens de libérer.

— Tu étudiais ?

— Non.

Je prends un siège et replie mes jambes sous moi.

— Je suis un oiseau de nuit. La télé tard le soir, ça me réconforte autant que de la nourriture.

— Je préfère la glace.

Il pose les mains sur ses genoux.

— Je m'excuse de faire irruption, mais je n'arrivais pas à dormir et j'ai eu une idée. Et si tu étais mon rencard pour la soirée de demain soir ?

— Quoi ?

Je renverse l'eau, jure, puis pose le verre sur la table basse.

— Tu es sérieux ?

L'excitation et la déception s'emparent tour à tour de mon corps.

— Oui. Mais je ne suis plus trop sûr maintenant, dit-il avec un petit rire.

Il se penche en avant.

— Mais écoute. On s'est amusés l'autre soir et tu es la meilleure actrice que je connaisse. Ces filles ont tout gobé. Donc, on réitère ça, mais dans un endroit plus sympa, avec tous mes professeurs.

— Je suis la seule actrice que tu connais, et ce n'était pas exactement une performance digne d'un Oscar. Jouer au flip cup et te jeter quelques regards aguicheurs, ce n'est pas la même chose que de tromper un comité de bourses.

— On n'est pas obligés de les tromper. Tu seras mon rendez-vous.

J'hésite. L'eau que je viens de boire pèse sur mon estomac.

— Je ne sais pas.

— C'est peut-être une idée stupide. J'ai juste pensé que, de toutes les filles que je pouvais inviter à un faux rencard, tu étais la seule en qui j'avais confiance pour ce travail. Tu me comprends, tu comprends ce que je traverse.

Son regard est sincère et vulnérable.

J'ai envie de dire oui, bien sûr que oui. Mais, aussi excitée que je pensais l'être quand Adam m'inviterait à sortir, si ça arrivait un jour, je suis si troublée et déchirée par la façon dont mes réels sentiments pourraient compliquer la situation que je demeure silencieuse plusieurs instants. Serai-je plus déçue de partir en faux rendez-vous avec lui ou qu'il invite quelqu'un d'autre ? La question ne se pose pas.

— Qu'est-ce que je dirai s'ils posent des questions sur nous ?

— Ça ne se passera pas comme ça. Pas de questions, rien que des boissons à volonté et des discussions. Je m'en occuperai si l'on nous interroge et, en bonus, je serai le gars avec le plus sexy des rencards.

— Là, tu me brosses juste dans le sens du poil.

— Ça fonctionne ?

Son sourire est enfantin et charmant. Comme si je pouvais lui dire non.

— Oui. Ça marche. Je suis partante.

C'est ma putain de journée.

SIX

REAGAN

CANCER : *Il vaut mieux partir tôt de la fête qu'être le dernier debout. Partez et laissez-les se languir.*

La fête a lieu dans la salle du fond de *Chez Araceli*. Le restaurant se dresse sur les contreforts et la vue depuis le mur vitré est époustouflante. Mon rendez-vous également.

Adam porte un costume noir classique, la combinaison du costume et de ses cheveux longs est une réussite sur moi. C'est vraiment un avantage supplémentaire d'aller à ce faux rendez-vous. Il est sérieusement à croquer et ce soir, il est à moi.

L'événement est également incroyable. Ces docteurs savent y faire. De petits mange-debout sont installés dans toute la salle. Il y a un bar d'un côté et un buffet de l'autre. C'est si classe, élégant et chic.

D'un autre côté, moi, je suis dans tous mes états. Évidemment, je suis jolie, de nombreuses heures de préparations me le garantissent, mais je suis si nerveuse que j'ai les mains qui tremblent en acceptant un verre du barman.

Je dois le dire ce soir à Adam. J'aurais dû lui dire hier soir avant d'accepter de venir, mais je n'arrivais pas à forcer les mots à sortir. De plus, une soirée avec Adam, c'est trop beau pour refuser. Alors ce soir, c'est le grand soir. Pour de vrai, cette fois-ci.

— D'accord, et maintenant quoi ? demandé-je tandis que nous nous dirigeons au centre de la salle. Tu veux la jouer comment ? Rencard décontracté ? Rendez-vous sérieux ?

Il pose une main dans mon dos.

— Détends-toi.

Impossible s'il me touche.

— Je dois connaître mon rôle.

Si je ne rentre pas dans le personnage maintenant, je resterai cette fille empotée et anxieuse. Hors de question que je passe la soirée avec le mec pour qui je craque depuis deux ans en restant timide et incertaine.

Il baisse la tête et me parle à voix basse afin que je sois la seule à entendre.

— Reste toi-même. La belle Reagan talentueuse.

— Tu t'es donné beaucoup trop de mal pour inviter une fille à cet événement pour que je reste moi-même.

— Si l'on a l'air d'être sérieusement en couple, il est possible que ça augmente mes chances, mais c'est peu probable et je ne m'attends pas à ce que tu fasses semblant d'être en couple avec moi.

— J'insiste. Sinon, je pourrais aussi bien m'enfuir et te laisser te débrouiller tout seul.

— S'il te plaît, ne fais pas ça. J'ai besoin d'au moins un ami avec moi ce soir.

— Alors, laisse-moi être les deux, ton amie qui déchire et qui prétend également être en couple avec toi.

Si je peux être autre chose que ce que je suis, c'est-à-dire une fille qui a un faux rendez-vous avec son vrai coup de cœur, alors cette soirée sera beaucoup plus facile à supporter.

Il a l'air mal à l'aise, mais un homme s'avance vers nous et dit bonjour à Adam. À moi de jouer.

— Professeur Picke, voici Reagan.

Adam pose une main sur mon coude pour m'inviter dans la conversation.

— Bonsoir. Ravie de vous rencontrer.

Je lui serre la main.

Il sourit et hoche la tête, mais il revient sur Adam.

— Gros match samedi soir.

— Oui, monsieur. Nous sommes prêts.

— Bien, bien.

Il donne une tape dans le dos d'Adam.

— Félicitations pour la bourse.

— Je ne l'ai pas encore, dit Adam. Mais il faut l'espérer.

— Vous êtes un jeune homme brillant.

Sa façon de le dire rend la chose si insignifiante, mais je sais que c'est important pour Adam.

En parlant de ça, mon rencard semble gêné de tous ces compliments. Il met la main dans sa poche et baisse de temps en temps les yeux. Surtout quand le professeur Picke recommence à parler de hockey. Intéressant. Je suppose qu'être le centre de l'attention ne le gêne pas seulement avec les filles qui essaient d'attirer son regard.

Je finis mon verre et le tiens en l'air. Adam le remarque. Évidemment. C'est un homme très galant.

— Eh bien, on dirait que mon rendez-vous a besoin d'un autre verre.

— Oui, oui, bien sûr. On se voit en cours demain.

— Merci, chuchote Adam en baissant la tête alors que nous nous éloignons.

— De rien, mais je pense que je dois boire de l'eau si je dois engloutir les verres pour nous sortir d'autres conversations.

— Espérons que ce ne soit pas nécessaire. Je dois convaincre ces gens que je suis la bonne personne pour la bourse, pas discuter de la saison.

— Compris.

Je demande de l'eau au barman et nous nous tenons à l'écart.

— Qui est notre prochaine cible ?

Il rit.

— Choisis. J'ai besoin de parler à presque tout le monde dans cette pièce.

Waouh. La soirée risque d'être longue, ce qui ne me dérange pas, mais je me sens un peu mal pour lui.

— Que penses-tu de la femme au fond à gauche ? Chignon gris, robe grise, debout toute seule.

— Le docteur Hunt.

— C'est une professeure ?

— Elle enseigne la biologie. J'ai suivi quelques-uns de ses cours.

— Elle a bon goût en matière de chaussures. J'adore les chaussures rouges. Elle t'a déjà parlé de hockey ?

Il sourit.

— Non.

— Super. Allons lui dire bonjour.

Je le prends par le bras et fais de mon mieux pour ignorer la décharge électrique qui me traverse.

Le docteur Hunt sourit quand Adam et moi nous approchons.

— M. Scott. Ravie de vous voir.

— Moi aussi, Docteur Hunt. Voici Reagan.

— Bonsoir, dis-je en tendant la main. J'adore vos chaussures.

— Oh.

Elle baisse les yeux après m'avoir serré la main.

— Merci. Je n'avais pas réalisé que les étudiants étaient aussi invités ce soir.

La gorge d'Adam se noue, comme s'il réfléchissait à ce qu'il allait dire.

— Seulement les deux candidats aux bourses d'études, dis-je fièrement.

— Bien, bien. Bien sûr, dit le docteur Hunt en souriant. Vous nous avez rendu la tâche très difficile cette année. Ce n'est pas souvent que nous avons deux candidats aussi méritants l'un que l'autre.

— Merci.

Il se dandine d'une jambe à l'autre.

Son regard revient vers moi et se plisse.

— Vous me semblez familière. Vous êtes aussi en prépa médecine ?

Je ris.

— Oh, mon dieu, non. J'étudie le théâtre.

Son visage s'illumine.

— C'est de là que je vous connais. La pièce de Noël était magnifique. Vous aviez l'air d'un véritable ange sur scène.

— Merci beaucoup.

Adam me sourit.

— Reagan est extrêmement talentueuse.

Mon visage s'enflamme.

— C'était merveilleux de vous rencontrer, Reagan. Adam, c'est bon de vous revoir. J'ai bien peur de devoir vous laisser. Mon mari me fait signe de l'autre côté de la pièce.

Elle le pointe du doigt et Adam et moi pivotons pour le voir. Il regarde dans notre direction, mais sinon, je ne distingue aucun appel à l'aide. Il se tient légèrement en retrait d'un grand groupe d'hommes, un verre à la main. En apparence, il a l'air d'aller bien. Peut-être de s'ennuyer un peu.

— Attendez. Il tire son oreille droite à chaque fois que nous nous voyons.

Aussitôt dit, il lève la main et se tire l'oreille quand le docteur Hunt lève la tête.

— Nous avons trouvé cette technique il y a des années pour nous échapper. Il n'est pas très friand de ce genre d'événements. J'imagine qu'il a eu sa dose.

Son sourire s'adoucit.

— Ravie de vous avoir vus tous les deux.

Nous l'observons traverser la salle. Adam rit quand l'homme salue les autres, indiquant clairement son départ.

— C'est génial. Si je tire mon oreille, on pourra se tirer d'ici ?

— J'ai bien peur que non.

Il plisse son visage.

— C'est pas juste.

— Allez, qui est le suivant ?

— Le docteur Salco vient d'arriver. Elle préside le comité.

— Super. Je te suis.

Le docteur Salco est une femme proche de la soixantaine, je dirais. Ses cheveux bruns sont très raides et lui arrivent au menton. Ses traits sont un peu pincés et pas vraiment accueillants. Cependant, elle sourit quand Adam et moi arrivons devant elle.

— Vous êtes venu. Très bien.

Son regard passe d'Adam à moi.

J'arbore un grand sourire, prête à conquérir cette femme.

— Docteur Salco, voici Reagan, mon a...

Il s'interrompt, se reprenant avant de dire « amie ». Un étrange silence s'abat pendant qu'il cherche comment se corriger.

— Son avenir, sa fiancée.

Le mensonge s'échappe si facilement de mes lèvres. Je m'approche et pose la tête sur son épaule, exactement comme j'ai pensé à le faire tant de fois. Avec ces talons, je suis pile à la bonne taille.

Adam pousse un cri étranglé et se tourne pour se ressaisir. Il tente de cacher sa réaction en buvant son verre.

Je souris tendrement au docteur Salco.

— Fiancée ?

Elle regarde tour à tour Adam puis moi, les yeux s'écarquillant.

— J'ignorais que vous étiez fiancé, Adam. Félicitations.

Il déglutit, puis se met à tousser. Oh putain, je l'ai peut-être tué. Par miracle, il s'éclaircit la gorge et glisse ensuite le bras autour de ma taille. Il ouvre la bouche comme pour vouloir parler, mais se contente alors de hocher la tête.

Mon fiancé sûr de lui semble sur le point d'avoir des sueurs froides. Peut-être suis-je allée trop loin, mais, quand on saute d'une falaise, autant le faire avec classe.

— C'est tout récent, mais j'aime cet homme depuis des années. La première fois que je l'ai vu, je savais que c'était le bon, tout simplement.

La docteur Salco est pendue à mes lèvres, alors je continue. Je lui raconte que je craquais pour Adam. J'adore un public captivé. Une part de vrai avec une pointe de dramatisme. L'histoire est juteuse et mon partenaire est le plus beau premier rôle, rien qu'un peu timide sur scène.

Nous avons échangé nos personnalités, semble-t-il. Il a arrêté de tousser cependant, donc c'est mieux.

Pendant que le docteur Salco et moi discutons, d'autres gens se regroupent autour de nous. C'est le truc avec les grandes performances : ça a tendance à attirer la foule.

— Quelle histoire ! s'exclame le docteur Salco.

Elle n'est pas très souriante, mais ses yeux sont gentils. Je crois que je l'ai conquise.

En prenant une gorgée de mon verre, j'arrête enfin de parler et m'appuie sur Adam. C'est facile d'avoir l'air amoureuse quand on l'est.

— Fabuleuse, dit quelqu'un.

Je scrute la foule, à la recherche de l'interlocuteur. Le ton de cette nouvelle personne indique qu'elle ne me croit pas. Quand je trouve mon ennemie, j'inspire un grand coup.

— Janine ? Qu'est-ce que tu fais là ?

Elle sourit et a l'air d'avoir envie de s'avancer et de me prendre dans ses bras. Toutefois, elle s'abstient, Dieu merci. Je dois soutenir Adam. Il est silencieux et stupéfait à côté de moi.

Le petit ami de Janine, Sean, me salue de la main.

— Ça fait longtemps qu'on ne s'est pas vus, Reagan.

— Vous vous connaissez tous les trois ? demande Adam en retrouvant enfin la parole.

Son regard se braque sur nous.

Déstabilisée, je cherche ma prochaine phrase. Je devrais peut-être me tirer l'oreille.

— Nous sommes tous allés au lycée ensemble, explique Janine.

Je crois qu'Adam jure dans sa barbe, mais c'est si silencieux que je n'arrive pas à déchiffrer ce qu'il dit. Probablement : « Putain, pourquoi j'ai invité cette folle ? »

— Je vous laisse rattraper le temps perdu, dit le docteur Salco. Ravie de vous rencontrer, Reagan. Sean, content de vous revoir. Adam, Janine, profitez de cette soirée et assurez-vous de parler à tout le monde. Ils sont tous très impatients de vous connaître.

Il ne reste que nous quatre, le stress de tout à l'heure revient au galop. Putain, est-ce que je viens de tout faire foirer pour Adam ?

— C'est toi sa concurrente ? demandé-je à Janine. J'aurais dû m'en douter.

Elle disait toujours qu'elle allait devenir médecin. Non, pas simplement médecin, la meilleure dans le domaine qu'elle choisirait. Aux dernières nouvelles, elle penchait pour la pédiatrie, mais c'était il y a des années. Dans une autre vie, semblait-il.

— Eh bien, tu l'aurais su si tu avais gardé contact toutes ces années.

Aïe. Mais c'était vrai.

— Alors, vous êtes ensemble maintenant ?

Janine pointe du doigt Adam et moi.

Je le laisse gérer cette fois-ci. Je n'ai aucune idée si je dois continuer à faire semblant ou me retirer.

— Euh, oui.

Il regarde ses pieds.

— On est fiancés, dis-je quand il devient clair qu'Adam ne va pas en dire plus.

— Fiancés ? répète-t-elle en haussant les sourcils. Il n'y a que toi pour passer de célibataire à fiancé en une semaine.

— Pas exactement une semaine. Reagan et moi nous connaissons depuis des années. La relation a évolué rapidement, oui, mais nous avons toujours eu une...

Il se racle la gorge et sa voix devient plus aiguë.

— Une attirance.

Il s'essuie le front. Transpire-t-il ? Oh mon Dieu. Mon visage s'empourpre, je suis gênée pour lui. Il n'est tellement pas dans son élément et c'est ma faute. Aussi, c'est un très mauvais acteur. J'imagine qu'il a bien un défaut.

— Eh bien, félicitations. Je suis heureuse pour vous deux.

Elle s'éloigne de quelques pas avant de se retourner.

— Lori est au courant ?

— Qui sait ce que Lori sait.

Je détourne les yeux de son regard scrutateur.

— Tu devrais prendre des nouvelles. Elle va mieux.

Elle prend la main de Sean.

— Viens. Je dois faire le tour de la salle. Au revoir, Reagan.

Adam passe une main dans ses cheveux et laisse échapper une longue inspiration qui gonfle ses joues.

— Je suis vraiment désolée. J'ai un peu pris mon rôle trop au sérieux.

Je me penche à côté de lui et baisse la tête, honteuse. Quelle performance épouvantable !

Il glousse, mais le son est trop coincé et cassant. Il essaie de garder la face, mais il est sérieusement en panique.

— Ne le sois pas. Je n'aurais jamais dû te mettre dans cette situation. C'est ma faute.

Il se tient un peu plus droit et prend une autre grande respiration. Sa main libre trouve la mienne et la tient sans la serrer.

— Eh bien, nous sommes fiancés maintenant.

— Je suis vraiment désolée.

— Au moins, on est dans le même bateau, je suppose. Prête à en découdre ?

Il lâche ma main puis place son bras dans mon dos. Je suis sûre qu'il essaie simplement de rendre ma folle histoire crédible et qu'il n'a pas réellement envie de me tenir aussi intimement. Cependant, je m'appuie contre lui, savourant l'instant.

— Prête.

Jamais il ne m'invitera à sortir pour de vrai après ce spectacle pourri, ça, c'est sûr. Alors, autant en profiter, tant que ça dure.

SEPT

ADAM

Reagan me sourit tandis qu'elle parle à un groupe de professeurs. Elle se penche davantage, comme elle l'a fait des douzaines de fois ce soir. Je retiens mon souffle en attendant... oui, voilà. Alerte nichon. Le sein de Reagan se frotte à mon bras.

Ma maturité s'est vraiment effondrée ce soir. Elle est toute pomponnée dans sa robe vert anis qui lui remonte les seins. De cet angle, je vois directement dans son décolleté. Je ne regarde pas cependant (pas cette fois-ci), car c'est nul de traiter ainsi une amie qui vous soutient. À la place, je récite dans ma tête tous les os de la main.

Je ne suis cependant pas assez distrait pour ne pas avoir remarqué la réaction qu'ont eue les gens quand elle a dit que nous étions fiancés. Surtout les femmes, mais même les hommes, ils sourient avec joie et souhaitent en savoir plus sur notre rencontre. Les gens adorent les fiançailles et nous en particulier, semble-t-il. J'interromps ma récitation pour l'écouter répéter l'histoire de notre première rencontre. C'est au moins basé sur des faits réels. Je me souviens bien de ce jour-là.

— J'étais en train d'emménager à côté et il est apparu pour m'aider à porter mes cartons à l'intérieur.

C'était un carton, mais, si elle désire se souvenir que j'en ai porté vingt, alors qui suis-je pour la corriger ?

Je me retrouve en train de sourire et de la prendre par la taille tandis qu'elle pose la tête sur mon épaule. Je sais que nous ne sommes pas vraiment fiancés, mais Reagan est une sacrée bonne actrice. C'est plus dur qu'on ne croit de jouer le jeu sans oublier que c'est faux.

Bon sang, quand le docteur Dove, un professeur du département de physique, demande à voir la bague de Reagan, j'ai envie de me donner des coups de pied pour ne pas lui avoir acheté un diamant de la taille de mon poing. Puis je me rappelle que nous ne sommes pas réellement fiancés.

Quel dommage. C'est le genre de fille qui mérite de gros diamants et de grandes opportunités de les exhiber.

Tandis que les heures passent et que nous finissons de discuter avec tout le monde, je commence à me détendre à nouveau. Je joue mieux sous pression habituellement, mais là, il y a beaucoup d'enjeux.

— Waouh, je ne sais pas comment tu fais, dis-je quand nous avons enfin une seconde à nous.

— Pour faire quoi ?

— Continuer à jouer la comédie comme ça. Tu es incroyable. Ils y ont tous cru. Chacun d'entre eux. Même le professeur Hammond avait l'air heureux pour nous, et je sais qu'il vient de vivre un divorce difficile.

— Ce n'était rien.

Elle croise les bras, puis les laisse tomber et se redresse.

— Quelqu'un d'autre à qui nous devrions parler ?

— Je ne crois pas.

Je parcours une dernière fois la pièce des yeux et desserre ma cravate.

— Ça te dit de partir d'ici ?

Elle acquiesce.

Une fois que nous sommes dans la Jeep, je m'appuie contre le dossier et souffle un coup. — C'était intense. Désolé de t'avoir fait subir ça. C'est une situation très gênante, pas vrai ? Je te dois beaucoup, et je te promets que je ne te demanderai plus jamais de faire quelque chose comme ça.

Nos regards se croisent. Je n'arrive pas à lire son expression, mais je sais qu'elle ne fait plus semblant à présent. Un peu décevant, dois-je dire. Quand quelqu'un nous regarde comme si nous étions tout pour lui, c'est nul lorsque ça s'arrête.

— Tu veux aller prendre un truc à dîner ou autre ? Il est encore tôt.

— Non, merci. Je suis assez fatiguée.

Elle regarde par la fenêtre alors que je pars du restaurant. Elle doit être épuisée. Moi je le suis et je ne faisais pas grand-chose.

Nous demeurons silencieux au retour. Ce soir, ça fait beaucoup à digérer. J'ai vu un aspect de Reagan que je n'avais jamais vu auparavant. Elle était si... parfaite. Elle disait ce qu'il fallait au bon moment. Elle est intelligente, drôle et manifestement observatrice. Elle se souvenait de bribes de ma vie, mes intérêts, ma famille, comme si elle faisait partie intégrante de mon existence.

Bien sûr, nous sommes amis et voisins depuis deux ans, mais je ne suis même pas sûr que Rhett aurait pu faire mieux. Personne n'a cherché à nous démentir, mais, si ça avait été le cas, ils n'en auraient pas été capables. Bon, tant qu'ils ne parlaient qu'à elle. Elle a été irréprochable. Je ne suis pas très fier d'admettre que je n'ai pas été d'une grande aide. Elle nous a menés jusqu'à la victoire, ça c'est sûr.

Reagan grimpe devant moi les escaliers jusqu'à nos appartements.

— Désolée pour ce soir, dit-elle en rompant le silence.

— Quoi ? Pourquoi ? Ces profs ont tout gobé. Tu as été top. Ils t'ont adorée.

Je lève la main pour lui toucher le bras, mais je me ravise et la fourre dans ma poche. *Vous n'êtes pas fiancés, vous n'êtes qu'amis.*

— Oui, c'est vrai, mais on aurait dit que tu étais sur le point de t'évanouir pendant deux heures, déclare-t-elle simplement en ouvrant la porte.

Je ris doucement. Je n'en étais pas loin à un moment donné, pendant que tout mon avenir défilait devant mes yeux.

Elle entre.

— À bientôt. Bonne nuit, Adam.

Je me faufile dans mon appartement et m'écroule presque sur le canapé.

— Comment c'était ? demande Rhett dans la cuisine.

Il est en train de boire du jus d'orange directement à la bouteille en fixant le réfrigérateur.

— Super, je crois. Je ne sais pas. C'était bizarre.

— Bizarre ? Bizarre comment ?

J'hésite à lui dire que Reagan et moi faisons croire que nous sommes fiancés. Rhett est mon meilleur ami, je sais qu'il me soutiendra toujours, mais je suppose que je n'ai pas envie d'avouer que je me suis abaissé à une telle chose. Je n'en suis pas fier. En fait, j'ai déjà décidé de dire la vérité au docteur Salco. Ça ne va pas être une discussion joyeuse.

J'agite la main dans les airs pour changer de sujet.

— Tu veux aller manger quelque part ou aller courir ?

— Aller courir ?

Il arque un sourcil.

— J'ai besoin de faire autre chose que de rester assis ici. Je suis tout fébrile.

— Ça a vraiment dû être une soirée bizarre, fait-il remarquer en souriant.

— T'aurais dû voir Reagan charmer mes professeurs. Si elle était en lice pour la bourse, ils la lui auraient donnée ce soir et ils auraient probablement organisé une parade ensuite. Je n'ai jamais rien vu de tel.

Rhett m'adresse un sourire.

— Elle te plaît.

— Quoi ? Non.

Je rejette l'idée, non pas parce que ce serait fou qu'elle m'intéresse, mais parce qu'il a fallu que Reagan prétende être ma fiancée pour s'ouvrir à moi. Cela m'indique le peu de chances qu'il y ait autre chose que de l'amitié entre nous.

— Je suis reconnaissant par contre. Je crois que j'ai une bonne chance de remporter la bourse si je ne foire pas le discours.

— Peut-être que tu peux demander à Reagan de le faire pour toi aussi, raille-t-il.

Je me lève. J'ai vraiment beaucoup trop d'énergie pour rester assis.

— Allons courir sur le campus. Tu te souviens du vieux sentier derrière les cités U où l'on courait en première année ?

Rhett sourit.

— C'est super pour courir le soir. Tu crois qu'il a changé ?

— Il n'y a qu'une seule façon de le savoir.

Je pars dans ma chambre et me change rapidement. Je reviens avec mes chaussures à la main.

— Ce sera sans moi, dit-il quand je le retrouve encore dans la cuisine. J'ai promis à Carrie de la rappeler avant qu'elle aille se coucher. Il se fait tard là-bas.

— Tu ne peux pas juste lui envoyer un message et lui dire que tu lui parleras demain matin ?

Je vois à son expression que c'est hors de question. La petite amie de Rhett, Carrie, vit dans le Nebraska. Ils sont ensemble depuis le lycée et entretiennent une relation à distance depuis leur première année universitaire. Ce n'est pas la première fois qu'il doit refuser une activité pour l'appeler.

Je comprends que c'est important qu'ils communiquent, mais il *doit* lui parler six ou sept fois dans la journée. S'il paraissait en avoir envie, j'imagine que ça ne m'embêterait pas trop, mais il semble le faire par obligation.

De plus, j'ai entendu leurs discussions avant de se coucher. Elles ne durent pas plus de deux minutes. Ce qui veut dire qu'il zappe notre jogging pour une conversation qui pourrait se faire par message. Je ne comprends pas.

— Désolé, mec. On se voit demain matin.

Je décide d'y aller quand même. Je souris en sortant. Mon esprit n'arrête pas de repenser à la soirée avec Reagan à mes côtés. Je jure que c'était si réel. Je me fige en direction de son appartement, me demandant si elle regarde la télévision comme hier soir. J'envisage de frapper et de lui demander si ça lui dit de venir courir avec moi. Cependant, je m'en empêche en secouant la tête.

Vous n'êtes qu'amis, mec.

HUIT
REAGAN

Les beaux crépuscules ont besoin de nuages. Aujourd'hui, cherchez les beaux moments !

— Alors, comment c'était ? s'enquiert Dakota le lendemain matin alors qu'elle se prépare.

Je suis toujours au lit, elle cherche dans mon maquillage le crayon qu'elle m'a prêté.

— Il est dans mon sac à main, je crois, dis-je en le montrant sur mon bureau.

Elle renverse le contenu sur le lit et rit.

— Comment tu fais pour trouver quelque chose là-dedans ?

Je me redresse et attrape le crayon.

— Comme ça.

Elle s'en empare et s'assied ensuite à ma coiffeuse pour le tailler et s'en servir. Son regard croise le mien dans le miroir.

— Il s'est passé quelque chose ? S'il a été con avec toi, alors retiens-moi de le...

— Non, rien de tout ça.

— Alors qu'est-ce qu'il s'est passé ? Honnêtement, je

m'attendais à ce que tu me réveilles quand tu es rentrée hier soir, pour me raconter tous les détails.

Je m'étais attendue à le faire également, mais, après le pire rendez-vous dans l'histoire de l'humanité, je n'avais envie de parler à personne. Le commenter me rappellera l'horreur de l'événement. Tout comme maintenant alors que l'image d'Adam, les yeux écarquillés et vacillant, apparaît dans mon esprit.

— C'était... gênant, finis-je par dire. Je pensais pouvoir séparer la comédie de mes sentiments, mais il me plaît trop.

De plus, je lui ai peut-être coûté sa bourse si quelqu'un découvre que j'ai menti comme une arracheuse de dents. J'envisage de m'étouffer avec mon oreiller, mais je mérite bien pire, comme prendre sur moi et m'occuper de l'affreuse situation dans laquelle je nous ai fourrés.

Dakota se lève et regarde l'heure.

— Je dois y aller, mais je veux entendre tout ça plus tard. Je vais faire un tour au *Hall of Fame* ce matin. On mange ensemble ?

— Je ne peux pas aujourd'hui. Je dois finir de lire mon cours d'histoire de la comédie musicale cet après-midi. Plutôt le soir ?

Elle secoue la tête.

— Je fais deux services aujourd'hui, mais pourquoi tu ne viendrais pas à mon match ce soir ?

— Ton match ?

— De roundnet, dit-elle comme si je devais le savoir. C'est notre premier match ce soir.

— Tu étais sérieuse ?

— Oui.

Elle ramasse un oreiller qui est tombé par terre et me le lance.

— Tu viendras ?

— Bien sûr, dis-je, parce que c'est ce que tu fais quand ta

meilleure amie te demande de venir la voir faire du sport en salle. Ça ne pouvait pas être du softball ou une activité que je pourrais au moins comprendre ?

— Ça t'arrangerait vraiment ?

Elle sourit en quittant la pièce.

Non, je ne suis pas sûre que ça arrangerait les choses aujourd'hui.

Je ne vois ni Dakota, ni Ginny, ni les garçons de toute la journée une fois que je quitte l'appartement. Je reste au campus entre les cours, saute le déjeuner et continue à éviter tout le monde. Je suis sur le point d'obtenir un A+, jusqu'à ce que Ginny me retrouve.

— Comment tu m'as trouvée ? demandé-je quand elle arrive devant la scène.

Je suis assise au centre, mes livres posés devant moi alors que je n'étudie pas vraiment.

— Je t'en prie. Je connais tes petits spots. J'ai d'abord essayé *University Hall* pour voir si tu te noyais dans le café.

— J'aimerais bien, marmonné-je.

— Pourquoi ça ?

Elle sourit.

— Rien, soupiré-je. De quoi avais-tu besoin ?

— Je te le dirai au repas. Allez, viens.

Mon estomac gargouille.

— Je ne mange pas aujourd'hui.

— Euh... pourquoi ?

— C'est ma punition.

— Rea, tu ne peux pas te punir pour te faire plaisir de temps en temps. C'est tordu.

— Non, ce n'est pas ça.

Ses sourcils se haussent en signe de défi.

— Très bien, on dîne ensemble, mais je ne mangerai que des aliments que je n'aime pas.

Ça semble être un bon compromis. Des aliments sains, uniquement... prends-toi ça !

Après avoir fait la queue à la cafétéria et garni nos plateaux, nous les emportons et nous asseyons. Je cherche Adam des yeux, vu que nous sommes assises à la table de l'équipe de hockey.

— Leur entraînement tarde, dit-elle comme si elle pouvait lire dans mes pensées.

Je me détends et pioche dans ma salade. Lorsque je lève les yeux, Ginny est en train de me fixer.

— C'est quoi ce total look noir ? demande-t-elle.

Elle semble remarquer ma tenue seulement maintenant.

— Je suis en deuil.

— Oh, mon dieu, qui est mort ?

Son expression reste un instant horrifiée.

— Personne. Juste ma fausse relation et toute chance de sortir avec ton frère.

Elle rit, puis s'étouffe et lève la main en buvant.

— Pardon, quoi ?

Je n'avais pas prévu de raconter les détails de la veille, mais, quand je commence, je n'arrive pas à m'arrêter. Peut-être est-ce ça la vraie punition que je mérite, parce que c'est vraiment affreux quand je me mets à me rappeler tous les petits détails que j'étais parvenue à oublier.

Ginny m'écoute attentivement et arrive même à ne pas rire. Même si je devine à quel point elle en a envie quand elle pince fortement les lèvres.

— On dirait que tu lui as rendu service. Je suis sûre qu'il est reconnaissant et que tu en fais tout un fromage.

— Non, tu as tort. C'était le plus gros désastre depuis Justin Bieber et Selena Gomez.

— Oh, je t'en prie, ça n'a pas pu si mal se passer. Et puis, j'adorais Jelena.

— J'ai cru qu'il allait s'évanouir. Il était en sueur et tout pâle, aucun mot ne sortait de sa bouche.

Elle grimace.

— Oui, ça ne sent pas bon. Je ne l'ai vu comme ça qu'une seule fois, quand il a dû improviser un discours à un banquet de remise de prix.

Je gémis.

— *Mais* je suis sûre que tu l'as juste pris par surprise.

— Oh, je l'ai pris par surprise, c'est sûr, mais pas le bon genre de surprise. Le genre vraiment effrayant qui ne devrait arriver que dans les mauvais films d'horreur.

— Eh bien, on va le découvrir.

Elle hoche la tête et regarde au-dessus de ma tête.

Mon corps entier se réveille et je sais qu'il est là, sans même regarder. Peut-être que notre traumatisme commun nous a liés à jamais.

— S'il te plaît, ne parle à personne d'autre des fausses fiançailles, chuchoté-je tant que nous sommes encore seules. Je le dirai à Dakota un jour, mais pas maintenant. Le raconter était presque aussi douloureux que de le vivre.

Je pense que ça ira comme punition.

Elle rit et sourit.

— Tu es si dramatique, Rea. Je t'aime. Je ne le dirai à personne. Mais en parlant de secrets, *dis-lui la vérité.*

Elle se lève alors que les garçons nous rejoignent.

— Salut, allons nous asseoir ailleurs aujourd'hui, leur dit-elle.

Heath me jette un coup d'œil, puis regarde Ginny, essayant de comprendre ce qui se passe, mais elle l'entraîne avec elle.

Mav essaie de poser son plateau, mais Heath le tire en arrière.

— Je pense qu'elle inclut nous tous.

— C'est notre table. On s'assied toujours ici, riposte-t-il.

— Changeons un peu aujourd'hui, dit doucement Ginny,

avant de se tourner vers son frère. Tu peux rester et aider Rea à résoudre un problème ?

Elle ne lui laisse pas le temps de répondre avant d'éloigner le reste du groupe.

Adam pose son plateau en face de moi.

— Ça te gêne si je m'assieds ?

Au lieu de répondre, je lui fais signe de prendre une chaise.

Il ouvre un paquet de chips en me regardant fixement.

— Un problème, hein ?

— Pas vraiment. Elle est au courant pour hier soir et elle essaie de nous donner du temps pour parler.

Il hoche lentement la tête.

— Je suis vraiment désolée. Je me sens mal à propos de tout ça.

— Je te l'ai dit, ce n'est rien. Même si je dois probablement dire la vérité au docteur Salco. J'ai beau avoir envie de gagner, je me sentirais mal d'obtenir la bourse grâce à un mensonge.

— Tu es un type bien.

D'une certaine manière, ça me fait me sentir encore plus mal.

— Accuse-moi. Dis-lui que j'ai eu une intoxication alimentaire ou que j'ai trop bu.

— Je ne te jette pas la pierre. J'aurais pu t'arrêter et je ne l'ai pas fait.

Je ne suis pas sûre qu'une force de la nature aurait pu m'arrêter, mais j'apprécie qu'il le dise. Je me sens même un peu mieux maintenant que je sais qu'il ne me déteste pas.

— J'avais oublié que tu étais allée au lycée du coin. Comment était Janine ? demande-t-il entre deux bouchées.

— Intelligente et dévouée. Elle a toujours été très compétitive et motivée. Ses parents l'obligeaient à faire de son mieux et à avoir de bonnes notes.

— Vous étiez proches toutes les deux ?

Une pointe de culpabilité me fait baisser les yeux.

— Oui. On l'était.

— Que s'est-il passé ?

— Rien, vraiment. On est si différentes. Quand on est arrivés à Valley, on a commencé à fréquenter des groupes complètement différents et l'on a perdu le contact. J'ai rencontré Dakota et l'on est devenues inséparables. En plus, elle sort avec Sean depuis toujours, alors elle passait beaucoup de temps avec lui.

— C'est logique. Elle est coriace. On est rivaux depuis des années.

— Oui, à propos de ça. Elle a mon âge, comment ça se fait qu'elle soit déjà diplômée cette année ?

Ça me turlupine depuis hier soir. Je savais qu'elle était en prépa médecine, mais je n'aurais jamais cru qu'elle était celle contre qui Adam était en compétition.

— Je crois qu'elle a dit qu'elle était venue à Valley avec trente crédits validés. En plus, elle prend toujours beaucoup de cours et elle en a suivi tous les étés. Elle est à fond.

Il secoue la tête.

— Si l'on n'était pas toujours en compétition, je pourrais même l'admirer pour ça.

— C'est vrai. Oui, j'avais oublié qu'elle avait pris un tas de cours pour avoir des crédits pendant notre terminale. Pendant ce temps, moi, je faisais la fête et je me défonçais avec mes amis.

— Tu te défonçais ? Vraiment ?

Il plisse les yeux et me sourit. Le premier vrai sourire que je vois depuis que j'ai dit à tous ses professeurs que nous étions fiancés.

— Ça n'a pas duré longtemps. Ce n'était pas vraiment mon truc, mais j'ai essayé.

Il ne répond pas tout de suite, mais continue de me sourire, au point où je sens mes joues rougir.

— Merci pour hier soir. Sérieusement, tu étais incroyable. Tout le monde t'a adorée. Et je vais m'occuper de tout.

À savoir mon énorme, gigantesque mensonge.

— De rien. Donc, c'est fini ? Maintenant, tu attends juste de savoir qui a gagné ?

Il me lance le même regard paniqué qu'hier soir.

— J'ai encore un discours à faire.

— Ah oui, le discours. Qu'est-ce que tu as pour l'instant ?

J'essaie désespérément d'éloigner le sujet d'hier soir, même si je dois parler un peu de son discours.

— Rien.

— Tu vas improviser ? Parce que je crois qu'il faut que je te prévienne, Janine est une très bonne oratrice. Elle était la meilleure de notre classe et a fait pleurer les élèves, les parents et même certains professeurs lors de son discours à la remise des diplômes. Elle n'a pas l'air de quelqu'un qui pourrait attirer l'attention d'un public, mais elle sait être performante quand on le lui demande.

— Non, je sais. On a fait des projets de groupe ensemble avant. Elle est super.

Il souffle un coup.

— Je n'aime pas parler devant les gens.

— Tu as peur de parler en public ? dis-je d'un ton peut-être un peu trop accusateur. Mais tu es le capitaine de l'équipe. J'ai entendu parler de tes discours d'encouragement dans les vestiaires et sur le banc de touche.

Il hausse les épaules.

— C'est différent. Et je préfère dire que je n'aime pas plutôt que j'ai peur.

Je lève les yeux au ciel.

— Personne n'aime parler devant les gens.

— Toi si, fait-il remarquer. Tu es incroyable. Monter sur scène et se mettre en avant, c'est tellement plus difficile que de crier sur les gars pour les motiver. Tu n'as peur de rien. J'admire ça.

— Moi ? Peur de rien ? Tu plaisantes, j'espère ?

— Ta façon de faire à la soirée, tu as parlé aux gens, tu leur as fait croire qu'on était ce couple génial et que j'étais un type incroyable qu'ils devraient tous apprendre à connaître, c'était exaltant. J'y ai presque cru tellement tu étais douée.

— C'est parce que je ne jouais pas. Pas vraiment. J'exagérais, oui. Mais ne te méprends pas... j'étais terrifiée.

— Je ne comprends pas.

Ses yeux noisette regardent droit dans les miens.

Peut-être est-ce une autre punition, ou peut-être ai-je atteint un point où rien ne pourrait être plus effrayant qu'hier soir, mais je décide qu'il est temps. Il est plus que temps.

— L'histoire de notre première rencontre, comment tu m'as coupé le souffle, comment j'ai craqué pour toi pendant des années...

Il regarde dans le vide. D'accord, apparemment, je vais devoir cracher le morceau.

— Adam, je craque pour toi depuis des années. Genre, vraiment beaucoup. Alors hier soir, c'était effrayant pour moi, pas parce que j'étais dans une pièce pleine d'étrangers, mais parce que je racontais mon histoire encore et encore. Mais avec une fin beaucoup plus heureuse que la réalité. Écoute, je ne veux pas que ça rende les choses bizarres entre nous. C'est pourquoi je ne te l'ai pas dit. Enfin, ça et le fait que je me suis dégonflée une bonne douzaine de fois.

Il ne cille pas durant un bon moment. Il pose le paquet de chips sur la table et se penche en arrière pour me regarder comme si j'avais deux têtes.

Ouais vivent les punitions.

Finalement, un sourire s'étire lentement sur son visage.

— Je te plais ?

NEUF

ADAM

Reagan craque pour moi ? Vraiment beaucoup ? Pourquoi craquer pour moi la rend-elle si écœurée ?

Elle hoche la tête et s'avachit un peu dans son siège.

— J'ai rendu les choses bizarres ?

— Non, mais maintenant, j'ai envie de me frapper pour ne pas avoir remarqué. Sérieux ?

Je ne peux pas m'empêcher de sourire.

— Tu es toujours si discrète quand je suis là...

— Je suis discrète parce que tu me rends nerveuse. Je me bloque complètement quand je te vois. Je ne peux pas penser ni parler. C'est un peu humiliant à quel point je suis à fond sur toi.

Elle ferme les yeux, puis les ouvre, l'un après l'autre.

— Pourquoi ? Je trouve ça super génial.

— Tu trouves ?

Je ne sais pas pourquoi elle a l'air si surprise.

— J'admets que je suis stupéfait, mais oui. Hier soir, c'était...

— Un désastre, dit-elle.

— J'étais déconcerté quand tu as dit au docteur Salco qu'on était fiancés, mais avant ça... Je ne m'étais pas amusé comme ça depuis des mois.

— Je me suis aussi amusée en début de soirée, dit-elle avant de murmurer, jusqu'à ce que j'ouvre ma stupide bouche. Mais honnêtement. Ce n'est pas grave si tu ne ressens pas la même chose. On peut rester amis. J'ai juste pensé que tu devais le savoir et que ça pourrait peut-être aider à expliquer ma dépression nerveuse.

Je me trouvais doué pour remarquer les filles à qui je plaisais, mais je jure que je n'avais aucune idée que Reagan me voyait différemment des autres gars. Non, ce n'est pas vrai. Une fois, il y a un an, j'ai cru qu'il y avait peut-être quelque chose entre nous, mais il ne s'est rien passé.

— Tu veux qu'on sorte un soir ou autre ?

Je bredouille, mais mon cerveau a encore du mal à intégrer la nouvelle. Reagan craque pour moi.

— Ce n'est pas ce qu'on fait ?

Elle sourit de façon à laisser apparaître une de ses fossettes.

— C'est vrai, oui. Je voulais dire en dehors de la cafèt'. Non pas que ce ne soit pas romantique.

— J'ai promis à Dakota d'aller la voir jouer au roundnet ce soir.

Quand une pointe de déception m'envahit en apprenant qu'elle a des projets, je réalise qu'elle me plaît peut-être plus que je ne le pensais.

— Alors je suppose que ce sera un rencard cafèt'.

Le dîner se déroule bien trop vite et avant même que je m'en rende compte, nous rentrons à nos appartements afin qu'elle se prépare pour retrouver Dakota.

Reagan se situe entre la fille bavarde et sociable d'hier soir et celle discrète que j'ai connue toutes ces années. Je me demande si c'est elle... la version que je n'ai jamais vue.

Je lui prends la main et la raccompagne jusqu'à sa porte, pas loin de la mienne.

— T'en dis quoi ? Je peux t'inviter à un vrai premier rencard un autre soir ?

— Ça me ferait plaisir, dit-elle avant de se mordre la lèvre inférieure. Tu es sûr ? Je ne veux pas t'en dissuader, mais tu m'as dit il y a deux soirs que tu n'étais pas en état de sortir avec quelqu'un.

— C'était avant.

— Avant quoi ?

— Avant que je sache que tu m'aimais bien. Ça change tout.

Je serre sa main et me force à faire un pas en arrière.

— À plus, Reagan.

Ginny et Heath sont dans le salon, blottis sur le canapé, quand j'entre dans l'appartement.

— Docteur Scott ! lance Heath.

— Comment ça s'est passé ? demande Ginny. Tu as résolu le problème de Rea ?

— Oui, confirmé-je en étudiant son expression.

Elle arbore ce grand sourire non dissimulé. Une petite minute.

— Tu le savais !

J'agite mon doigt vers elle. Bien sûr qu'elle savait. Reagan et elle sont proches. Je n'arrive pas à croire qu'elle me l'ait caché. Si ta propre sœur ne te dit pas quand la fille la plus sexy du campus craque pour toi, qui le fera ?

— Elle te l'a dit alors ? Vraiment ?

Ginny se redresse et son sourire s'agrandit.

— Ah, je pensais qu'elle se dégonflerait encore.

— Oui.

Je me laisse tomber sur une chaise.

— Quelle sœur tu fais, de me cacher un truc pareil.

— Je suis une sœur géniale, mais aussi une grande amie. Alors... ?

— Alors quoi ? demandons Heath et moi en même temps.

— Tu l'aimes bien ?

Son visage pâlit.

— Oh, mon dieu, est-ce que je dois aller chez elle avec de la glace et du vin ? Si tu lui as brisé le cœur...

— Relax. J'admets avoir été surpris, mais oui, je la trouve super. On va sortir ensemble. Ça fait plaisir de voir de quel côté tu es, sœurette.

— Je t'apporterais aussi de la glace et du vin si quelqu'un te brisait le cœur. Pour en revenir à hier soir, c'était vraiment si affreux ? Elle était pétrifiée à l'idée d'avoir tout gâché pour toi avec cette histoire de fausse fiancée.

— Attends, dit Heath. Quelle histoire de fausse fiancée ?

— Je te raconterai plus tard, promet-elle.

Je secoue la tête.

— Pas du tout. C'est tout le contraire. Vous auriez dû la voir dans la salle. Même mes professeurs les plus sévères l'ont aimée. Oh, et au fait, elle connaît Janine.

— La nana qui te donne toujours une mauvaise image ? s'enquiert Heath.

— Je ne t'ai jamais entendu parler d'elle autrement que comme Janine la lèche-cul, dit Ginny.

Heath ricane.

— Il se plaint toujours qu'elle prend des notes et qu'elle arrive en avance, puis il nous engueule à l'entraînement parce qu'on oublie des trucs ou qu'on est en retard.

— Elle prend des notes et les envoie par e-mail à toute la classe. C'est un peu exagéré, répliqué-je.

— Ça a l'air sympa, dit Ginny. J'aimerais bien que quelqu'un prenne des notes pour moi.

— Elle est cool. On est différents et ce n'est pas grave,

mais c'est le genre d'étudiante à qui les gens veulent donner des bourses, et j'ai besoin qu'ils me les donnent à moi à la place.

Ginny hoche la tête.

— Je comprends. Donc, Reagan a tout défoncé. Et toi ?

— Ils attendent de voir nos notes de mi-semestre et ils veulent qu'on fasse un discours au gala de la bourse avant de se décider. Ce qui veut dire que j'ai un mois pour continuer à leur faire croire que je suis le meilleur candidat.

— D'accord, maintenant qu'on en a fini avec les trucs ennuyeux, dis-m'en plus sur Reagan. Comment elle te l'a dit ? Qu'est-ce qu'elle a dit ?

Ginny gémit à la fin de son avalanche de questions.

— Argh, j'aurais aimé être là !

— On aurait pu y être si tu ne nous avais pas fait asseoir ailleurs, fait remarquer Heath.

Je me lève pour me diriger dans ma chambre. L'excitation que j'avais après avoir passé du temps avec Reagan s'estompe et, à la place, la même sensation désagréable au sujet de la bourse et du discours comme étant un facteur décisif revient. Il faut qu'il soit incroyable. Surtout si je dois dire au docteur Salco que je ne suis pas fiancé.

— Je crois que je vais la laisser te raconter l'histoire, si elle veut.

— Un peu qu'elle veut.

Elle repousse la couverture et essaie de se lever, mais Heath passe ses deux bras autour de sa taille.

— Tu pourras lui demander demain. Si tu y vas maintenant, tu reviendras tard.

— Elle va partir de toute façon, dis-je.

Ginny se replie sur Heath.

— Bien. Mais s'il faut qu'on se roule des pelles, on devrait se dépêcher. J'ai besoin de me coucher tôt.

— Je ne veux pas savoir, dis-je en allant dans ma chambre et en fermant la porte.

Je suis ravi que ma sœur soit heureuse, mais savoir qu'elle fait l'amour de l'autre côté de l'appartement, c'est vraiment trop pour moi.

J'enfile un survêtement et m'étale sur le lit. J'appelle Reagan.

Elle répond à la troisième sonnerie. Son visage remplit l'écran.

— Salut. J'allais partir.

Elle paraît de nouveau timide.

— Ça ne sera pas long. Je viens de réaliser que tu ne m'as pas dit oui quand je t'ai demandé de sortir avec moi tout à l'heure, alors j'appelle pour te le redemander. On s'envole pour le Colorado demain matin pour le match, mais je serai de retour le lendemain dans l'après-midi. Tu veux sortir avec moi dimanche soir ?

Elle rit et le son résonne dans ma poitrine.

— Oui, je veux bien sortir avec toi.

— Cool. Je voulais aussi te prévenir que Ginny sait que tu me l'as dit.

Ses yeux s'écarquillent.

— Oh, non. Elle est en chemin ? Je dois retrouver Dakota dans dix minutes.

— Non, heureusement pour toi et, malheureusement pour moi, Heath avait d'autres plans pour eux ce soir. Est-ce que tout le monde le savait sauf moi ?

Je soulève la tête, un bras derrière le cou.

— Je ne suis pas sûre. Ginny l'a su en premier parce que je voulais m'assurer qu'elle était d'accord si je décidais de te le dire.

— Tu as demandé la permission à ma sœur ?

Waouh, maintenant je comprends pourquoi Ginny détestait

quand les mecs me disaient qu'ils voulaient l'inviter à sortir avant pour être sûrs que ça m'allait.

— On est amies et je ne voulais pas qu'elle ait l'impression que je l'utilisais pour t'atteindre ou quoi que ce soit d'autre. Puis Dakota l'a découvert, bien sûr.

— Et Ginny l'a dit à Heath. C'est facile de voir comment ça a circulé dans le groupe. Je suis choqué qu'ils m'aient tous caché ça.

— Oui. Je ne sais pas si tout le monde est au courant. Je n'ai pas vraiment été très subtile, donc probablement.

— Assez subtile pour que je ne le remarque pas.

— Tu étais absorbé par tes copines et tu ne me voyais pas comme ça. C'est pas grave.

— Je te promets, je t'ai vue comme ça. Seulement, je ne pensais pas que tu étais sur moi. En plus du fait que tu sois si timide, tu n'as jamais flirté ou n'es jamais sortie avec quelqu'un de l'équipe...

Putain.

— Parce que tu ne voulais pas sortir avec un de mes coéquipiers. Merde.

Son doux rire s'infiltre à nouveau dans le téléphone.

— Oui, j'ai passé assez de temps avec toi et les gars pour savoir ce que vous pensez de sortir avec l'ex d'un coéquipier.

Merde.

Aucun de nous ne parle. Je repense à toutes les fois où nous avons traîné ensemble, à la recherche d'autres indices, et je rejoue ses actions en sachant cette nouvelle information. Bon sang, je déteste rater des trucs et j'ai clairement raté quelque chose là.

— Tu sais, je me souviens aussi de notre première rencontre. Tu tenais un carton et tu scrutais les appartements comme si tu ne savais pas où aller.

— Je ne savais pas.

— Je voulais venir te parler, mais je ne savais pas quoi dire, alors j'ai proposé de porter ton carton. Si je me souviens bien, je t'ai invitée à sortir ce jour-là.

— Tu m'as invitée à une fête.

— C'est à peu près la même chose, rétorqué-je. Je ne me suis jamais senti aussi chanceux que lorsque j'ai pris conscience que la fille la plus sexy du campus allait vivre à côté de chez moi.

— Tu obtiendras tout par la flatterie, dit-elle.

Je fais le serment de la flatter beaucoup plus.

À notre retour le dimanche après-midi, j'appelle maman pour prendre des nouvelles.

— Allô, je pensais justement à toi, dit-elle en décrochant. Félicitations pour le match d'hier soir.

— Merci. Qu'est-ce que tu fais ?

— Je nettoie le garage. J'ai trouvé une boîte de trophées de quand tu étais petit. Champion du concours d'orthographe en CM2, déclare-t-elle fièrement.

— Je pense que tu peux les jeter.

— Hors de question. En plus, maintenant que ton père a enlevé tous ses vieux outils, j'ai beaucoup plus de place. Je mets tout ce qui est dans des cartons dans des bacs et je monte des étagères, comme ça j'ai de la place dans le garage pour me garer.

Depuis l'annonce de leur séparation, ils n'ont jamais montré leur agacement ou leur animosité l'un envers l'autre à Ginny et à moi, mais ça s'entend parfois dans leur ton. Qui aurait cru qu'ils se disputaient pour des outils dans un garage ?

— On a un match à domicile le week-end prochain, dis-je en changeant de sujet. Tu pourras venir ?

— J'aimerais bien. Tante Zoé se fait opérer des yeux vendredi et je lui ai promis de la conduire à son rendez-vous.

Encore un match où aucun de nos parents ne sera présent. J'ai déjà reçu un message de papa disant qu'il avait un truc de prévu au boulot et qu'il ne pourrait pas venir.

— D'accord, eh bien, il ne reste plus beaucoup de matchs à domicile. Tu pourrais venir samedi.

— Peut-être. Je regarderai mon agenda, mais je te promets de venir bientôt. Tu me manques.

— Tu me manques aussi, maman.

— Je ferais mieux d'y aller. Je crois que j'ai prévu plus que ce que je pourrais finir en une journée.

Ginny entre dans ma chambre et je lève un doigt pour lui dire d'attendre.

— Très bien. On se rappelle. Ginny te passe le bonjour.

Une fois que j'ai raccroché, Ginny s'avance et s'assied sur la chaise de mon bureau.

— Maman ?

— Oui, on dirait qu'aucun d'eux ne viendra aux matchs le week-end prochain.

— Ils sont nuls en ce moment. Ils ont dit que tout irait bien et qu'on resterait une famille.

Je hausse les épaules.

— Oui, lui promets-je.

Dès que nos parents arrêteront de se comporter comme des enfants, mais je garde ça pour moi.

— Maintenant, aide-moi à trouver quoi me mettre pour mon rencard avec Reagan.

Elle pousse un cri. Je ne sais peut-être pas comment arranger la merde avec nos parents, mais je sais comment faire en sorte que Ginny n'y pense plus.

DIX
REAGAN

Cancer, *rangez votre cœur dans votre poche. Ce n'est pas le moment d'avoir des émotions dévergondées. Tant que vous y êtes, gardez-la dans votre pantalon aussi.*

— Ça y est ! Ça y est ! Regarde. Je ne peux pas moi.

Je glisse mon ordinateur vers Dakota quand le docteur Rossen envoie la liste finale du casting.

Elle parcourt lentement la liste. Si lentement. Je fais les cent pas et me tiens les mains en prière. Je veux tellement ce rôle.

— Alors ? demandé-je quand je n'en peux plus.

Son visage se détache de l'écran et elle sourit.

— Tu as eu le rôle de Molly. C'est celui que tu voulais ?

— C'est vrai ?!

Je bondis sur elle pour voir les résultats.

— Molly, Mary et Mara. Ce sont des noms affreux pour des sœurs. Ils se ressemblent trop, se plaint-elle.

Cependant, je l'entends à peine.

— Je n'arrive pas à y croire. Je l'ai eu !

— Félicitations !

Je la serre si fort dans mes bras qu'elle grogne et halète pour respirer.

— Ça va être génial !

— Je suis très fière de toi, dit-elle quand je la libère.

Je prends alors soudain conscience de la nouvelle.

— Oh non.

— Quoi ?

— Je pourrais foutre en l'air toute la production.

Bordel.

— Waouh, c'est un changement rapide d'humeur, même pour toi.

— Je n'ai jamais joué un rôle comme celui-là. Je ne suis pas drôle. Pourquoi j'ai pensé que je pouvais jouer un personnage drôle ?

Elle sourit.

— Parfois, tu es drôle. Tu me fais sourire là.

Je gémis bruyamment au moment où l'on frappe à la porte.

— On dirait que ton rencard est là. Tu veux que je le fasse entrer et que j'aiguise mes couteaux pendant qu'il t'attend ?

Je ris, espérant qu'elle plaisante, et me rue vers l'entrée pour ouvrir à Adam. Les cheveux encore mouillés, il entre avec un sourire si sexy que j'oublie de parler.

— Salut, dit-il en me sortant de ma torpeur.

— Eh. Salut.

J'agite la main maladroitement.

Le malaise que j'avais en sa présence a un peu diminué maintenant qu'il est au courant pour mon énorme coup de cœur. Mais je reste nerveuse de la tournure désastreuse que pourraient prendre les choses.

Je suis déjà coiffée et maquillée, alors je me change rapidement pendant qu'il attend sur le canapé. J'envoie Dakota dans sa chambre avec la promesse qu'elle ne menacera pas mon rendez-vous.

Il se lève quand j'entre dans le salon. Je plaque mon sac contre moi. J'y ai fourré mon mascara waterproof et des mouchoirs, et je porte mes sous-vêtements préférés.

— Je suis prête.

— Tu es superbe, dit-il.

Il me regarde comme s'il n'arrivait pas à croire que nous allions réellement le faire. Comme s'il me remarquait vraiment. Comme j'ai toujours voulu qu'il me voie.

La main dans mon dos, Adam me guide à sa Jeep et m'ouvre la porte.

Nous voilà partis. J'ai un rencard avec Adam Scott ! Je me pince, ça fait super mal, mais au moins, je sais que je ne rêve pas.

Le truc avec tous les mauvais rencards que j'ai eus ces derniers temps, c'est que maintenant, je les vois vite arriver. De petits indices comme des silences en nous rendant à notre destination. Ce n'est pas infaillible. Parfois, la roue tourne au moment de l'apéritif, mais le plus souvent, ma première réaction résiste jusqu'à la fin de la soirée.

Je sais également à quoi ressemble un bon rencard. Plus précisément, de quoi a l'air Adam lors d'un bon rencard. Je l'ai vu sortir avec tellement de filles au fil des ans.

Donc, quand Adam et moi arrivons au restaurant et qu'aucun de nous ne prononce pas plus de deux mots, je commence à paniquer. Toute l'excitation de sortir enfin avec l'homme de mes rêves se transforme en stress. Puis je me mets à bavasser. Pendant tout le dîner. Je touche à peine à mon assiette tellement je suis occupée à lui raconter chaque détail de ma journée. Ce n'était pas si excitant pour commencer et mes commentaires n'arrangent pas les choses.

Au moment où nous remontons dans la Jeep pour rentrer, j'ai envie de pleurer. Je tombe dans un mutisme qui aurait pu être utile il y a une heure, quand je récitais mon horoscope et le sien.

Il démarre la voiture, mais n'enclenche pas la première. De grosses larmes coulent de mes yeux. Je suis tellement en colère contre moi et la situation, et juste... furieuse d'avoir eu si tort. Comment puis-je craquer autant pour lui, puis découvrir que nous n'allons pas du tout bien ensemble ?

— Merde, ça va ? questionne Adam.

— Oui.

Je me tourne pour regarder par la fenêtre et essuie mes joues mouillées.

— Non, ça ne va pas. Tu pleures.

Il se tourne et s'approche de moi. Il prend mon menton dans sa main et m'oblige à lui faire face.

— Désolé. C'était horrible. C'est ma faute. Depuis que tu es apparue dans cette minuscule robe rouge, j'ai la gorge serrée. Mon jean est si serré que je m'inquiète d'avoir une mauvaise circulation du sang dans ma queue.

— Quoi ?

Un gloussement de surprise m'échappe et je ne peux m'empêcher de baisser les yeux sur son entrejambe.

— Oh.

Il est dur. Très dur.

— Je croyais que tu comptais les secondes jusqu'à ce que le rencard soit terminé, et je n'arrêtais pas de parler parce que je ne voulais pas que ce soit le pire rendez-vous de l'histoire. Enfin, le deuxième. Rien ne pourrait être pire que t'impliquer dans de fausses fiançailles devant tous tes professeurs. Revoilà que je bavasse. Je n'arrive pas à m'arrêter. Avant, je ne pouvais pas parler en ta présence et maintenant, je blablate. Sérieusement, je ne peux pas m'a...

Sa main se plaque contre ma bouche et je crie de surprise. Il rit et retire sa main.

— Désolé, c'était salaud. Je ne voulais pas te couper. C'est juste que... j'ai vraiment envie de t'embrasser et c'est difficile de trouver une seconde pour me lancer.

Je ferme brusquement la bouche. Il me regarde comme s'il attendait que je dise autre chose.

— Oui, plus jamais je ne parle, murmuré-je.

En riant, il se penche en avant. Son haleine est mentholée et douce quand il entrouvre les lèvres. Sa main prend mon menton puis se glisse derrière mon cou, une traînée de chair de poule dans son sillon.

La radio est allumée, mais j'entends tout de même le grognement qu'il lâche en plaquant ma bouche contre la sienne. Son baiser magique me donne une pointe d'assurance et j'enroule ma langue autour de la sienne. Mes mains trouvent ses cheveux, j'emmêle mes doigts dans ses boucles épaisses et l'attire un peu plus près. Il s'approche si facilement que je semble avoir une force démesurée. Il est sommairement sur le même siège que moi, ce qui n'est pas rien quand on connaît sa taille.

Un bras enroulé autour de ma taille, il nous emporte de son côté de la Jeep. Tout ça sans rompre le baiser. Impressionnant.

— Aïe, couiné-je quand mon genou heurte le levier de vitesse.

Je crois qu'il marmonne une excuse, mais cette main à ma taille s'est déplacée pour peloter mes fesses et... oh, c'est le paradis. Je grimpe sur ses genoux et me plaque contre lui. Ce n'est qu'à ce moment-là que nous arrêtons de nous embrasser. Nos lèvres ne sont qu'à quelques millimètres. Son souffle chaud se mêle au mien.

Son regard me tient figée. Je ne sais pendant combien de temps nous nous fixons, mais aucun de nous ne bouge, haletant, désireux, lisant les pensées de l'autre avant que son sexe se soulève sous moi. Mes yeux se ferment lentement.

— Dis-moi de ralentir, supplie-t-il alors que sa bouche trouve mon cou.

J'ai le choix, soit je ralentis, je prends le risque que nous ayons suffisamment gâché ce rendez-vous pour qu'il ne veuille pas m'en proposer un autre, soit je fonce. Une seule nuit, c'est mieux que zéro. Mon horoscope m'a dit de la garder dans mon pantalon, mais, sérieusement, je dois être l'exception. Adam est mon exception.

Je roule les hanches et réclame sa bouche. Je suis à fond pour que ça continue. Que ce soit juste pour ce soir ou plus.

Adam ne me supplie plus ni ne me demande la permission après ça. Ses mains sont partout, me guidant vers la bosse dure, puis sur mon visage, tendres et caressantes. Quand ses doigts empoignent mes seins, je me penche en arrière et le klaxon retentit.

Son rire me chatouille la gorge.

— Je crois qu'on devrait probablement continuer ça chez toi.

À la place, je défais sa braguette et baisse son pantalon le plus bas possible pour libérer sa queue. Ses yeux se ferment et sa gorge déglutit lorsque je le prends en main et le caresse lentement.

— Les capotes sont dans la boîte à gants.

Il sourit d'un air penaud.

Bien sûr, une boîte neuve m'attend. Je tremble un peu en ouvrant le préservatif, à cause de l'excitation qui a grandi au cours de deux longues années frustrantes.

Je me rappelle à peine le couvrir de latex ou la courte conversation que nous avons eue ensuite. Il s'est assuré que j'allais bien et si j'étais sûre de vouloir faire ça. Je lui ai demandé s'il était fou parce que, sans blague, bien sûr que je suis sûre. Je ne prends même pas la peine d'enlever ma culotte. D'une légère manœuvre, je la décale sur le côté. Les culottes ouvertes semblent être une bonne idée pour la toute première fois.

Quand je m'abats lentement sur lui, c'est tellement mieux que dans mes rêves. Le souffle court et enfiévré, une énergie frénétique me parcourt en m'agrippant à son cou et en le laissant s'enfoncer entièrement.

Il contrôle le rythme. Les deux mains sur ma taille, il me lève et me baisse encore et encore. Ma robe se lève et il la remonte davantage pour planter ses doigts dans mes hanches. C'est grâce à moi s'il a l'air aussi heureux et assoiffé de désir.

Mille fois, je me suis demandé à quoi ressemblerait ce moment, mais je ne l'imaginais pas comme ça. Je faisais l'impasse sur trop de détails. Des détails que je n'oublierai jamais, je le savais : ses dents qui mordillent ma mâchoire, ses grognements rauques qui font vibrer son corps et sa façon possessive de s'agripper à ma peau. Et le sentiment inexplicable, quelque part au fond de moi, qui se réveille.

Ma tête tombe en avant et je la pose sur son épaule en jouissant. Je ne le précède que de quelques coups de reins. Il m'abaisse brusquement et lève les cuisses, puis il s'immobilise pour éjaculer.

Je reste ainsi, écroulée sur lui, jusqu'à ce qu'il dégage les cheveux dans mon cou et qu'il m'embrasse chastement.

— C'était inattendu.

— Dixit le gars qui a des capotes sur lui.

Un rire secoue sa poitrine.

— Viens dormir chez moi.

Nous savons tous les deux qu'aller chez lui ou chez moi rend cela plus compliqué. Nous allons devoir répondre de nos actes quand nos amis sauront que nous avons couché ensemble. Et ils le sauront. Il me sera impossible de cacher l'énorme sourire sur mon visage et ma robe froissée. En un regard, Ginny et Dakota sauront tout.

— D'accord, accepté-je.

Je fonce.

J'envoie un message à Dakota pour lui faire savoir que je ne rentre pas, puis je range mon téléphone pour éviter de voir ses réponses. Chez les garçons, nous avons de la chance et n'avons à parler à personne.

La télévision est allumée et Maverick s'est endormi sur le canapé. À en juger par les portes fermées, Rhett et Heath sont dans leurs chambres.

Adam ne m'a pas lâché la main depuis que nous sommes descendus de la Jeep. Il allume sa chambre et ferme la porte. En s'approchant, il me regarde avec un sourire. Un vrai sourire, celui qui retourne mon estomac.

— On a tout fait dans le désordre. Je ne sais pas si j'ai envie de te déshabiller tout de suite ou te poser toutes les questions que j'avais prévues pour le dîner.

— Tu avais des questions ?

Il hausse une épaule.

— Je me suis rendu compte que je ne sais pas grand-chose de toi. Pas comme toi, tu me connais. Tu m'as prêté attention.

Rien ne sert de le nier. Il s'est passé peu de choses dans la vie d'Adam Scott ces deux dernières années que je n'ai pas remarqué.

— Pourquoi tu ne les as pas posées au dîner pour me porter secours ?

— Je n'ai pas pu en placer une.

Je me cache derrière mes mains.

Il rit et éloigne mes mains de mon visage.

— C'était adorable.

— Je suis sûre que tu connais tous mes secrets embarrassants. Y compris comment je jacasse quand je suis nerveuse.

— Eh bien, je veux en savoir plus.

— Demande-moi ce que tu veux.

Je m'assieds sur le bord du lit et tire sur nos mains jointes pour qu'il me suive.

— J'ai du mal à me souvenir de ce que je voulais te demander. T'avoir ici dans ma chambre, sur mon lit, c'est plutôt distrayant.

— Le meilleur moyen de se souvenir de quelque chose, c'est de se concentrer sur autre chose.

Son regard s'assombrit et il se penche en avant pour m'embrasser. Nos baisers sont moins fougueux cette fois-ci, nous parvenons même à tenir plusieurs minutes sans laisser nos mains partir en exploration. Mais rapidement, il caresse mes jambes, remontant lentement jusqu'à ce que ses doigts disparaissent sous ma robe.

Écoutez, je sais qu'Adam est sorti avec beaucoup de filles et donc qu'il a couché avec beaucoup de filles. Cependant, je n'en ai jamais été aussi consciente qu'à la seconde où il a trouvé la fermeture éclair cachée de ma robe et l'a retirée par-dessus ma tête. Quelle habileté !

— Ce n'est pas juste, dis-je. Tu es encore tout habillé et je suis quasiment nue.

— Tu peux m'enlever tout ce que tu veux, dit-il d'une voix bourrue.

Je passe les mains sous son t-shirt, mais ne fais pas grand-chose parce que sa bouche s'empare de mon téton. Je souffle un grand coup. Il pelote l'autre puis échange. J'ai totalement oublié que je devais le dévêtir, jusqu'à ce qu'il m'allonge et se plaque contre moi.

Il m'aide à passer son t-shirt par-dessus sa tête et repart ensuite vénérer mon corps. Je m'autorise à explorer chaque muscle de son dos et de sa poitrine. Il y en a beaucoup. Adam est grand et large. Son corps a été sculpté et dessiné par les années de hockey. Je trouve un trait en relief et effleure du doigt la cicatrice à l'intérieur de son biceps.

— Tu t'es fait ça comment ?

— Je suis tombé sur la glace avec un défenseur lors de ma première année à Valley, j'ai pris un patin dans le bras.

— Et tes protections ?

— C'est passé au travers ou ça les a contournées. Pas sûr. Ça n'a pas aidé.

Eh bien, ce n'est pas rassurant.

— Tu en as d'autres ?

Il recule et montre une autre cicatrice, celle-ci plus petite que l'autre et juste en dessous de son nombril.

— Celle-ci, c'est une crosse.

— Heureusement que ce n'était pas plus bas.

Je frotte le contour de son sexe à travers le jean.

— Sans blague.

Il retombe sur moi et c'est la dernière chose que nous nous disons avant qu'il mette un préservatif. Adam est allongé à côté de moi, nu, et il a envie de moi... eh bien, aucun horoscope n'aurait pu me préparer à ça.

ONZE

ADAM

Rien n'aurait pu me préparer à ça.

Reagan, magnifiquement nue dans mon lit. C'est l'une de ces illusions d'optique. Au début, on voit un verre de vin, mais si l'on plisse les yeux ou qu'on la retourne, on finit par voir deux personnes en train de s'embrasser. Une fois qu'on voit les deux, impossible de les oublier. Je ne vais jamais pouvoir oublier cette version de Reagan. Les lèvres roses et humides, la poitrine soulevée par l'excitation. Si, *si* nue. *Puuuutain.*

— Tu es magnifique.

J'éloigne ses cheveux de son cou et sens son pouls sous mon pouce.

En m'enfonçant en elle pour la deuxième fois en une heure, je n'arrive pas à croire que ça arrive.

Avec Reagan. Le petit sexe de Reagan, doux, beau et timide, me serre fermement et avec avidité. Ses ongles griffent légèrement mes épaules. Ses seins rebondissent à chaque fois que j'entre en elle. *Boing. Boing. Boing.*

Je suis fasciné.

Je nous retourne pour qu'elle soit au-dessus.

— Enfourche-moi.

Elle hésite, mais pas longtemps. Mes mains retrouvent le chemin qui mène à ses seins. Je me redresse pour les lécher et les mordre. Gentiment puis plus violemment. Elle me plaque sur le lit et prend la main, ce qui me va très bien. Reagan qui me maîtrise... ouaip, zéro plainte de ma part. Bon sang, je vais jouir bien plus vite que je n'en ai envie.

Nous n'aurons qu'à remettre ça. Je prévois de faire durer ce rendez-vous jusqu'aux petites lueurs de l'aube et de la faire jouir de nombreuses fois encore. J'envisage toutes sortes d'amusement.

Je ne m'attendais pas à ce que la soirée prenne ce tournant. Honnêtement, je m'attendais à ce que nous ayons un dîner sympa, en apprenant à nous connaître hors du groupe. Je ne veux pas dire que c'est mieux, mais elle est nue, alors... Oui, putain, c'est mieux. Nous aurons le temps de parler plus tard.

Quand ses gémissements se font plus sonores et ses mouvements plus frénétiques, je prends le contrôle en saisissant ses hanches et en m'agitant sous elle. Sa peau claque contre la mienne, ses mains serrent mes pectoraux jusqu'à ce que ses ongles pincent ma peau.

Quelques secondes seulement plus tard, elle jouit la première. Quelle performance incroyable ! Les cheveux ébouriffés et une expression de pur bonheur sur le visage, je veux revoir Reagan avoir un orgasme encore et encore.

Elle se met à glousser, cherchant de l'air en s'écroulant à côté de moi.

— Putain, c'était génial.

— C'est l'euphémisme du siècle !

Je contemple le plafond, essayant de reprendre mon souffle. Je n'ai pas envie de bouger, mais je dois m'occuper du préservatif.

En me redressant, du bruit derrière la porte attire mon attention. L'appartement bouillonne toujours d'activités, donc ce n'est pas surprenant. Cependant, les voix sont étouffées et semblent se trouver juste derrière la porte, c'est suspect.

— Euh, je crois qu'on a des spectateurs.

— Quoi ?

Elle se redresse brusquement.

Je pointe la porte.

Les chuchotements reprennent et j'entends distinctement Ginny couiner :

— Aïe, Mav, tu m'as marché sur le pied.

On entend ensuite plusieurs personnes se dire « chut ». J'ignore combien ils sont, mais je suppose que tout l'appartement écoute à la porte.

— On fait quoi ? questionne Reagan.

— Rien. Ces idiots ont les oreilles collées à la porte. Ils finiront par se lasser.

Je l'embrasse puis me lève pour jeter le préservatif.

Reagan se met sous la couette et fixe la porte pendant que je sors des vêtements propres. Ça l'ennuie plus que moi. J'imagine que je m'y attendais. Rien n'arrive dans cet appartement sans que ça ne devienne public. J'adore ces gars, mais qu'est-ce qu'ils sont fouineurs.

J'enfile un survêtement, jette un t-shirt à Reagan et me dirige à tâtons vers la porte. J'attends d'être sûr qu'ils sont toujours là, mais quand le rire rauque de Maverick les trahit, j'ouvre la porte à la volée sans prévenir.

Je tends le bras dans l'embrasure de la porte pour les empêcher d'entrer et, avec un peu d'espoir, pour garder Reagan à l'abri des curieux.

— On peut vous aider ? demandé-je.

J'essaie d'avoir l'air agacé, mais la soirée a été trop géniale pour que ce soit sincère.

Maverick, Ginny, Heath, Rhett et même Dakota sont regroupés là, arborant le même air coupable.

Dakota tente de regarder derrière moi.

— Reagan est là ? C'est Reagan, n'est-ce pas ? Si ce n'est pas Reagan, je vais te botter le cul, Scott.

— Ça ne vous regarde pas. Éloignez-vous de ma porte. C'est bizarre. Surtout venant de toi, dis-je à ma sœur.

— Dis-nous juste si c'est Reagan, implore Ginny.

Je ne sens pas Reagan s'approcher, mais elle se faufile sous mon bras en portant le grand t-shirt que je lui ai prêté. Il atterrit à ses genoux et je n'arrive pas à savoir si elle porte une culotte. Mais je prévois de vérifier dès que ces idiots iront se faire voir.

— Oui !

C'est ma sœur qui crie le plus fort, mais même Rhett affiche un sourire bête.

— Maintenant, vous voulez bien vous éloigner de la porte de ma chambre ?

Je m'apprête à la fermer, mais Maverick pose une main sur la porte et la maintient ouverte.

— Il nous faut des détails, réclame-t-il.

— Non, répondons Reagan et moi en même temps.

— On mérite des détails.

Mav n'a absolument aucune limite, je suis sûr qu'il pense vraiment ce qu'il dit. Je prends Reagan par la taille et l'attire contre ma hanche. Tous nos amis suivent le mouvement.

— Merci de vous intéresser à notre vie sexuelle, mais on n'en parlera pas.

Heath sourit.

— Leur vie *sexuelle*. Ça implique que ça va continuer.

Un peu que ça va continuer.

Je ne dis pas ça à voix haute cependant. À la place, je déclare :

— Bonne nuit. Ne revenez pas.

Reagan agite la main et je parviens à fermer la porte à clé.

— Eh bien, dis-je en passant une main dans mes cheveux, ils

savent qu'on est tous les deux à moitié nus dans cette chambre, donc autant s'assurer que ça vaille les mille questions qu'ils vont nous poser demain.

Elle saute à mon cou et le t-shirt remonte, me laissant apercevoir ses fesses nues.

— Ça valait déjà le coup.

Je la soulève et la ramène sur le lit.

— Je crois qu'on peut mieux faire.

Le soir suivant, Reagan me propose de la retrouver au théâtre après l'entraînement de hockey. J'avoue que j'espérais une sorte de spectacle sexy pour moi. Qu'elle enfilerait peut-être un de ces costumes qu'elle a portés et qu'elle se pavanerait sur scène. Bon, ça la fait passer pour une strip-teaseuse, mais ce sont mes fantasmes et je refuse de m'excuser pour ça. Je me souviens encore très bien de la robe qu'elle portait dans la pièce précédente. Elle était vert foncé et avait un décolleté qui faisait paraître ses seins énormes.

J'ai vu toutes les pièces dans lesquelles elle a joué depuis que Dakota et elle se sont installées de l'autre côté de notre passerelle. Un spectacle privé... oui, ça enchaînerait bien avec hier soir.

Elle est assise, des livres éparpillés devant elle et son ordinateur sur les genoux. Elle porte une queue de cheval basse, attachée par un chouchou noir. Noir avec des étoiles dorées.

Je grimpe sur la scène.

— Tu l'as trouvé.

— Quoi ?

Elle jette un coup d'œil à gauche et à droite.

— Le chouchou porte-bonheur.

— Oh.

Elle lève le bras et le touche, puis fait glisser sa main jusqu'à l'extrémité de sa queue de cheval.

— Oui, je l'ai trouvé. Il était dans mon sac à main.

Je contemple le théâtre vide.

— Meuf, je ne sais pas comment tu fais. Je me sens nerveux rien qu'en étant ici et en pensant à ce que tu fais.

— J'adore. C'est mon endroit préféré.

Son ton est révérencieux.

— C'est un peu effrayant d'être ici tout seul.

Plus j'y pense, moins j'aime l'idée qu'elle soit seule dans cet endroit sombre, sans personne dans les alentours. C'est peut-être ma répugnance à parler en public et à me tenir face à des rangées et des rangées de sièges, mais on dirait une scène sortie tout droit d'un film d'horreur.

— Le bureau de monsieur Hoffman est juste à côté et je suis sûre qu'il m'entendrait crier.

— Ce n'est pas rassurant.

— Je vais bien. En plus, tu es là maintenant.

Je l'oblige à se lever et l'embrasse. C'est fou. Je n'arrive toujours pas à croire que nous nous embrassons maintenant. C'est quelque chose. Nous nous embrassons. Beaucoup. C'est chaud bouillant.

— À part m'embrasser, tu avais quoi en tête en m'invitant ici ?

Je suis à cinq secondes près de la distraire de son programme, quel qu'il soit, s'il n'inclut pas mes lèvres sur son corps.

— Rien, j'ai juste choisi le seul endroit où j'ai pensé qu'on ne serait pas assaillis de questions. Tu sais combien de messages m'a envoyés Ginny aujourd'hui ?

— Si c'est la moitié de ce qu'elle m'a envoyé, alors j'ai ma petite idée. Qu'est-ce que tu lui as dit ?

— À qui ?

— À Ginny. Quand elle a envoyé « Qu'est-ce qui s'est passé ? » et « Qu'est-ce que ça signifie ? » ?

Je change ma voix pour me moquer du ton pétillant et excité de Ginny.

— J'ai envoyé une série de GIFS pour dire que je ne dirai rien à ce sujet et je me suis cachée ici. Et toi ?

— Je n'ai pas répondu, ça va la rendre folle. Elle est probablement en train d'attendre à l'appartement pour se jeter sur moi à mon retour.

— C'est une aussi bonne raison de rester qu'une autre.

Reagan pose ses lèvres sur les miennes et m'embrasse avec fougue. Ravi que nous soyons sur la même longueur d'onde avec le programme de ce soir : nous embrasser. Parce que c'est génial.

Il y a trop d'adrénaline dans mon corps pour que je reste tranquille. Me jetant sur sa bouche, je la soulève et la mène dans un coin de la scène. Il fait sombre, mais je trouve un mur et la plaque contre.

— Je ne suis jamais assez près de toi.

Je la placarde contre le béton dur et pourtant, ce n'est pas assez.

Je la remonte et elle enroule ses jambes autour de moi.

— Encore un peu et l'on sera une seule et même personne.

Elle tire sur mes cheveux et suce ma lèvre inférieure.

— J'ai oublié de te demander comment s'est passée ta journée.

— Ma journée ?

Son rire est le plus beau des sons.

— Ma journée était chouette. Et la tienne ?

— Mieux maintenant.

— On ne va pas pouvoir se cacher d'eux pour toujours.

— Je ne me cache pas. Je te veux juste pour moi.

Je mords son cou, elle couine et rit.

Il y a tellement de choses que je ne sais pas sur Reagan et

j'ai envie d'apprendre à la connaître. Vraiment, en dépit du fait que je n'arrête pas de la malmener. On dirait que pour apprendre à nous connaître, nous devons nous débarrasser de certains besoins physiques. Et rester loin de nos amis.

— Il y a quelqu'un ? lance une voix masculine du fond du théâtre.

— Merde, chuchote Reagan en s'échappant de mes bras. Elle lisse frénétiquement ses cheveux de la main et s'avance au milieu de la scène.

— C'est juste moi, monsieur Hoffman.

— Reagan ?

Je reste caché, mais je vois Reagan se tordre les mains. Puis elle se met à parler vite.

— Oui, désolée, j'étudiais et puis j'ai décidé de travailler quelques répliques. Je suppose que je me suis un peu emportée.

— D'accord. J'ai cru entendre des cris.

Je jette un œil depuis ma cachette. Hoffman est un quinquagénaire chauve. Les mains sur les hanches, il interroge Reagan.

— Désolée, j'étais vraiment dans mon personnage.

Oh, ça, oui.

— J'ai bientôt fini, le rassure-t-elle.

— D'accord. Je rentre bientôt chez moi. Tu devrais y aller aussi.

— D'accord. Promis.

Reagan me regarde rapidement à la dérobée. Elle ne bouge pas avant que les portes du théâtre se ferment.

— Oh punaise.

Elle se dirige vers moi en gloussant.

— Content de savoir que tu es en sécurité ici.

Elle me prend par la taille.

— De tout le monde sauf de toi. Viens, sortons d'ici.

DOUZE
REAGAN

Mangez des légumes, mettez de la crème solaire, rêvassez et passez plus de temps avec les gens qui vous font sourire.

Le mardi après-midi, mon cœur s'accélère à chaque pas qui me rapproche du théâtre. Je vois d'abord Mila. Elle se tient sur le côté, l'air incertain de l'endroit où elle devrait se trouver.

Quand elle m'aperçoit, son visage s'illumine.

— Félicitations !

— Merci. Toi aussi. Doublure pour non pas un, mais deux rôles.

Molly et Mary, la sœur du milieu, jouée par une étudiante de deuxième année nommée Harriet.

Mila serre la sangle de son sac à dos.

— Je suis tellement nerveuse. Maintenant, j'ai le double de répliques à mémoriser.

Je lui donne un coup de coude.

— Ne le sois pas. Ça va être amusant.

Je m'accroche à cette attitude enthousiaste jusqu'à ma

première scène. Le visage du metteur en scène Hoffman est pincé alors qu'il nous ordonne de faire une pause.

— Reagan.

Il m'appelle en agitant la main.

Je descends de la scène et le rejoins à la deuxième rangée.

— Tu es sûre de vouloir faire ce rôle ?

— Oui, j'en suis sûre.

Il fait la grimace et fronce les sourcils.

— Tu as l'air mal à l'aise. Tes répliques et tes mouvements sont bons, mais ce n'est pas crédible.

— C'est le premier jour, me justifié-je en ressentant une pointe d'agacement.

— Ce n'est pas le rôle que je voulais pour toi, mais tu avais l'air si déterminé que je suis allé contre mon instinct. Si l'on doit faire un changement, je préfère le faire maintenant plutôt qu'au milieu des répétitions.

— Pas besoin de faire de changement. Dites-moi ce que je dois faire.

— Ce n'est pas qu'une seule chose à changer, Reagan, c'est tout.

Il s'assied et croise une jambe sur l'autre.

— Je pense qu'on peut modifier un peu le personnage dans certaines scènes très comiques, la rendre moins exagérée.

— Non.

Il me regarde fixement sans rien dire.

— Je peux le faire.

Il incline la tête.

— OK alors. Essayons encore une fois.

Les premières semaines de répétitions sont toujours éreintantes et frustrantes, mais je ne me suis jamais sentie aussi tyrannisée et découragée que lorsque nous finissons celle-ci.

Je suis courbaturée, ce qui ne devrait même pas être

possible. Je me suis tellement crispée que mes muscles hurlent d'épuisement.

— Beau travail aujourd'hui, dit Mila alors que nous récupérons nos sacs en coulisse.

— Merci, râlé-je doucement.

Qui aurait cru que jouer l'idiote serait le plus fatigant ? Je vois la difficulté que ça va représenter sous un nouveau jour.

Les deux jours suivants, les cours, les répétitions et Adam occupent chaque seconde de ma journée. Après dimanche soir, nous avons arrêté de prévoir des rendez-vous, il se contente de m'envoyer un message pour me dire de venir dès que j'ai terminé ma journée. Nous évitons nos amis en marmonnant des excuses et nous enfermons dans sa chambre, rien que nous deux.

Le jeudi, je dois perturber notre routine pour rédiger une dissertation que j'ai négligée.

— Te voilà.

Ginny ouvre la porte de ma chambre et passe sa tête à l'intérieur.

— Salut. Oui, j'ai un devoir à rendre demain. J'essaie de le finir depuis midi.

Je jette un coup d'œil par la fenêtre et remarque que le soleil se couche, puis je me frotte les yeux.

— Qu'est-ce qu'il y a ?

— Qu'est-ce qu'il y a ? Sérieux ?

Ginny entre et se met à l'aise, elle enlève ses chaussures et s'assied au bout du lit.

— Tu m'as évitée toute la semaine.

— Je ne t'évite pas.

Je passe juste chacune de mes secondes libres à poil avec ton frère.

— Je ne sais pas quoi penser de ce silence de votre part. Aucun de vous n'a dit un mot.

— Ça ne fait que quelques jours.

— Je sais, mais d'habitude, quand tu rentres d'un premier rencard, tu me racontes tout.

— Eh bien, techniquement, je ne suis pas rentrée lors de notre premier rendez-vous.

Ginny sourit, mais ses lèvres font la moue.

— Est-ce que ça va devenir bizarre ? Tu vas arrêter de te confier à moi ?

— C'est ton frère. Ça ne serait pas bizarre de connaître les détails ?

— Non, dit-elle trop rapidement. Bon, peut-être. Mais tu es comme une sœur pour moi et je ne veux pas te perdre à cause de mon putois de frère.

— Tu ne me perdras pas. Je te le promets.

Je prends sa main et la serre.

— Alors ?

Elle est tout excitée.

— Tu m'as eue, c'est ça ?

— Donne-moi quelque chose. Je meurs d'envie de savoir si vous êtes ensemble maintenant. Tu es sa nouvelle petite amie ? Le pari est annulé ?

— On n'en a pas parlé et l'on n'a pas mis d'étiquette sur notre relation. On est sortis et l'on a traîné ensemble quelques fois. C'est tout.

— Vous n'avez pas arrêté de baiser. Tu es en train de me dire que vous n'avez pas eu de discussions entre deux parties de jambes en l'air ?

Je sens mon visage rougir.

— Bien sûr qu'on a parlé, mais rien de sérieux. Je ne veux

pas tout gâcher. Tout se passe bien. On s'amuse et je crois qu'on voulait tous les deux garder tout ça pour nous, jusqu'à ce qu'on trouve une solution. La dernière chose que je veux, c'est foutre en l'air la dynamique du groupe.

— Eh bien, tu ferais mieux de trouver une solution rapidement parce qu'on sort tous ensemble ce soir.

Mon expression doit trahir mon hésitation.

— Pas d'excuses. Je suis totalement pour que mon frère sorte avec ma meilleure amie, mais je ne suis pas d'accord pour que ça crée un fossé entre nous. En plus, Rhett et sa copine ont rompu, on doit être là pour lui et l'aider à ne plus y penser.

— Rhett et Carrie ont rompu ?

Ginny acquiesce.

— Waouh.

Rhett est avec la même fille depuis que je le connais. Depuis le lycée, voire plus. Ils entretenaient une relation à distance vu qu'elle étudie dans le Nebraska, mais je croyais que c'était sérieux.

— D'accord, cédé-je. Mais je dois finir mon devoir d'abord.

Ginny se penche en avant et se jette à mon cou.

— Quoi qu'il se passe, Adam ne se mettra pas entre nous, d'accord ?

— D'accord, répliqué-je automatiquement.

Bien sûr, c'est la dernière chose dont j'ai envie. Mais quand Ginny me partage son inquiétude, je me mets à me demander ce qu'elle croit qu'il va se passer exactement pour qu'elle doive choisir un camp.

Quand je débarque chez les garçons une heure plus tard, tout le monde est sur la terrasse. Ils ont allumé le brasero et mis de la musique.

Adam me sourit en m'apercevant et tous les gars me saluent.

Dakota tient deux verres de vin et en lève un dans ma direction.

— Du vin pour fêter la fin de ton devoir ou de la bière pour avoir tout envoyé valser ? Je me suis dit qu'il valait mieux prévoir les deux.

— Du vin, dis-je en prenant le verre. J'ai fini. C'est peut-être de la merde, mais c'est fait.

Je m'assieds à côté d'Adam. Pas sur lui ou plus près que si je m'asseyais à côté d'un autre type, mais Mav sourit tout de même.

— Vous deux, vous allez encore coucher ensemble ce soir, pas vrai ?

Adam pose un bras sur mes épaules et m'attire plus près.

— Balancez tout. On fera avec.

— On ? lui murmuré-je.

— Je te couvre.

Et il le fait. Il reste près de moi pendant que les garçons nous charrient. Surtout Mav. Ça permet de briser la glace et ce n'est plus aussi bizarre après. Je me détends. Je crois que je ne m'étais pas rendu compte à quel point j'étais stressée de dissoudre le groupe. Ils sont importants pour moi. Ce sont plus que des amis, c'est la seule famille que je connais maintenant.

Rhett reste silencieux, difficile de savoir comment il va, jusqu'à ce que Mav se tourne pour l'interroger.

— Comment ça va, mon pote ?

— Bien, répond Rhett en continuant à regarder dans le vide.

Maverick lui tend la bouteille de Mad Dog.

— Chaque fois que tu réponds par un mot, tu dois boire un verre.

Rhett ne prend même pas la peine d'argumenter, il se contente de prendre la bouteille et de boire une longue gorgée.

— Alors, comment ça va, mon pote ? redemande Mav.

— Ça va bien.

Il lève trois doigts.

— C'étaient trois mots.

— Il va bien ? Je n'arrive pas à savoir, dis-je discrètement à Adam.

— Il va s'en sortir.

— Et si l'on jouait aux sardines ce soir, propose Rhett. Je ne veux pas rester assis ici. J'ai besoin de bouger.

Tout le monde accepte en marmonnant. Nous partons à l'intérieur pour enfiler des vêtements plus chauds. Je pars dans la chambre d'Adam, il est en train de mettre un pull et ensuite un bonnet.

— Tu es dans mon équipe ce soir, dit-il en ajoutant ses couches de vêtements chauds.

— Et Rhett ? On est en chiffre impair, il ne devrait pas rester seul.

— Il pourra se mettre avec Dakota et Maverick.

— Tu crois que Dakota et Maverick seront du meilleur soutien ?

— Putain, jure Adam. J'avais vraiment hâte de passer un peu de temps seul avec toi. Tu m'as manqué aujourd'hui.

Il empoigne mon pull et m'attire vers lui.

— Tu restes dormir ce soir, pas vrai ?

— Oui, mais il faut qu'on dorme un peu ce soir. Je me suis endormie sur mon plateau ce midi.

Il rit.

— Bon, allons-y alors. Finissons-en.

Nous nous tenons la main en allant sur le campus. Il fait froid dehors, je me blottis dans le pull qu'Adam m'a prêté. C'est l'un de ses nombreux pulls de l'équipe de hockey de Valley, mais il l'a porté récemment parce qu'il sent son odeur.

Une fois que nous sommes arrivés, Dakota et Maverick partent se cacher et nous attendons. Je n'avais jamais joué à ce jeu avant de rencontrer les garçons. J'ai grandi sans frère et sœur ni cousins, et je dormais rarement chez des gens où l'on pouvait jouer à ce genre de jeux.

Dakota m'a dit que ça se jouait généralement à l'intérieur, mais, vu nos petits appartements, nous utilisons la zone principale du campus. Une personne ou un groupe se cache et les autres essaient de les trouver. Cependant, au lieu d'un cache-cache traditionnel, il faut se regrouper et attendre que tout le monde nous retrouve. Parfois, nous inventons des règles folles comme faire faire un cul-sec aux chercheurs ou échanger de t-shirts entre partenaires. Tout est presque possible, tant qu'on ne va pas à l'intérieur des immeubles ou sur leur toit. Sinon, il y a trop de cachettes possibles.

Ginny et Heath sont debout, seuls, en train de s'embrasser et de parler, je reste donc avec Adam et Rhett.

Je tiens toujours la main d'Adam, mais je garde une certaine distance entre nous pour que Rhett ne soit pas mal à l'aise. Il n'est pas très bavard, donc je ne peux pas vraiment savoir comment il se sent.

— Comment je me suis retrouvé coincé avec vous deux ? demande-t-il en sortant une bière de la poche de son manteau et en la décapsulant.

— Comment ça ?

Adam semble carrément offensé.

— Je me suis retrouvé coincé avec l'heureux nouveau couple.

Je lâche la main d'Adam et croise les bras sur ma poitrine.

Rhett glousse.

— C'est bon. Vous pouvez vous toucher en ma présence, je m'en fiche. Je vais bien. Super bien.

Oui, pas convaincant du tout.

— Qu'est-ce qu'il s'est passé ?

— On se disputait tout le temps. Chaque jour, elle était énervée pour un autre truc. Je ne le supportais plus.

— Tu as rompu avec elle ? demandé-je. Waouh !

Pour une raison quelconque, ça me surprend.

Il acquiesce et prend une autre longue gorgée.

— Tu as fait le bon choix, dit Adam. Tu trouveras quelqu'un qui te traite mieux, avec qui tu t'entends bien, et les choses seront plus faciles.

— Ou peut-être que vous vous remettrez ensemble, proposé-je. Vous êtes restés ensemble pendant longtemps. Peut-être que vous avez juste besoin de prendre du temps à part.

Adam me jette un regard confus.

Rhett passe une main dans ses cheveux, les faisant tomber sur un côté.

— Non, je ne pense pas. C'est bizarre, cependant. Je n'ai pas été célibataire depuis mes quinze ans.

— Vous avez été ensemble pendant six ans ?

Maintenant, je me sens encore plus mal qu'ils aient rompu. Ils sont restés ensemble si longtemps.

— Oui. Une éternité, hein ?

— Je ne suis jamais sortie aussi longtemps avec quelqu'un. Je ne sais pas ce que ça fait.

— Et vous deux ? nous demande Rhett avant de me regarder. C'est sérieux ? T'es sa copine ?

— Oh, euh...

Rien de tel qu'être pris sur le vif.

Rhett sourit.

— Vous n'en avez pas parlé, hein ? Vous savez ce qui pourrait me remonter le moral ?

— Quoi ? demande Adam.

Il se rapproche de moi, presque comme s'il essayait de me rassurer par sa présence.

— Si vous attendez encore trois semaines pour officialiser. Je serai plus riche de cinquante dollars et, sérieux, c'est quoi un mois de plus ?

Le pari. Bien sûr. Rhett est le plus compétiteur de notre groupe. Ça lui remonterait sûrement le moral. Les garçons sont bizarres.

— On ne se lance dans rien, dis-je.

Adam et moi n'en avons pas parlé, mais je crois que c'est vrai. Ça l'est pour moi. Même si être la petite amie d'Adam Scott a l'air super, il me disait justement qu'il avait besoin de changer et de sortir des vieux schémas.

— Sauf dans le lit de l'autre ?

L'alarme d'Adam retentit.

— C'est l'heure, déclare-t-il fortement pour que Heath et Ginny entendent.

Il pousse Rhett.

— Allons-y. Continue et je vais oublier ton cœur brisé et m'énerver contre toi pour dire de la merde à ma...

Rhett sourit.

— Ta nana ? Tu allais dire ta nana, pas vrai ?

Adam pince les lèvres. Je le prends par le bras.

— Allons-y, vous deux. Je crois que je sais où ils sont. Dakota a mentionné qu'elle avait trouvé une bonne cachette près de la bibliothèque.

— Faut que j'aille pisser.

— Maintenant ? se plaint Adam.

— Je serai rapide, promet Rhett en courant vers le bâtiment le plus proche.

Quand il disparaît à l'intérieur, Adam se tourne vers moi.

— Désolé pour ça.

— Ne le sois pas. Je m'y attendais. Mais pas de la part de Rhett.

— Je suppose qu'on aurait dû discuter de ce qu'il fallait dire.

C'est ma faute. Chaque fois que j'ai passé autant de temps avec une fille, c'était ma copine.

— C'est pas grave. Vraiment. Tu ne me dois aucune explication. Ça me va très bien de ne pas étiqueter ça et de traîner avec toi. Tu veux casser ta routine et je veux juste qu'on passe plus de temps ensemble.

— C'est le problème, cependant. Je ne suis pas sûr d'être d'accord pour ne pas mettre un nom dessus.

Il baisse les lèvres pour trouver les miennes et me prend par la taille. Son visage est froid, mais sa bouche et son corps sont chauds, je me blottis contre eux.

— Je suis de retour.

Rhett se place à côté de nous.

Il décapsule une autre bière quand je m'éloigne d'Adam. Adam penche son menton vers la canette.

— Combien t'en as bu ce soir ?

— Je ne sais pas. Pas assez. Maverick a promis qu'à un moment donné, j'oublierai tout, y compris mon nom, mais je le connais toujours. Rhett. R-H-E-T-T.

— T'es bourré ? demandé-je en riant.

Je crois que je n'ai jamais vu Rhett ivre. Bien sûr, il boit quand nous sortons tous, mais je n'ai jamais remarqué un quelconque effet sur lui.

Il me fait un clin d'œil et continue à épeler son prénom puis son nom. Eh bien, voilà qui est nouveau. Je crois qu'il ne cherche même pas Maverick et Dakota. J'ai fait ce jeu avec lui plus que tous les autres et je peux affirmer sans aucun doute qu'il le prend bien plus au sérieux que nous. Il adore la compétition.

En parlant de compétition, nous sommes le dernier groupe à trouver Mav et Dakota. Ça fait plus de trente minutes que nous cherchons quand j'entends des chuchotements et trouve Ginny, Dakota, Heath et

Maverick entassés ensemble sous une table d'*University Hall*.

Maverick étire ses jambes.

— Enfin. Crampe. Putain. J'ai une crampe.

Il se tient le mollet et crie.

Tous les autres rient alors qu'il jure sur un ton théâtral et roule sur le côté. Adam s'accroupit à côté de lui.

— Masse. Essaie d'étirer ta jambe.

— Putain, ça fait mal quand je fais ça, se plaint Mav.

— Très bien. Redresse-toi. Ça va peut-être t'aider.

Adam l'aide à se lever et Maverick exerce lentement une pression sur la jambe où se trouve la crampe.

— Waouh, c'était vilain, dit Mav une fois qu'il a boitillé un peu autour de nous.

— Tu dois t'assurer que tu t'étires bien tous les jours.

— À vos ordres, Docteur Scott.

Sur le chemin du retour, Adam reste près de Maverick. Il marche tout seul, mais lentement, il s'arrête tous les vingt pas pour se masser.

Ginny et Heath se retirent dès que nous rentrons et partent se coucher. Rhett allume la Xbox. Je m'assieds à côté de Maverick sur le canapé. Il est en train de décapsuler sa bouteille de Mad Dog quand Adam sort de la cuisine avec du Gatorade.

— Tu devrais peut-être essayer ça plutôt.

— Je l'utiliserai pour faire descendre le Mad Dog.

Adam rit doucement et s'installe à côté de moi.

— Je pense que je vais y aller aussi, dit Dakota en bâillant.

Elle s'arrête à la porte.

— Tu dors ici ? me demande-t-elle.

— Oui. Tu vas courir après les cours demain ?

J'ai moins vu Dakota cette semaine, je pense que c'est plus dur pour moi que pour elle. J'ai besoin d'elle et que nous soyons proches aussi proches que d'habitude.

— Je te retrouve là-bas.

Elle nous dit bonne nuit et il ne reste ensuite que les garçons et moi.

Adam pose une main sur ma cuisse et je me blottis contre lui. Il parle à Rhett et Mav des entraînements puis du jeu auquel ils jouent sur la Xbox. La longue semaine sans trop dormir me rattrape et, à un moment donné, je m'endors. Je me réveille seulement lorsqu'il me pose sur son lit.

Il fait sombre, un peu de lumière passe par la baie vitrée qui mène de sa chambre à la terrasse.

— Désolée, dis-je d'une voix rauque à cause du sommeil. Je suppose que j'étais fatiguée.

Il se déshabille, garde son caleçon et se met dans le lit à côté de moi.

— C'est pas grave. La semaine a été longue.

Il m'attire contre lui et m'embrasse. Il a le goût du dentifrice.

— Il faut que je me brosse les dents et que je me lave le visage, dis-je en m'écartant.

J'ai aussi besoin d'enlever ce soutien-gorge. Il est joli et en dentelle, avec du rembourrage qui me fait de trop beaux seins, mais le confort n'y est pas du tout.

— Dépêche-toi.

Sa langue se glisse dans ma bouche, il m'embrasse profondément avant de me lâcher.

Je me hâte, mais, quand je reviens, il a les yeux fermés et un bras sur le visage. J'attrape un de ses t-shirts et me change. Prudemment, je grimpe dans le lit en essayant de ne pas le réveiller. Il m'attrape par la taille et me serre contre son torse. Son nez se blottit dans mes cheveux et il m'embrasse dans le cou.

— Bonne nuit, ma belle.

TREIZE

ADAM

Je m'étire en attendant que le reste de l'équipe arrive pour l'entraînement matinal. Ils prennent lentement et calmement la glace.

— Vous en dites quoi les gars ?

Je me force à paraître en forme alors que je ne le suis pas du tout.

Hier soir, c'était la première fois que je dormais plus de quelques heures dans toute la semaine. Je ne me plains pas. Loin de là. Je le referais, mais c'est un peu plus difficile d'être capitaine et d'encourager pour le match de ce week-end quand je réprime un bâillement.

La playlist de l'équipe joue, c'est un mix de chansons que tout le monde a proposé et que Maverick a ensuite créé. Nous patinons une demi-heure les jours de match, pas plus et pas moins. C'est peu. Nous faisons quelques exercices pour nous défouler et, dans le cas de certains gars, pour se débarrasser de l'alcool de la veille. Un repas et une sieste et ils seront bons pour ce soir.

Rhett se traîne aujourd'hui. Ce n'est pas étonnant vu la rupture et la quantité d'alcool qu'il a bu hier soir. Je suis content qu'il ait enfin mis un terme à sa relation avec Carrie. Ne pas apprécier la petite amie de son meilleur ami, c'est vraiment chiant. J'ai essayé de l'apprécier, vraiment.

Il donnait tant et ça ne lui suffisait jamais. S'il l'appelait deux fois par jour, alors pourquoi pas trois ? Elle détestait qu'il fasse du hockey parce que ça voulait dire qu'il ne pouvait pas venir la voir le week-end. Mais elle, elle venait ? Rarement. Peut-être une fois par semestre. C'était difficile de le voir avec elle ces quatre dernières années où nous avons été coéquipiers et colocataires.

Non pas que mes relations soient exemplaires. Avec un peu de chance, ça va changer cependant. Ça se passe si bien avec Reagan que je dois me rappeler que j'essaie d'arrêter de me mettre en couple trop rapidement puis de rompre trop vite. Depuis le premier soir, j'essaie de prendre mon temps, mais c'est impossible avec Reagan.

Nous passons toutes nos nuits ensemble, je pense à elle toute la journée et ça ne semble toujours pas me suffire. J'ai envie d'être avec elle tout le temps. Je ne veux pas être avec quelqu'un d'autre et je ne veux certainement pas qu'elle sorte avec quelqu'un d'autre. Je devrais probablement le mentionner. On peut être un plan cul exclusif, non ?

Je secoue la tête. Je suis comme ça. Je me donne en entier, je fonce la tête la première et je vis la nouvelle relation, jusqu'à ce que les petits détails que je négligeais au début se mettent à s'accumuler et que je prenne conscience que ça ne fonctionnera jamais. Cette fois-ci, j'aimerais que ce soit différent. Ça doit l'être.

Reagan n'est pas comme les filles avec qui je suis sorti. C'est mon amie et ma voisine et elle est proche de Ginny. Quoi qu'il arrive, elle va faire partie de ma vie. C'est comme si c'était devenu automatiquement sérieux en franchissant cette frontière. Ou en la sautant dans notre cas. Je me soucie de ce qu'il se passe entre nous, bien sûr, mais je me préoccupe aussi d'elle.

Je devrais sûrement faire le contraire de ce que je pense être bien... mettre de la distance, freiner. Elle a cours toute la journée et j'ai un match ce soir et demain, ça ne devrait donc pas être très difficile. Cependant, j'ai déjà envie de lui envoyer un message, de l'embrasser.

— Comment tu te sens ? demandé-je à Rhett en m'installant à côté de lui.

— Comme si j'avais passé mon foie dans un broyeur hier soir.

Il sent l'alcool sucré qu'il a bu. Je mets un peu plus de distance entre nous pour respirer de l'air non alcoolisé.

— Désolé pour Carrie. Je ne crois pas l'avoir dit hier soir.

— Non, certainement pas, et tu ne l'es pas.

Il me lance un regard complice.

— D'accord. Je ne suis pas désolé que vous ayez rompu, mais je suis désolé que tu sois déçu.

Il se moque.

— Déçu ? On est ensemble depuis le lycée. Je la connais depuis que j'ai quatre ans. Je ne suis pas déçu. On dirait un enfant déprimé qu'il n'y ait plus de glace. Ma vie est chamboulée.

Je cherche à comprendre en le fixant.

— Mais tu as rompu avec elle.

— Et je me sens mal à cause de ça. J'ai mal au ventre.

— Alors pourquoi tu l'as fait ?

Honnêtement, je ne croyais pas qu'il le ferait. Il a déjà râlé contre elle avant, disant en passant que ça semblait plus difficile entre eux cette année, qu'ils avaient de moins en moins de choses en commun. Mais ensuite, il l'avait au téléphone vingt minutes plus tard et tout allait de nouveau bien.

— Parce que je ne veux pas la détester ou redouter de lui

parler. Elle n'est peut-être pas la personne qu'il me faut, mais je tiens à elle. Elle a vu quelque chose chez ma personne quand tout le monde s'en foutait de moi. Je n'étais rien avant de la rencontrer. Misérable et solitaire. Je lui dois beaucoup.

Rhett n'essaie pas de cacher qu'il était un gosse maigre et peu populaire avant de sortir avec Carrie. Cependant, je crois qu'il lui accorde trop de crédit. C'était un gars super. Je ne doute pas que c'était un gosse sympa et je sais que c'était un petit ami génial. Je l'ai vu jour après jour. Elle l'aimait pour qui il était et pas pour son physique. Ça ne fait pas d'elle une sainte. D'autre part, il est devenu ce géant au gros nez. Il est beau maintenant, d'après les filles qui essaient souvent d'attirer son attention. Il n'aura aucun problème à trouver une nouvelle copine.

— Je suis là pour toi si tu as besoin. Tu veux inviter des gens ce soir et faire des trucs débiles ?

J'espère secrètement que non parce que nous devons être en forme pour nos matchs ce week-end. Une nuit de beuverie, il pourra s'en remettre, mais deux ?

— Non, mec. Je vais bien. Il va juste me falloir du temps.

— L'offre est valable quand tu veux. Pour n'importe quoi.

Il hoche la tête pour me remercier.

— Merci. Et toi et Reagan ? Vous avez réglé ça ?

On passe en dernier pour les exercices de passes.

— On y va doucement. Tu l'as entendue hier soir. On ne se précipite pas dans quoi que ce soit.

— Pourquoi pas ? Reagan est géniale.

— Parce que je veux que ça marche. Par le passé, quand je me suis trop rapidement mis en couple, ça m'a explosé au visage.

— Mais tu le fais quand même.

Rhett secoue la tête.

— Appelle ça comme tu veux ou pas, mais tu la traites comme toutes tes nouvelles copines.

— Non, réfuté-je, bien que je n'aie pas de preuves.

Je serre les dents. Il a raison. Évidemment, mais je suis en terrain inconnu là. J'ai envie qu'elle devienne ma petite amie, mais ça ne fait qu'une semaine et c'est exactement ce que l'ancien moi aurait fait. Reconnaître ça, c'est comme admettre que je vais tout faire foirer.

— Tout ce que je dis, c'est que je t'ai vu sortir avec beaucoup de filles. Tout comme Reagan avec des mecs. Si vous n'êtes pas clairs sur ce que vous faites, alors vous supposez tous les deux quelque chose. Assure-toi que ce quelque chose soit le même des deux côtés.

— Ton conseil, c'est que je devrais préciser qu'on n'est pas ensemble ?

Il rit.

— Ou que vous l'êtes.

Ginny est chez moi à mon retour. Assise sur le canapé en train de se tresser les cheveux, elle hoche la tête pour me saluer.

— Qu'est-ce que tu fais encore là ? demandé-je en jetant mon sac vers ma chambre et en m'asseyant à côté d'elle.

Heath devait se rendre directement en cours après le hockey, donc elle ne l'attend pas.

— Beurk. Tu es en sueur et tu pues.

J'enroule un bras autour d'elle et la tire sous mon aisselle. Elle pousse un cri et frappe ma poitrine jusqu'à ce que je la libère.

— Dégoûtant. Je vais puer pour le cours. Merci beaucoup.

Sa bouche se retrousse vers le bas en signe de dégoût, mais ses yeux pétillent de rire.

— De rien.

Je sens mon odeur lorsque je rabats mon bras et oui, je prévois assurément de me doucher.

— Tu as emménagé et j'ai raté ça ?

Je lui donne un coup de coude. Elle dort ici presque toutes les nuits maintenant.

— Ça me manque vraiment quand tu dormais chez tes copines plutôt qu'ici, me taquine-t-elle en retour.

— Je suis content que ça se passe bien entre Heath et toi, dis-je sincèrement.

— Moi aussi. Quant à toi et Reagan...

Elle s'arrête comme si elle attendait que je lui fournisse plus d'informations.

— Ouais, ça va.

— C'est tout ?

Je me penche plus près et chuchote comme si j'allais partager un gros secret bien sombre.

— C'est tout.

Elle lève les yeux au ciel et me pousse.

— Maman m'a envoyé un message tout à l'heure. Elle m'a dit de te souhaiter bonne chance et elle s'excuse encore une fois de ne pas venir à tes matchs ce week-end.

Je hausse les épaules. Ils ne sont allés à aucun match depuis qu'ils ont annoncé leur séparation. Étant donné qu'ils ont à peine manqué un match avant ça, ça me rappelle simplement que notre famille est brisée.

— C'est rien.

— Non. C'est ta dernière année.

Une douleur familière me lance dans la poitrine à l'évocation de la fin du hockey. Je suis profondément agacé que mes parents manquent ça. Il ne reste qu'un mois avant la fin de la saison.

— Papa m'a assuré qu'il viendrait pour la soirée familiale.

Je suis peut-être frustré par nos parents, mais j'essaie de ne pas montrer à Ginny à quel point ça me dérange. Elle n'a pas besoin d'ajouter mes problèmes aux siens.

Ginny acquiesce.

— C'est bizarre. Je suis passée de la tristesse à la colère avec eux. J'ai envie de les secouer tous les deux. Ils sont ridicules.

— Ils sont en train de trouver un moyen pour que ça fonctionne. On y réfléchit tous. Tout va bien se passer.

Ginny sourit et pose la tête sur mon biceps.

— Au moins, on est là l'un pour l'autre. Je suis contente que tu fasses tes études de médecine ici.

— Moi aussi.

Elle se redresse et me fixe.

— Ça va entre Reagan et toi ? Vraiment ? Ta sœur préférée n'a pas le droit à plus de détails que ça ? Tu sais, je parie que si je disais à maman et papa que vous étiez fiancés...

Elle se tait, souriant innocemment en regardant ses genoux.

— Petite merde, dis-je en lui chatouillant les flancs.

Elle me donne un coup de coude violent et je recule.

— T'as pas intérêt.

Si je n'étais pas déjà en sueur, je penserais à leur réaction. Surtout en plein divorce.

— Je dois prendre une douche.

— Pff ! souffle-t-elle quand je me lève et me dirige vers ma chambre. Tu peux au moins m'emmener sur le campus ?

— Je pars dans cinq minutes, répliqué-je par-dessus mon épaule.

***

J'arrive en cours quelques minutes avant le début de la classe. Janine est déjà là. Je crois qu'elle doit arriver à chaque cours au moins cinq minutes en avance.

Je pose mon sac à dos par terre et me glisse sur la chaise à côté d'elle.

— Ça va ?

Son iPad est allumé et elle continue à le fixer quelques secondes avant de le poser pour me répondre.

— Oui. Je finissais juste le chapitre sur l'immunologie.

Je ricane.

— On ne le voit pas aujourd'hui ?

— Si. Je lis en avance. Ça m'aide à mieux retenir les informations en classe.

Elle lève les yeux au ciel.

— Je suis sûre que ta grosse tête n'a aucun problème à tout retenir d'un coup, mais je dois travailler dur pour ça.

Ce qu'elle ne dit pas, c'est qu'elle pense que je n'ai pas besoin de travailler dur alors que ce n'est tout simplement pas vrai.

— J'aime le relire après le cours. Je préfère avoir le cours du prof d'abord et ensuite le relire deux ou trois fois tout seul. Je travaille dur aussi.

— Désolée. Je ne voulais pas dire que tu ne bossais pas. Je suis stressée par la bourse et les notes de ce semestre.

— Tes notes sont bonnes.

Je le sais parce que nous suivons presque les mêmes cours. J'ai rarement vu autre chose qu'un beau A sur ses copies rendues.

Elle pose les coudes sur le bureau et se penche en avant.

— Alors, Reagan et toi ?

Ah. J'avais presque oublié que Janine était au courant pour les fausses fiançailles. L'idée d'avouer tout le subterfuge au docteur Salco et elle me fait frissonner. Comment aborder le sujet ?

— On est ensemble, oui.

Je pourrais dire la vérité à Janine tout de suite, mais si elle en parle au docteur Salco avant moi, ce serait la merde.

— Pas juste ensemble, fiancés. Quand est-ce arrivé ?

Un peu, de la panique de l'autre soir me revient. Je ne suis pas doué pour mentir sans mon actrice.

— On se connaît depuis longtemps.

— Je t'en prie. Je connais Reagan depuis un bail. Tu la connais depuis quoi, trois ans ?

Deux, en fait. Depuis que Dakota et elle ont emménagé à côté. Je hoche la tête.

— Environ, oui.

— Eh bien, je suis surprise de voir ma meilleure amie d'enfance fiancée à mon rival, mais vous allez bien ensemble.

Je cherche une réponse appropriée avant qu'elle ajoute :

— J'étais contente de la voir. Je me suis inquiétée pour elle au fil des ans.

Mes sourcils se haussent.

— Tu t'es inquiétée pour Reagan ? Pourquoi ?

— On a perdu le contact quand on est arrivées à la fac. C'est probablement ma faute. J'étais tellement concentrée sur les notes et sur le fait d'être acceptée en école de médecine. Mais elle s'en sort bien ?

Je rate quelque chose, mais j'ignore quoi. Je ne peux pas vraiment demander puisque je suis censé être son fiancé qui sait tout d'elle.

— Elle va bien.

— Cool. Je suis vraiment contente. Lori a été une épave pendant la majeure partie de sa vie. Elle semble aller mieux maintenant, non pas que je blâme Reagan de ne pas lui avoir pardonné. Tu peux le dire à Reagan pour moi ? J'ai essayé de lui dire l'autre soir, mais elle n'avait pas l'air de vouloir entendre.

D'autres personnes commencent à arriver en classe, y

compris le professeur, alors j'acquiesce, puis je clos la conversation en me tournant vers le tableau.

— Bien sûr.

La musique est forte, la foule l'est encore plus, tandis que nous prenons la glace pour nous échauffer. Je me tiens à l'entrée et dis un mot ou deux d'encouragement à chacun des gars. Je suis toujours le dernier à entrer. Je les regarde y aller en premier. Nous sommes efficaces seulement si nous sommes tous au top de notre forme et c'est mon travail. Je leur donne tout ce dont ils ont besoin pour être au top.

Certains comme Jordan se gonflent à bloc d'un simple coup sur le casque, alors que d'autres comme Liam ont besoin d'être félicités tout le long du match. Mav aime que je vienne le voir sur le banc pendant l'échauffement. Je sais comment motiver chacun de mes gars. C'est pour cette raison que le coach m'a attribué le rôle de capitaine.

Ça n'a jamais été mon rêve de jouer au hockey après l'université, c'est donc plus facile pour moi de veiller sur l'équipe que des gars comme Heath ou Mav qui ont déjà été recrutés. J'adore ça, mais ça n'a jamais semblé suffisant pour que je consacre toute ma vie à ça. Ici cependant, avec ces types, je sais que je retiendrai cette expérience pour toujours.

Quand j'entre enfin sur la patinoire, je m'étire et scrute la foule. Je sais déjà que mes parents ne sont pas là, mais je ne peux pas m'empêcher de les chercher, par habitude. Ils ont des billets saisonniers depuis ma première année, les mêmes sièges au milieu des gradins du bas, à côté du banc de touche.

Je me demande s'ils s'assiéront ensemble quand ils viendront maintenant, ou les sièges seront peut-être une monnaie d'échange dans leur divorce. Les billets contre la porcelaine ou un objet à valeur sentimentale qu'ils ont acquis en vingt-trois ans de mariage. Depuis leur séparation, je n'arrête pas de bloquer sur ce genre de choses.

Pour autant que je sache, ils ne se sont pas vraiment disputés pour le mobilier, mais les voir se diviser les meubles qui font partie de tous mes souvenirs d'enfance, c'était affreux.

Cependant, ce soir, vu qu'ils ne viennent pas, Ginny, Dakota et Reagan ont pris leur place. Reagan porte mon sweat de hockey. Il est énorme sur elle, mais il lui va bien. Mes habits n'ont jamais été aussi beaux. J'incline la tête dans sa direction et un sourire timide s'étire sur ses lèvres.

Même, se sourire dans une patinoire bondée, je trouve ça intime. La semaine a été super et je suis content de l'avoir. Elle me plaît. J'ai envie que ça continue à bien se passer avec elle. Est-ce que je résiste à tous mes instincts ? Est-ce que j'agis différemment maintenant ?

Je ne sais pas quelle est l'astuce secrète pour mener notre relation aussi bien que je mène l'équipe, mais je suis déterminé à la découvrir.

QUATORZE
REAGAN

LA POSITION des planètes fait que vous récolterez très probablement les fruits de votre dur labeur. Vous serez tenté de vous détendre. Ne vous relâchez pas ! Vous dormirez quand vous serez mort. On plaisante ! Vous avez aussi beaucoup besoin de repos pour continuer, donc, très important, dormez bien et mangez équilibré.

Valley mène de deux points au début du troisième tiers-temps. Adam se tient au bord de la glace, près du banc, tandis que les garçons entrent sur la patinoire. C'est un géant. Ses larges épaules sont accentuées par toutes les protections. Il paraît encore plus grand avec les patins alors qu'il l'est déjà. J'aime à quel point il est grand et massif. Je me sens en sécurité avec lui.

Je n'avais pas beaucoup de modèles masculins dans ma vie (ou de modèles tout court en fait). Peut-être que c'est à cause des problèmes que j'ai avec mon père qui rend le sentiment de sécurité si sexy à mes yeux. Je m'en fiche. Savoir qu'Adam pourrait physiquement blesser quelqu'un, mais qu'il a choisi une carrière où il aidera les gens, ça le rend extrêmement attirant.

Ginny se penche vers moi pour parler.

— Heath dit qu'ils vont *Au repaire* après le match.

— C'est ce qu'ils font toujours, non ? demande Dakota.

La réponse à cette question est oui. Ou presque toujours oui.

— Je ne peux pas ce soir. J'ai promis à Matt que je l'accompagnerai au bal de leur fraternité demain. Ça se passe dans un hôtel à deux heures d'ici, donc on part tôt le matin.

Je lâche un rire.

— J'adore la façon dont tu dis « j'ai promis », comme si c'était un truc entre amis.

— C'est un rendez-vous d'une nuit ? s'enquiert Ginny.

Dakota secoue la tête.

— Non. Enfin oui, c'est pour une nuit, mais ce n'est pas un rendez-vous.

— Elle va porter sa robe de bal du lycée. Bien sûr que c'est un rencard.

Je pousse Dakota et souris à Ginny.

— Peu importe. C'est un gars que j'ai connu quand je faisais de l'athlétisme, rien de plus. Je porterai des baskets avec la robe. Pas de rendez-vous. On est juste amis et je lui rends service.

— Quand as-tu déjà porté autre chose que des baskets à un rendez-vous ? demandé-je.

Dakota déchire en baskets, mais si jamais je la voyais en talons, je pourrais mourir sous l'effet de la surprise.

— Une fois, j'en suis sûre. Sérieusement, on est juste des amis. Je l'ai vu en short de sport, pas intéressée.

— Bon, je suis partante pour le *Repaire*, dis-je en prenant Ginny par le bras.

Je suis partante pour tout ce que fait Adam. Je ne l'ai pas vu depuis ce matin très tôt, quand il m'a laissée dans son lit pour aller patiner avec l'équipe. Il m'a manqué.

Mes sentiments évoluent vite malgré le fait que nous y allons tranquillement. Tout chez lui me rend heureuse. C'est difficile de contenir quelque chose qu'on voulait depuis une éternité.

Après une victoire de Valley, Dakota dépose Ginny et moi *Au repaire*. Les garçons arrivent seulement quelques minutes plus tard.

Adam me prend dans ses bras.

— Félicitations.

J'inspire en posant la tête contre son torse. Il sent le savon, mon esprit s'égare vers la douche que nous avons prise ensemble il y a deux soirs. Mes tétons durcissent et mon visage rougit.

Il s'écarte, manifestement pas perdu dans des fantasmes cochons, lui.

— Merci. Je vais aller chercher un autre pichet.

Quelqu'un le frappe sur l'épaule pour le féliciter. Il se tourne pour remercier la personne et je me tiens juste derrière lui. Ginny s'est déjà perchée sur les genoux de Heath et les gens s'installent aux tables que nous avons réservées. On dirait qu'Adam ne va pas pouvoir s'échapper de sitôt de cette conversation, donc je le laisse pour avoir une place.

Rhett s'installe sur le siège à côté de moi en soupirant. Il pose son téléphone sur la table.

— Beau match ce soir.

— Merci.

Il se sert une bière puis me tend le pichet.

— Tu veux une bière ?

— Bien sûr.

Je rapproche mon verre et il le remplit.

Je cherche Adam, mais ne le vois plus. Les sièges vides autour de nous sont presque tous pris.

— On devrait garder une place pour Adam, non ?

Il secoue la tête.

— Non. Quand il sera prêt à s'asseoir, il fera bouger quelqu'un.

— D'accord.

Je me tourne vers Rhett. Sans Dakota ou Ginny, je ne me sens pas à ma place. Je sais que c'est idiot, ces gars sont aussi mes amis, mais j'interagis rarement avec eux en tête-à-tête.

— Comment tu vas ?

— Bien.

Il hausse les épaules et passe une main dans ses cheveux blonds indisciplinés.

— Tu as parlé à Carrie ?

— Elle m'a envoyé un message, mais je n'ai pas répondu. Adam m'a dit de laisser tomber.

— Je peux voir ?

Il déverrouille son téléphone et le glisse vers moi. Mon cœur saigne pour lui quand je vois le surnom qu'il lui a donné : *Peluche* avec un cœur.

Ce sera nul de le changer.

Le dernier message d'elle est un fichu roman, mais, pour résumer, elle dit qu'elle a envie de le voir en personne pour parler.

— Tu ne veux pas la voir ?

— Je ne vais pas changer d'avis. Est-ce que continuer à en parler et lui dire ça en personne va vraiment aider ?

Je lui rends le téléphone.

— Je ne sais pas. Elle semble le penser. Peux-tu au moins prendre des congés pour aller la voir ?

— Non. Il faudrait qu'elle vienne.

— Je ne vois pas le problème si elle veut faire un effort, laisse la faire.

— Tu crois ?

Je me remets en question.

— Je ne suis probablement pas celle qui devrait donner des conseils à ce sujet. Je n'ai eu aucun petit ami sérieux.

— Vraiment ?

Il penche la tête sur le côté et ses cheveux tombent sur un œil. Il les repousse.

— Ça me surprend. Et maintenant, tu sors avec le gars qui ne connaît que les relations sérieuses. C'est bizarre comment les choses se passent.

En parlant d'Adam, il est de nouveau en vue. Debout à l'autre bout de la table, il parle à des gars de l'équipe.

— Pourquoi Adam trouve que tu ne devrais pas la voir ? Est-ce qu'il l'a dit ?

— Il n'a jamais aimé Carrie. Ils ne sont pas partis du bon pied en première année.

Je ris.

— Pourquoi ?

— Oh, le sentiment était réciproque. Elle détestait que je partage la chambre du play-boy du campus. Bien sûr, c'est elle qui a utilisé ce terme, pas moi. Il ramenait des filles à la cité U et...

Il s'arrête.

— Merde, je suis désolé.

— Je sais très bien qu'Adam est sorti avec beaucoup de filles. C'est bon.

— Bref, je suppose qu'elle avait peur qu'il me corrompe ou une connerie du genre. Adam et moi sommes différents. Je l'aime, mais...

Il n'a pas besoin de finir cette phrase pour que je comprenne.

Je ne suis pas non plus comme ça.

— C'est un type bien, me rassure Rhett.

— Je sais. J'ai un peu peur qu'il se lasse de moi dans quelques mois et que je le perde, lui et le reste d'entre vous.

Je ris comme si je n'y croyais pas, mais ma préoccupation est sincère.

— Ça n'arrivera jamais.

Il lève son verre et attend que je fasse de même, puis il trinque avec moi.

— Tu es coincée avec nous, Rea.

Tandis que la soirée continue, je discute avec Rhett, Maverick et une poignée d'autres joueurs de hockey. Ginny s'arrache à Heath pour rester aussi un peu avec moi. La seule personne que je ne vois pas, c'est Adam.

Il fait le tour du bar. Il croise mon regard une ou deux fois et me sourit, mais sinon, nous n'interagissons pas.

Je passe un bon moment, mais quelque chose semble clocher chez lui. Peut-être en a-t-il déjà marre de moi. Je ne me soucie habituellement pas de passer pour une fille collante, mais nous avons les mêmes amis, alors c'est peut-être lui qui essaie de mettre de la distance. Plus le temps passe, plus j'ai peur que ce soit vrai.

— Il est où Adam ? demande Ginny alors que Heath et elle se préparent à partir du bar.

Je hoche la tête dans sa direction.

— Est-ce que tout va bien ? Je ne vous ai pas vus ensemble de toute la soirée.

Les sourcils de Ginny se froncent.

— Est-ce que je dois demander à Heath de botter le cul d'Adam ?

— Du calme. N'impliquons pas ton petit ami dans une bagarre ce soir, dit Heath derrière elle.

— Pas besoin de violence. Tout va bien.

Du moins, c'est ce que je crois.

— Tu veux qu'on reste un peu plus longtemps ? propose Ginny.

Heath n'a pas l'air très content de ça, mais il hoche la tête. Il se jetterait d'un pont si Ginny le lui demandait.

— Non, pas besoin de rester, dis-je avec un petit rire.

Je croise le regard d'Adam et il sourit. Je m'inquiète pour rien.

— Rentrez. Ça va aller. Tout va bien. Vraiment, ajouté-je avec un peu d'enthousiasme.

Ginny passe ses bras autour de mon cou et m'enlace.

— D'accord, ma chérie. On se voit demain.

Une fois qu'ils sont partis, je fends la foule toujours dense du bar pour aller voir Adam.

— Salut.

Je me place à côté de lui.

Son bras passe autour de ma taille avant de me lâcher rapidement. Il se tient bien droit.

— Salut. Tu t'amuses bien ?

— Oui, mais je crois que je commence à fatiguer. Heath et Ginny sont partis et je vais sûrement y aller aussi.

— Oh, sérieux ? Déjà ?

Je n'arrive pas à lire l'expression sur son visage. De la déception ? Il n'a fait aucun effort pour me parler ce soir, donc ça ne peut pas être ça.

— Oui. Je suis fatiguée. Ça a été une sacrée semaine.

— D'accord, bon, il reste encore quelques gars, donc je vais rester et m'assurer que tout le monde rentre avant le couvre-feu.

— Oui. Bien sûr. Tu veux que j'attende ?

— Non, rentre dormir un peu.

Il me fait un rapide câlin. Je me fige en m'attendant à ce qu'il me dise qu'il va m'appeler ou me voir plus tard, mais rien.

— D d'accord.

Ses lèvres effleurent brièvement les miennes, puis quelqu'un l'appelle.

Il pousse un grognement agacé.

— À plus, ma belle.

Je m'avance vers la porte, les jambes flageolantes.

— À plus, Adam.

Cependant, il m'ignore déjà et discute avec quelqu'un d'autre. Je suis plus gênée qu'en colère. Gênée d'être venue le voir et de m'être fait passer pour une fille aussi ouverte. Gênée d'avoir imaginé qu'il voulait de moi.

Je me précipite sur le parking, juste à temps pour rattraper Ginny et Heath. Il l'a plaquée contre la porte-passager et l'embrasse si fougueusement que j'en ai des picotements.

Je fixe mes pieds.

— Euh, eh, vous êtes toujours d'accord pour me ramener à l'appartement ?

Heath se détache avec tant de réticence que j'ai envie de rire. La tête de Ginny apparaît. Elle est rouge et ses cheveux sont un peu ébouriffés.

— Bien sûr. On attendait de voir si tu changeais d'avis.

— Ah bon ? questionne Heath.

Ginny secoue la tête dans sa direction et se tourne pour ouvrir la portière, forçant Heath à reculer. Il incline la tête vers la voiture pour m'inviter à grimper et j'obéis.

Lorsque nous arrivons aux appartements, Ginny me regarde avec des yeux tristes alors que Heath ouvre la porte de chez lui.

— Appelle-moi ou envoie-moi un message si tu as besoin de quelque chose.

— Je vais bien. Tout va bien. Je suis juste fatiguée.

Je me change, mais ne pars pas me coucher. Assise devant la télévision, je tiens mon téléphone dans ma main. J'envisage d'écrire à Adam, mais je ne sais pas quoi dire.

Être déçue que nous n'ayons pas passé du temps ensemble,

après toute une semaine à traîner ensemble, semble un peu pathétique. J'ai vraiment besoin de revoir mes attentes à la baisse. Nous avons passé tellement de temps ensemble cette semaine et je croyais que ce serait pareil ce soir. Ce n'est pas grand-chose.

J'ai des crampes à l'estomac, écœurée. Je connais Adam. Je l'ai vu avec tellement de filles différentes que je connais par cœur son manuel quand il est en couple. Traîner ensemble après un match *Au repaire* en fait partie. Tout autant que partir de la fête ensemble.

Je suis toujours réveillée quand ils reviennent. Nos appartements ne sont pas très bien insonorisés, de plus, soyons honnêtes, je l'écoute. Je lui laisse cinq minutes, après quoi je lui envoie un message.

Je peux passer ?

En attendant sa réponse, je repense à la soirée. Je n'arrive pas à me débarrasser de cette sensation désagréable que quelque chose ne va pas, même s'il n'a pas vraiment fait quelque chose de mal.

Sa réponse chasse tous mes doutes.

Absolument.

Le salon est sombre en entrant. La porte de la chambre d'Adam est ouverte. Il a enfilé un jogging et est en train de mettre un t-shirt.

Il sourit quand il me voit.

— Salut.

Je m'attarde sur le seuil alors qu'il se prépare à aller au lit. Ce n'est que lorsqu'il tire sur les draps qu'il remarque que je n'ai pas bougé.

— Tout va bien ? demande-t-il.

— Je ne sais pas trop. J'ai ce sentiment bizarre, comme si j'avais fait quelque chose de mal.

— Quoi ?

Son expression trahit que je l'ai clairement pris au dépourvu.

— Pourquoi tu penses ça ?

— C'est juste que je t'ai à peine vu de toute la soirée. J'espérais qu'on passerait du temps ensemble. Je sais à quel point ça semble ridicule, mais je te connais. Je sais comment tu es quand tu sors avec quelqu'un qui te plaît vraiment.

— Reagan, commence-t-il.

J'agite la main devant mon visage, l'embarras me rendant patraque.

— Non, je pense que je vais y aller. C'était une mauvaise idée. La semaine a été longue et tu as un match demain. On pourra parler de ça plus tard. Tout va bien. Bonne nuit, Adam.

Il se place devant moi et me bloque la sortie avant que j'atteigne la porte d'entrée.

— Je ne crois pas, non, dit-il en me prenant dans ses bras pour me ramener dans sa chambre. On va parler de ça maintenant.

QUINZE
ADAM

Bᴏɴ, clairement, je suis un idiot et Rhett avait raison. Non pas que je lui avouerai un jour.

En posant Reagan sur mon lit, elle a l'air d'être sur le point de fondre en larmes ou de m'arracher les yeux. Je préférerais que ce soit la seconde option. Je ne crois pas que je pourrais survivre aux pleurs de Reagan.

— Je ne veux pas que ce soit comme avec mes autres relations, dis-je.

— Ça veut dire que tu veux sortir avec d'autres filles ?

Son ton est fragile, mais aussi dur qu'un clou. Je ne sais pas comment elle arrive à paraître à la fois si vulnérable et confiante, mais qu'est-ce qu'elle est sexy.

Une petite minute, quoi ? Sortir avec d'autres filles ? Comment ça ?

— Non, certainement pas bordel.

— Oh.

Ses lèvres forment un O et restent ainsi pendant qu'elle digère mes paroles. Elle pense sûrement que je suis un abruti. Bienvenue au club.

— Je me suis dit ce soir que, si je faisais le contraire de ce que je voulais, alors peut-être que je ne foutrais pas tout en l'air. J'ai besoin d'y aller doucement. On n'a pas arrêté d'être ensemble et c'était génial, mais je veux faire les choses bien cette fois-ci. J'aurais dû te dire ce qui se passait, mais c'est nouveau pour moi.

Ce que je ne lui dis pas, c'est qu'elle me plaît vraiment. Vraiment beaucoup. Cette semaine a été super. Quand ça a commencé, je n'ai pas trop réfléchi à mon passé. J'étais si excité de passer plus de temps avec elle et d'explorer ce truc entre nous. Cependant, je commence désormais à développer des sentiments sincères pour elle, je me demande donc si je nous mène tout droit au désastre, comme mes précédentes relations.

— Tu m'as ignorée parce que je te plais ?

— Oui, la prochaine fois, je te donnerai des coups de pied dans les tibias et je te tirerai les cheveux.

Je baisse la tête une seconde pour essayer de me ressaisir. Je doute de moi, c'est nouveau. Je n'aime pas ça.

— Ça ne m'a pas l'air si mal.

Je lève les yeux alors qu'elle déglutit, elle abaisse les siens sur mon torse.

Ce regard de désir alors qu'elle me reluque, je sais gérer ce genre de chose. Ça, c'est logique. Ce n'est pas compliqué. C'est tout le reste que je n'ai pas encore saisi. Comment sortir avec elle sans tomber dans la même routine ?

Je grimpe sur le lit et la force à se mettre sur le dos.

— Ah oui ?

Au lieu de répondre, elle penche mon visage vers le sien. C'est bien plus facile de faire taire mon esprit quand elle me touche.

Ses baisers sont aussi avides que les miens. On pourrait croire que c'est facile de ralentir. Je suis doué pour suivre les règles, surtout les miennes. Mais avec Reagan, je me transforme en boulet de canon. J'ignore mes inquiétudes d'aller trop vite. Aller lentement, c'est débile… et, eh bien, c'est lent.

Je la déshabille rapidement et retire mon pantalon encore plus vite. Bon sang, elle est magnifique. Ses cheveux blonds retombent sur ses épaules, ses yeux bruns sont de la même couleur que la cannelle. Et ses fossettes. Elle me coupe le souffle quand elle m'adresse un grand sourire qui les fait apparaître. J'ignore comment c'est possible, mais son corps est tout aussi génial.

Pourquoi voudrait-on se refuser cela ? Impossible. Je suis vraiment un idiot.

Je la mets à quatre pattes et caresse son intimité dans cette position, jusqu'à ce qu'elle se tortille et gémisse. En déchirant un emballage de préservatif et en le mettant, elle me dit avec impatience :

— Hmm, j'ai besoin de toi.

Je pousse mon gland contre sa vulve.

— Ah oui ?

J'obtiens une réponse inintelligible alors qu'elle se recule pour me prendre, me poussant dans son sexe chaud et humide.

La main dans sa nuque, je m'enfonce le plus possible avant de m'immobiliser.

— Est-ce que je donne l'impression de vouloir sortir avec d'autres filles ?

Elle secoue la tête.

J'emmêle mes doigts dans ses cheveux et les tire gentiment. Son cou gracile se tord pour me regarder dans les yeux.

— Personne d'autre, bébé. Cette chatte…

Je sors lentement, la laissant se contracter tout autour de moi avant de la pénétrer à nouveau.

— … elle est à moi.

Les mots ne sont pas nécessaires, ou possibles à formuler, après ça. Je la prends violemment et vite. Je lui montre à quel point j'ai envie d'elle. Si je lui parle, elle ne croira jamais que si je m'y prends différemment avec elle, ce n'est pas par pur égoïsme. Elle me connaît, moi et mes habitudes. Je n'arrête pas de l'oublier. Je choisis donc de nous laisser haletants et épuisés sur le lit. Un acte vaut mille mots, bébé.

Je retire le préservatif et m'écroule à côté d'elle.

— J'espère que ça ne te gêne pas que je reste dormir parce que je ne crois pas que je puisse bouger.

Je la prends par la taille et la rapproche.

— Non, ça ne me gêne pas du tout.

Le lendemain matin, je suis dans la cuisine en train de préparer du porridge tout en engloutissant une bouteille de Gatorade. Reagan est assise sur le plan de travail, à côté de la cuisinière, en train de siroter un café et de m'observer. Comme elle est belle en le faisant. Tout à l'heure, elle a enfilé l'un de mes t-shirts, il pend sur une épaule et dévoile ses jambes nues. Mon armoire est devenue sa nouvelle garde-robe et ça ne me déplaît pas.

Je dépose un baiser sur ses lèvres.

— Tu en veux ?

— Euh, non. C'est bon pour moi.

Rhett sort en titubant de sa chambre, en survêtement et le téléphone à la main.

— Bonjour, mon rayon de soleil, plaisanté-je.

Ses cheveux sont dressés sur sa tête et ses yeux sont à peine ouverts.

— Tu attends un appel de Carrie ou tu as juste l'habitude d'avoir ce truc sur toi tout le temps ?

Il regarde sa main comme s'il venait de prendre conscience qu'il le tenait.

— L'habitude, je suppose.

Il le pose sur le plan de travail et s'installe sur l'un des tabourets du bar.

— Qu'est-ce qu'il y a pour le petit-déjeuner ?

— Des flocons d'avoine, dit Reagan en faisant une grimace au-dessus de sa tasse.

— J'espérais que ta présence aurait inspiré quelque chose de plus savoureux.

Il grimace également.

J'ai l'habitude que les gars me taquinent et qu'ils mangent malgré leurs plaintes. Je regarde Reagan.

— Tu n'aimes pas le porridge ?

J'ajoute des myrtilles et baisse le feu.

— C'est tellement ennuyeux et sain, dit-elle.

— Pas vrai ? glousse Rhett.

Je n'ai même pas pensé à lui poser la question. Avant Reagan, je restais toujours dormir chez mes petites amies, elles ne venaient jamais ici. Je me levais généralement avant elle et préparais le petit-déjeuner. Je mange la même chose presque tous les jours, mais on n'a jamais qualifié mes flocons d'avoine d'ennuyeux.

— Tu veux que je te fasse autre chose ? lui proposé-je.

Elle secoue la tête.

— Non. Le petit-déjeuner avant dix heures, ce n'est pas vraiment mon truc. Sain ou pas.

— Je vais prendre des pancakes, lance Rhett.

— Quelqu'un a dit pancakes ?

Mav débarque, Charli sur ses talons. Il est toujours en caleçon, torse nu, comme si c'était parfaitement normal de monter à moitié nu jusque chez nous. Tout ça pour manger. Et avec son chien en plus.

— Le porridge est prêt.

Je me prends un bol pour moi et les laisse se servir.

Je me mets entre les jambes de Reagan.

— Tu es sûre que tu ne veux pas goûter ?

— Oui. J'attendrai une heure appropriée pour acheter un muffin et un café.

— Mais j'ai ces flocons d'avoine parfaitement cuits.

J'en prends une cuillère et l'agite devant son visage.

Elle pince les lèvres et secoue amplement la tête.

— Allez. Ouvre. Tu vas aimer. C'est bon pour toi.

Elle sourit, mais n'ouvre pas.

— Très bien.

J'avale la bouchée et presse ma bouche contre la sienne.

— C'est pas juste.

Elle ouvre la bouche et je glisse ma langue à l'intérieur. Ce qui était censé être un rapide baiser taquin se transforme en mini roulage de pelles.

— Peut-être bien que j'aime le porridge.

Quand je m'écarte, je me rends compte que les gars nous observent. À un moment donné, Ginny et Heath les ont rejoints.

— Bonjour, dis-je à la pièce.

— Une belle journée, en effet, ricane Mav. Un petit-déjeuner et un spectacle !

Reagan descend du plan de travail.

— Je dois y aller. On a répétition cet après-midi.

J'abandonne mes flocons d'avoine et la suis dans ma chambre. Elle retire mon t-shirt et met ses vêtements. Je la ralentis grandement en passant les mains sur sa peau nue et en lui embrassant le ventre et le cou.

— Tu viens au match cet après-midi ? demandé-je en m'asseyant sur le lit et en me servant de ses hanches pour la rapprocher de moi.

— Tu veux que je vienne ?

— Oui, bien sûr, mais tu as dit que tu avais une répétition.

— J'aurai fini à temps, mais tu es sûr ? Tu veux y aller tranquillement et...

— Je ne suis pas doué pour faire les choses lentement. J'en ai marre d'essayer d'aller à contre-courant. Tout est différent parce que c'est nous. Viens au match.

Ses lèvres s'étirent en un sourire.

— D'accord. Et nous, on est quoi ? On sort ensemble ? On couche ensemble ?

— On est... peu importe. Exclusifs.

— Exclusifs. Ça marche.

— Ne mettons pas de nom sur notre relation. Cette partie semble me causer des problèmes. Tu me plais.

Son rire léger fait un drôle d'effet dans ma poitrine.

— Certains pourraient dire que je suis ta copine, plaisante-t-elle.

— Ça n'a rien à voir, lui assuré-je avec un sourire.

— Bien, j'ai parié que tu serais célibataire jusqu'en été.

La mâchoire m'en tombe.

— Je déconne !

— Laisse-moi te raccompagner, dis-je alors qu'elle s'apprête à partir.

— J'habite à cinq mètres. Ça va aller. En plus, ça ressemble à quelque chose qu'un *petit ami* ferait.

Pas faux.

Elle m'embrasse si rapidement que je manque presque sa bouche, puis elle est partie.

Quand je retourne dans le salon, il n'y a que Rhett et Mav. Je m'assieds dans un fauteuil.

Maverick me sourit comme un idiot.

— T'as quelque chose à dire ? demandé-je.

— Tellement de choses. J'essaie de décider par où commencer.

— Balance.

J'écarte les bras. Je peux supporter tout ce que ces gars peuvent me sortir.

— Quelles sont tes intentions ?

— Pardon ?

Un gloussement s'échappe.

— J'aime bien Reagan. Depuis toujours. Et avouons-le, mon pote, ton bilan est merdique avec les filles.

Mav croise les bras sur sa poitrine. Charli gémit.

— Merci pour le vote de confiance.

Je lui fais un doigt d'honneur.

— Quelles sont tes intentions ? réitère Rhett.

— Toi aussi ? Sérieux ?

Il hausse les épaules.

— Je suis resté avec elle hier soir. Tu lui plais beaucoup. Je le sais.

— Elle me plaît beaucoup aussi.

— Vous avez officialisé ? questionne Mav.

Son regard se dirige vers Rhett avant de revenir vers moi.

— Il est au courant du pari, lui dit Rhett. Pas besoin de tourner autour du pot.

— Comment ? se lamente Mav.

— Vous n'avez pas été très discrets, bande d'idiots, dis-je.

— Le pari est terminé alors. Tu as une nouvelle copine.

Mav frappe dans ses mains et regarde Rhett.

— Qui a gagné ?

Rhett sort son téléphone. Je ne suis pas surpris que ce soit mon meilleur pote qui gère les paris concernant mon statut matrimonial. C'est le type le plus compétitif que je connaisse.

— On dirait que c'est toi le plus proche, Mav.

Il bondit hors du canapé et se met à danser dans le salon. Il fonce dans des affaires et renverse ce qu'il y a sur la table basse.

— Assieds-toi. Personne n'a gagné. Ce n'est pas ma copine.

— Mais...

Mav a l'air si abattu.

— Qu'est-ce qui se passe ?

Ginny sort de la chambre de Heath, ce dernier sur ses talons.

— Ton abruti de frère est toujours célibataire.

Mav se rassied sur le canapé en fronçant les sourcils.

Ginny pose les mains sur les hanches.

— C'est tout ? Je croyais qu'un truc génial était arrivé.

Je me contente de sourire pendant que les gars grommellent à propos du pari. Ce n'est peut-être pas ma petite amie, mais quelque chose de génial vient assurément d'arriver.

SEIZE
REAGAN

On ne peut pas toujours faire confiance aux gens qui affirment être eux-mêmes. Attendez qu'ils vous montrent qui ils sont vraiment.

Le lundi matin, je pars sur le campus avec Adam. Il a cours une heure avant moi, mais le quart d'heure bonus à lui tenir la main tout en nous dirigeant vers son bâtiment en vaut largement la peine.

— Merci de m'avoir accompagné, dit-il en balançant nos mains jointes.

— Quand tu veux.

— Tu vas faire quoi pendant une heure ?

— Je ne sais pas trop. Peut-être, aller à la bibliothèque et étudier.

Il me fixe, les yeux plissés.

— Vraiment ?

— Bon, d'accord. Je vais aller directement à *University Hall* pour me prendre un café. Ensuite, je vais probablement regarder des vidéos et mater TikTok jusqu'à l'heure du cours.

J'aime son rire profond et encore plus quand c'est moi qui le fais rire.

— On se voit plus tard dans la soirée ? propose-t-il.

— Oui.

Je hoche la tête. Il m'attire vers lui et me prend dans ses bras.

— Je t'enverrai un message après ta répétition.

Il continue de me tenir, se balançant d'un côté et de l'autre.

— C'était une bonne idée, jusqu'à ce que je réalise que je dois te laisser pour aller en cours.

Je me serre contre son ventre pour lui montrer que je ne veux pas y aller non plus.

— OK. À trois, dit-il. Un, deux...

Avant qu'il dise trois, je le pousse.

— Allez en cours, Docteur Scott.

Il me soulève et se dirige vers le bâtiment.

— Je vais peut-être t'emmener avec moi.

— Oh non. Repose-moi. J'ai besoin d'un café.

Une fois à l'intérieur, il me repose enfin, mais ce n'est pas pour autant qu'il se presse pour aller en cours. Sa bouche s'attarde sur la mienne. Je pourrais l'embrasser comme ça pendant des heures, mais l'un de nous doit s'assurer qu'il va en cours. Je ne m'attendais vraiment pas à ce que cette personne soit moi.

— Tu dois aller apprendre des choses et j'ai besoin de caféine. À plus dans le bus.

Je souris niaisement pendant qu'il part avec réticence vers sa classe. Je l'observe jusqu'à ce qu'il entre. Il agite la main et me fait un clin d'œil avant de disparaître.

Je suis perdue dans ma petite bulle avec Adam quand j'entends quelqu'un m'appeler.

Elle dit deux fois mon nom avant que mon cerveau

atterrisse. Je détourne les yeux de la porte et d'Adam pour regarder Janine qui s'avance vers moi.

Elle ralentit en s'approchant.

— Salut, Janine.

— Je ne t'ai pas vue depuis des années et maintenant deux fois en un mois.

J'ignore la critique subtile.

— J'ai juste accompagné Adam en cours.

Elle ajuste son sac à dos sur son épaule.

— Tu as cours maintenant ?

— Non.

— Donc tu es libre ?

Merde alors. J'ai répondu sans réfléchir.

— Oh. En fait, je suis en route pour *University Hall*.

— Je vais t'accompagner.

— D d'accord.

Nous demeurons silencieuses en quittant le bâtiment et en longeant le trottoir. Un souvenir de nous deux sur le campus durant notre première année me vient. Janine a la même tête. Elle est le genre à avoir su rapidement qui elle était exactement. Il faut beaucoup de confiance en soi, de détermination et de fermeté pour être soi-même. Je l'ai toujours admirée pour ça. C'est sûrement ce qui m'a attiré chez elle quand j'étais petite. Je ne savais pas qui j'étais ou ce que je voulais être. Certains jours, je ne suis toujours pas certaine de l'avoir découvert.

Elle se dirige tout droit pour aller prendre un café quand nous arrivons à *University Hall*.

— J'imagine que tu carbures toujours au café.

C'est troublant d'être à nouveau avec Janine, une personne qui me connaît si bien, qui sait tout de moi.

Nous passons commande au comptoir dans un silence gênant. Quand le barista nous appelle, je tends rapidement ma carte.

— C'est pour moi, dis-je.

Je lui dois déjà trop.

— Merci.

Munies de nos boissons, nous nous dirigeons vers une petite table au centre de la salle.

— Tu as l'air bien. Heureuse, dit-elle une fois que nous sommes assises. Je n'arrive pas croire que tu es avec Adam. C'est logique pourtant. C'est tout à fait ton type.

Je triture le couvercle de mon café.

— Je suis heureuse. Comment tu vas ?

— Je vais bien.

— Et Sean ?

— Très bien. Il a changé de cursus, comme tu l'avais prédit.

— Ah oui ? Qu'est-ce qu'il a choisi ?

— Le droit.

— Je le savais !

Je fais un grand sourire, m'oubliant moi-même.

Elle rit doucement.

— Oui. Le jour où il me l'a dit, j'ai pensé à toi.

Je hoche la tête et bois une gorgée de mon café. Son ton plus sombre me ramène à la réalité. Nous ne sommes pas deux amies qui rattrapent le temps perdu. Plus maintenant.

— J'ai souvent pensé à toi, poursuit-elle.

Une Janine honnête et ouverte. Mon cœur bat trop vite dans ma poitrine.

— Moi aussi, confié-je avant d'afficher un sourire. Mais on dirait que tout s'est bien passé pour toi. Le diplôme en avance, l'école de médecine, cette grosse bourse. Je suis vraiment heureuse pour toi.

Je cherche une excuse pour sortir d'ici avant qu'elle me tue.

— J'ai vu Lori le week-end dernier quand je suis allée chez mes parents pour le dîner du dimanche.

— Ah oui ?

Je regarde partout sauf vers elle.

— Elle va vraiment bien, Reagan. La vieille maison est toute propre et elle travaille comme assistante à l'école primaire.

— Ils la laissent travailler avec des enfants ?! Quelqu'un devrait se faire virer pour cette embauche.

Janine ne réagit pas comme quelqu'un d'autre pourrait le faire devant mon emportement. Elle sourit tristement.

— C'est ma mère qui lui a trouvé cet emploi, mais elle travaille dur.

— Peu importe. Tant mieux pour elle. C'est ce que tu veux que je dise ?

— J'ai juste pensé que tu devais le savoir. Ça reste ta mère, Rea.

— Oui, eh bien, elle n'a pas été une mère pendant les dix-huit premières années de ma vie, alors je suis désolée si je ne suis pas impatiente d'entendre comment elle va maintenant. Ces enfants à l'école la voient probablement plus en une semaine que moi pendant des mois quand j'avais leur âge.

Plus je parle, plus ma colère grandit. Elle va bien maintenant, vraiment ? Maintenant que je suis capable de prendre soin de moi toute seule ? Maintenant que je n'ai plus besoin d'elle ?

— Je suis désolée. Je ne peux pas imaginer ce que tu ressens.

— Tu as raison, tu ne peux pas.

Janine et sa famille parfaite. Une maman qui l'adore et un papa qui irait jusqu'au bout du monde pour elle.

— Elle a demandé comment te contacter. Elle a dit que le numéro qu'elle a de toi ne marchait pas et qu'elle n'était pas sûre que ton adresse e-mail était toujours la même.

— Tu te moques de moi ?

Je lève les yeux au ciel. Janine pince les lèvres.

— Si j'avais voulu lui parler, j'aurais répondu à l'un des nombreux e-mails qu'elle a envoyés au fil des ans.

— Alors tu les reçois ?

— C'est quoi, un interrogatoire ?

Janine pose les mains sur la table.

— Non, bien sûr que non. Je ne pensais pas que ça se passerait comme ça. Tu as le droit de ressentir ça, mais s'il y avait ne serait-ce qu'une chance que tu veuilles savoir comment elle va, j'ai pensé que je devais te le dire.

Je repousse mon siège.

— Eh bien, tu me l'as dit. À plus.

Je sors précipitamment d'*University Hall* en retenant mes chaudes larmes. Dehors, je tourne à droite et m'affale contre l'immeuble en brique en prenant de grandes inspirations d'air frais.

Janine me retrouve. J'aurais dû m'attendre à ce qu'elle me suive. Elle m'a laissée tranquille pendant trois ans et je ne m'attendais pas à ce que ça dure si longtemps. Elle a bon cœur, elle veut que tout le monde soit heureux. Elle croit toujours que tout le monde peut avoir ce qu'elle a, même après m'avoir vue grandir avec une mère qui s'en fichait.

— Va-t'en, Janine. Rien de ce que tu pourras dire n'arrangera les choses.

Elle secoue lentement la tête.

— Il y a autre chose.

Elle s'arrête, se mouille les lèvres et rabat son bonnet sur ses oreilles.

— Je lui ai dit que vous étiez fiancés.

— Quoi ?!

Un frisson d'effroi parcourt mon échine.

— Je voulais qu'elle sache que tu allais bien.

— Elle ne mérite pas de savoir quoi que ce soit sur moi. Tu n'avais pas le droit.

— Je sais. Je suis désolée.

— Adam est au courant de tout ça ?

Elle fronce les sourcils, confuse.

— Non. Pourquoi ?

— Ce ne sont ni ses affaires ni les tiennes.

— Je suis vraiment désolée, Reagan. Je sais que ce n'est pas pareil, mais moi aussi j'ai été en colère contre elle toutes ces années. J'ai vu ce qu'elle t'a fait et je suppose que je voulais qu'elle sache que, malgré tout ça, tu avais trouvé le moyen d'avoir une belle vie. Que tu n'avais pas besoin d'elle.

Peut-être pas, mais, à quel point ma vie aurait été plus simple ? Je n'avais peut-être pas besoin d'elle, mais je voulais qu'elle soit là. La famille de Janine me donnait toujours l'impression que j'étais la bienvenue, mais je n'en faisais pas partie.

— Que puis-je faire ? demande Janine.

Elle me serre le bras.

— Tu peux dire à Lori de rester en dehors de ma vie.

Je déglutis avec difficulté et recule d'un pas.

— Et tu peux faire de même.

Elle ne me suit pas cette fois-ci. Je sèche mon cours suivant et attends Adam au même endroit où je l'ai quitté. Quand il me voit, il sourit et réduit rapidement l'espace entre nous grâce à ses longues jambes.

— Tu as attendu ici tout ce temps ?

Il me prend dans ses bras et mon rythme cardiaque commence enfin à s'apaiser.

Je sens son odeur et me détends contre son torse.

— Non, j'ai d'abord pris un café. J'ai pensé qu'on pourrait sécher les cours.

— Je suis libre jusqu'à treize heures. Je ne peux pas rater le TP. Qu'est-ce que tu as en tête ?

— Je ne suis jamais venu dans cet endroit, dit Adam alors que nous entrons dans la salle de jeux.

— Un rencard m'a emmenée ici une fois, avoué-je.

Il arque un sourcil.

— Un rencard ?

— Oui. L'endroit était la meilleure partie du rendez-vous. J'ai toujours voulu revenir avec quelqu'un qui me plaisait vraiment.

Je mets des billets dans la machine. Tandis que les jetons tombent, Adam m'embrasse. La salle est silencieuse. Je suis même surprise que ce soit ouvert si tôt, mais deux ou trois groupes de jeunes et des familles sont déjà en train de s'amuser.

— Il faut qu'on garde nos distances ici. Il y a de petits yeux innocents.

Il rit contre ma bouche.

— Et si on les choquait ?

Je le frappe gentiment sur le torse.

— Quoi ? Leurs parents sont là.

J'attrape nos jetons et me cale sous son bras.

— Viens, beau gosse.

Adam et moi jouons à un jeu de bowling miniature, puis au hockey sur table. Il se montre gentil avec moi, mais gagne tout de même. Je sors victorieuse au jeu de basket et à celui de danse. Je m'éclate, mais je ne me remets pas encore vraiment de mon affreux échange avec Janine. Elle me frustre, mais je me déteste pour avoir été si méchante avec elle. Nous avons été amies pendant longtemps. De bonnes amies.

— Allons au photomaton, suggère-t-il alors que nous effectuons un second tour, à la recherche de jeux pour dépenser nos dernières pièces.

— C'est vraiment une arnaque. Cinq dollars pour quatre ridicules photos floues.

Il insère l'argent dans la fente et m'attire à l'intérieur. Le banc est froid et à peine assez grand pour nous deux. Nous regardons le compte à rebours sur l'écran.

— On se la joue sérieux ou marrants ? demandé-je.

— Sérieux pour la première. Débiles sur la deuxième.

— Et les autres ? dis-je alors que le compte à rebours se termine.

Nous approchons nos visages et sourions. Après le flash, je tire la langue à la caméra et Adam me fait des oreilles de lapin. Sur la photo suivante, il m'embrasse.

Je perds alors le fil des photos. Sa langue envahit ma bouche et je m'accroche désespérément à lui. Je comble la douleur et oublie ma préoccupation. Je n'ai besoin ni de Lori ni de Janine. J'ai Dakota, Ginny, Adam et nos amis. Ça me suffit.

DIX-SEPT

ADAM

Reagan et moi commandons une pizza moelleuse au bar-snack et l'emportons aux tables pour enfants. Mes jambes ne passent pas en dessous, donc je m'assieds de biais.

— C'était amusant, dis-je.

— Oui, merci.

— Quand tu veux.

J'attends qu'elle me dise pourquoi elle a soudain eu envie de sécher et de venir à la salle de jeux, mais on dirait qu'elle ne compte pas me partager cette information.

— Tu veux me raconter ce qui s'est passé pendant que j'étais en cours ce matin ?

Elle s'essuie les mains sur une serviette et bois avant de répondre.

— T'as capté, hein ?

— Eh, je ne me plains pas. Je suis ravi de passer plus de temps avec toi.

— Je suis tombée sur Janine.

— Oh.

Je ne suis toujours pas au courant de ce qu'il s'est passé entre elles. Quand j'ai fait passer le message de Janine la semaine dernière, comme quoi Lori allait bien, Reagan s'est fermée à moi et a changé de sujet. Qui que soit Lori, ça ne l'intéresse pas vraiment.

— Elle croit toujours qu'on est fiancés.

— Oui, j'avais l'intention de le dire moi-même au docteur Salco. Janine finira par le découvrir.

— Encore une fois désolée de m'être emportée et de t'avoir entraîné dans cette histoire pour commencer.

— Non, c'est rien.

Quand je crois que c'est la fin de la conversation, que je suis prêt à ne pas insister pour le moment, Reagan prend la parole.

— Janine et moi nous connaissons depuis toujours. Nos mères étaient amies quand on était enfants et sont restées proches jusqu'à ce que j'aie deux ou trois ans. C'est difficile pour moi de les imaginer. Elles sont si différentes.

Elle prononce « différentes » comme si c'était un gros mot, ce qui me fait déglutir. Je ne sais pas ce que ça veut dire et ça m'inquiète.

— Quand j'étais au lycée, j'ai vécu dans la famille de Janine pendant presque deux ans.

— Ah bon ? Pourquoi ? Où était ta famille ?

Reagan hausse les épaules.

— Ma mère était principalement à Vegas. Elle y allait pour le travail presque chaque semaine. D'habitude, elle partait la journée et rentrait à la maison à l'heure du coucher, mais ensuite, ça s'est transformé en voyages de deux jours parce qu'elle restait trop longtemps dans les casinos et manquait son vol. Elle s'est mise alors à réserver des jours supplémentaires pour jouer les touristes.

Reagan lève les yeux au ciel.

— Je suis sûre qu'elle n'a jamais quitté l'étage du casino. Au bout d'un moment, elle n'avait même plus d'excuses. J'ai arrêté de lui demander quand elle rentrait et je suppose que ça lui a donné la liberté de ne pas s'en soucier.

— Elle t'a simplement laissée te débrouiller toute seule ? Tu avais quel âge ?

Reagan hoche la tête. Son visage est rouge, je ne sais pas si elle est au bord des larmes ou si elle s'apprête à jeter quelque chose.

— Neuf ou dix ans, je suppose. La première fois, elle n'est pas rentrée à la maison de tout le week-end. Elle n'était pas seulement absente, j'étais autosuffisante, même à un âge précoce. Mais chaque année, les choses semblaient empirer. Elle a parié toutes ses économies, puis a vendu tout ce que nous avions, ce qui était une bonne chose, je suppose, car nous avons fini par perdre tout le reste. Elle s'est enfoncée si profondément dans l'addiction. J'avais un toit au-dessus de ma tête seulement parce que ma grand-tante avait laissé la maison à mon nom.

— C'est dingue.

— Parfois, c'était génial. Si elle gagnait, on faisait des folies et on fêtait ça, on planifiait des vacances incroyables. Mais bien sûr, avant de les prendre, elle perdait à nouveau tout, dit Reagan en haussant les épaules. J'ai fini par comprendre que j'allais devoir gérer seule et j'ai trouvé des moyens créatifs pour payer les charges et les besoins de base. Je recyclais des canettes, je faisais des petits boulots, du baby-sitting, j'ai même été mannequin.

Je me lève et pars la rejoindre de son côté de la table.

— Je suis tellement désolé.

Je la berce contre ma poitrine.

— Je voulais te le dire l'autre soir quand tu as parlé d'elle, mais c'est tellement embarrassant. Même maintenant.

— Tu n'as rien fait de mal. Ce n'est pas ta faute.

— Je sais.

— C'est vrai ?

Je repousse les cheveux de son visage et lui caresse la joue.

— Oui, mais j'ai toujours honte. C'était tellement humiliant.

— Et ton père ? Ton autre famille ?

— Je ne l'ai jamais connu. Il était parti bien avant ma naissance et j'ai toujours eu trop peur de lui demander des détails. Elle s'énervait quand je demandais des nouvelles de lui et elle était si peu présente à la maison que je ne voulais pas lui donner de raison de partir. Pour ce qui est des autres membres de la famille, qu'est-ce que j'allais leur dire ? Je ne voulais pas dénoncer ma propre mère. Elle me manquait. Je voulais juste qu'elle soit à la maison. Je ne voulais pas qu'on m'emmène.

Ma poitrine se fend en deux.

— Putain. Je suis tellement désolé, bébé.

— Janine dit qu'elle va mieux maintenant. Elle travaille dans mon ancienne école primaire. Ironique, hein ? ricane Reagan.

— Quand est-ce que tu lui as parlé pour la dernière fois ?

— Elle s'est pointée à ma remise de diplôme du lycée pour me demander de l'argent. Je suppose qu'elle savait que la famille me donnerait un peu d'argent.

Bon sang, quelle horreur. Je lui caresse le bras pendant qu'elle poursuit :

— Janine et moi avons déménagé à Valley la semaine suivante et je n'y suis pas retournée. Je ne peux pas lui pardonner.

— Tu n'as pas à le faire, lui assuré-je.

Je ne sais pas si c'est la bonne chose à dire, mais ça semble la calmer.

— Merci de m'avoir laissée te kidnapper pour quelques heures. J'avais besoin de ça.

— On n'est pas obligés de s'arrêter là. Viens, on va chez moi.

— Et ton TP ?

— Je le rattraperai.

Reagan se redresse.

— Non, je ne peux pas te laisser faire ça. Mon enfance merdique ne m'atteint plus et je refuse qu'elle ait un impact sur toi. Je veux t'apporter du bien. Ton dévouement envers les études, j'ai toujours trouvé ça très attirant.

— Ce n'était pas ma personnalité exceptionnelle ou mes belles boucles ? dis-je en secouant la tête pour faire tomber mes cheveux sur mon visage.

— J'aime bien ça aussi, dit-elle en glissant ses doigts dans mes cheveux.

Ça fait du bien.

— Ça va ? Vraiment ?

— Oui. Ça va. Le fait de voir Janine a fait remonter tout ça.

— C'est pour ça que tu l'as évitée ?

Un petit sourire embellit ses lèvres. Le premier sourire sincère depuis ce matin.

— Comment tu sais que je l'ai évitée ?

— Tu as dit que tu ne l'avais pas vue depuis des années. Le campus de Valley n'est pas si grand, bébé.

Durant les semaines suivantes, Reagan et moi passons plus de temps ensemble que chacun de notre côté. Je fredonne dans les vestiaires en ayant hâte de la revoir dès que je serai parti d'ici. Elle devrait avoir fini sa répétition et je l'aurai pour moi tout seul toute la nuit.

Heath me coince dans un coin avant que je puisse partir.

— Il faut qu'on parle, dit-il, l'air nerveux.

Nerveux ne peut signifier qu'une chose.

Mon cœur rate plusieurs battements et je vois rouge.

— Qu'est-ce que t'a fait à ma sœur ?

Il me fait un doigt d'honneur.

— Va te faire foutre. Ce n'est pas à propos de Ginny.

Mes épaules se détendent.

— Oh. Qu'est-ce qui se passe ?

Heath se moque de moi.

— Tu es ridicule.

— Je retiens.

J'agite la main pour qu'il continue.

— C'est Rhett. Je m'inquiète pour lui.

Je jette un coup d'œil à Rhett, assis sur le banc, penché en avant et passant une serviette sur ses cheveux en sueur.

— Il m'a l'air d'aller bien.

— Oui, eh bien, ne le prends pas mal, mec, mais tu es dans ta bulle d'amour en ce moment, donc ton jugement est pourri.

— Ma bulle d'amour ?

— Tu es complètement absorbé par Reagan et ce truc entre vous deux, et tu ne vois rien d'autre.

— Je te vois là en train de me faire perdre mon temps.

Temps que je pourrais passer avec Reagan. Je garde cette partie pour moi pour ne pas ajouter de l'huile sur le feu à cette théorie de bulle d'amour.

— Sortons ce soir.

— Ça marche, cédé-je, surtout pour qu'il se taise et que je puisse partir. Envoie-moi les détails par message et Reagan et moi vous retrouverons là-bas.

Il m'attrape par le coude pour m'empêcher de partir.

— Pas de filles. Juste les gars.

— Pour de bon ?

Il acquiesce en gloussant.

— Pour de bon. Ça ne devrait pas être difficile de t'échapper puisque tu n'es pas dans ta bulle d'amour.

— Et ta bulle d'amour à toi alors ?

— Oh, j'y suis toujours, mais au bout d'un moment, tu commences à te souvenir que d'autres personnes existent.

— Peu importe. Envoie-moi les détails.

Je me libère de son emprise et me dirige vers la porte.

— On se retrouve dans le salon, prêt à partir dans une heure, lance-t-il.

Reagan ne s'offusque pas quand je m'arrête chez elle et lui fais part de mes plans pour la soirée. Ça joue sûrement en ma faveur que je la dévore jusqu'à ce qu'elle crie mon nom, puis que je lâche la bombe que je dois sortir avec les garçons. Elle est en train de ramasser ses vêtements dans la pièce pendant que je résiste à l'envie de sortir du lit.

— J'espérais que tu allais piquer une crise et exiger que je reste ici, dis-je en l'attirant sur le lit avec moi, elle et son corps nu si somptueux.

— Non, c'est bon. J'ai négligé mes devoirs et Dakota.

Elle s'allonge sur moi, ses seins pressés contre mon torse et mon sexe écrasé sous elle.

— Bulle d'amour, murmuré-je.

— T'as dit quoi ? Bulle d'amour ?

— Heath m'a dit que j'étais dans ma bulle d'amour.

Elle rapproche sa bouche de la mienne et suce ma lèvre inférieure.

— Plutôt une bulle de sexe, oui.

Je nous retourne afin de me retrouver au-dessus. C'est tellement plus que du sexe avec Reagan. Je n'arrive pas à me repaître d'elle. Je la provoque en frottant ma queue contre son clitoris.

— Tu vas être en retard, raille-t-elle en fermant les yeux.

Elle remonte les mains pour se pincer les tétons.

— Je sais être rapide, dis-je.

Comme si je n'étais pas prêt à éjaculer partout sur son ventre rien qu'en la voyant se toucher.

Elle attrape un préservatif dans son armoire. Une fois

qu'elle a ouvert l'emballage, elle prend mon membre dans sa bouche et le suce.

— Pas besoin de capote si tu continues à faire ça.

Un picotement remonte mon échine tandis que sa douce bouche descend une fois de plus sur mon sexe. Bordel.

— Bébé, grogné-je.

Elle continue. De toute évidence, elle croit que je plaisante quand je dis que je suis sur le point d'exploser.

— Reagan, bébé, je ne plaisante pas.

Elle s'arrête suffisamment pour me regarder droit dans les yeux et dire :

— Je sais.

Ces deux mots me font presque jouir. Je passe la main dans ses cheveux, la guidant gentiment pour qu'elle aille plus vite.

Je l'avertis une dernière fois, mais elle continue à avaler ma queue alors que je jouis dans sa gorge.

— Putain de...

Je n'arrive même pas à finir ma phrase. Je n'ai pas les mots.

Reagan sourit fièrement en s'essuyant la bouche.

— Je n'ai jamais fait ça avant.

— Eh bien, j'espère bien que tu voudras le refaire un jour.

Je suis un peu étourdi quand je m'assieds en essayant de reprendre mon souffle.

Elle fredonne.

— Certainement, mais maintenant, tu dois sortir de mon lit.

— Tu me vires ?

— Seulement pour quelques heures.

Elle se lève et enfile un t-shirt et une culotte.

— Je te verrai plus tard ?

— Je ne sais pas. Il sera probablement tard quand on rentrera.

Une soirée entre mecs se termine rarement tôt. Si Rhett traverse vraiment une passe difficile, on redoublera d'efforts pour essayer de lui redonner le sourire. L'alcool est le remède au cœur brisé.

— J'espère qu'il va bien.

— Il ira bien. Il est mieux comme ça.

Elle commence à rassembler ses affaires d'école pour étudier, je suppose donc qu'il est temps pour moi de partir. Peut-être suis-je dans une bulle d'amour, car je n'ai envie d'aller nulle part ailleurs.

Je m'habille et envoie un message à Heath pour le prévenir que j'aurai cinq minutes de retard. Ça me laisse quatre minutes de plus pour embrasser Reagan.

— Amuse-toi bien.

Elle se tortille dans mes bras pour s'enfuir quand Heath et Mav sont fatigués d'attendre et débarquent dans l'appartement. Ils m'appellent et menacent d'entrer pour venir me chercher. Ils en seraient capables.

Reagan se hisse sur la pointe des pieds pour m'embrasser une dernière fois avant d'ouvrir la porte de sa chambre.

— Essaie d'éviter les ennuis.

Je lui fais un clin d'œil.

— Je serai sage.

Du moins, jusqu'à ce que je retourne la voir.

Au lieu d'aller *Au Repaire*, notre coin habituel, nous nous aventurons à *La Figue de barbarie*. C'est un bar plus tranquille, un peu plus loin du campus.

Nous prenons un pichet de bière et Rhett commande une tournée de shots. Captain Morgan, son rhum préféré.

— Les filles viennent ? demande Rhett.

— Non, répond Heath. Il n'y a que nous ce soir.

— Ginny et Reagan ne viennent pas ?

Rhett me regarde avec une expression confuse alors que le serveur apporte notre alcool.

— C'est à quelle occasion ?

— Pas d'occasion. On se fait juste une soirée entre mecs pour changer.

On prend chacun un shot.

Il tient son verre près de ses lèvres.

— C'est à cause de Carrie ? Vous avez pitié de moi ?

— Bois ton putain de shot. Non, ce n'est pas parce qu'on a pitié de toi.

Je lui jette mon regard le plus convaincant. Putain, il a deviné bien trop vite.

Il boit son shot cul sec et nous l'imitons.

Maverick repousse sa chaise.

— Je vais aller mettre de la bonne musique. Des envies ?

Rhett et moi secouons la tête.

Heath se lève pour le suivre.

— Je ferais mieux d'aller superviser pour qu'il ne choisisse pas trente chansons de Christina Aguilera et qu'il nous fasse mettre dehors comme l'année dernière.

Je ris et incline ma bière vers lui pour lui montrer que j'apprécie ce qu'il fait.

— Sage décision.

Il n'y a plus que Rhett et moi. Je l'étudie davantage. Hormis ces premiers jours où il a trop bu, je n'ai pas vraiment remarqué de grandes différences chez lui depuis qu'il a rompu avec Carrie. Cependant, j'ai été un peu occupé.

— Tu lui as parlé ? demandé-je.

Aucune raison de tourner autour du pot.

— Non.

Il prend une longue gorgée de bière et vide son verre.

Il s'en sert une autre pendant que je le regarde fixement, mon verre plein.

— Tu as envie de lui parler ?

— Tu n'es pas obligé de faire ça, dit-il en s'adossant à sa chaise.

— À faire quoi ?

— À faire semblant de t'intéresser à Carrie. Je sais que tu n'es pas son plus grand fan.

— Ce que je pense n'a pas d'importance. Alors, t'as envie ?

— Bien sûr que j'en ai envie. Je veux savoir si elle va bien.

Je bois une gorgée en choisissant soigneusement mes mots.

— Alors tu devrais l'appeler.

— Sérieux ?

Je hausse les épaules.

— Qu'est-ce que j'y connais en relations longues ? Je ne pense pas qu'elle soit la bonne fille pour toi, mais si c'est le cas, alors je serai heureux de la fermer et d'être heureux pour toi.

— Waouh. Reagan est douée ! s'exclame-t-il quand Heath et Maverick reviennent.

— Ça parle de sexe. Enfin ! s'excite Maverick en nous regardant. Reagan est bonne au lit, hein ? Ça ne me surprend pas. Son corps, c'est une tuerie. Et cette bouche.

Il hoche la tête.

Heath et Rhett font tout leur possible pour ne pas rire. Je lance un regard noir à Maverick.

— Si tu veux continuer à respirer, je te conseille d'arrêter de parler.

Heath finit par craquer et glousse doucement.

— Un peu possessif. Presque comme un petit ami.

— Elle n'est pas ma...

— Petite amie, disent-ils à l'unisson. On sait. Tu le mentionnes tous les jours.

— C'est pas vrai.

Je me retiens de sourire.

— Vous couchez juste ensemble ou ça mène quelque part ? questionne Heath.

Je jure que c'est la dernière personne que j'aurais imaginée me poser cette question avant qu'il se mette à sortir avec ma sœur. Il était le roi des coups d'un soir.

J'ai du mal à trouver une réponse, alors je hausse les épaules.

— C'est ton premier plan cul ? demande Maverick. Parce que je ne pense pas que tu t'y prends correctement.

— Il a raison, reconnaît Heath. Le but de ne pas faire d'une fille sa copine, c'est d'éviter les soirées pyjama et tous les moments passés ensemble où vous n'êtes pas nus. Reagan et toi êtes ensemble tout le temps. Tu la laisses même dormir chez nous.

— Et alors ?

— C'est ta copine, mec.

Heath agite les bras dans les airs. C'est un type plutôt tranquille, donc je sais quand je l'agace lorsqu'il se met à parler fort et avec les mains.

Je me penche en avant.

— Qu'est-ce que ça peut faire ? Pari mis à part. On s'amuse. Elle me plaît. Je lui plais. J'essaie vraiment de ne pas tout faire foirer.

— Tu essaies tellement de ne pas merder que tu ne vois même pas à quel point tu es en train de merder, rétorque Heath.

— Comment ça ?

Je parcours la table des yeux, à la recherche d'aide. Reagan et moi, c'est du sérieux, ce que je leur dis précisément.

Ils ricanent et baissent la tête.

— Je rate quoi là ?

Heath n'a pas l'air de vouloir partager, donc je regarde Rhett.

— Alors ?

— Retiens ce que tu viens de dire. Il nous faut une autre tournée de shots.

Maverick repousse sa chaise en la faisant crisser. Il revient une minute plus tard avec quatre shots de ce qui ressemble à du Jägermeister. Bordel, la nuit va être longue à ce rythme-là.

— Qu'est-ce que j'ai manqué ? demande-t-il en les distribuant.

Rhett sourit.

— J'étais sur le point de lui éclaircir certains points.

— Je bois à ça, dit Heath en levant son verre.

Après avoir bu son shot, Rhett prend la parole.

— C'est comme retirer le gardien de but en fin de match pour avoir un patineur supplémentaire sur la glace.

Je réfléchis. Beaucoup. Mais je ne comprends pas.

— En quoi ça me concerne ?

— Oui, je suis perdu moi aussi, avoue Mav. Et je connais la chute pourtant.

Rhett triture son verre.

— Oublie ça. Le fait est que tu fais tout ton possible pour que ce soit différent cette fois-ci, mais, en le faisant, tu refuses à Reagan ce qu'elle désire précisément.

— Non, le contredis-je. Elle est heureuse. On est bien.

— Mec, commence Mav, ça fait un bail que Reagan est à fond sur toi. Elle t'a vu avec des meufs et elle a regretté de ne pas être à leur place.

Il pose les mains sur son cœur et bat des cils dans ma direction.

— Attends, je crois que j'ai enfin compris où tu voulais en venir. Reagan est le gardien de but dans ce scénario, non ?

— Non, répond Rhett, l'air ennuyé.

— C'est Scott le gardien de but ? retente Mav.

Rhett gémit.

— Non. Personne n'est gardien de but. J'essayais de faire remarquer qu'il s'y est pris tard pour changer de stratégie.

— J'ai vraiment rien compris, confie Heath.

Ils argumentent sur les métaphores, mais j'ai soudain l'impression d'avoir avalé une boule de bowling.

Rhett rive son regard sur moi.

— Si tu craquais secrètement pour quelqu'un pendant des années et que tu avais enfin une chance, tu aimerais que cette personne change ses habitudes en couple ? Tu aimerais être relégué à ce truc bizarre, d'être en couple sans être en couple, qui n'a rien à voir avec ce que cette personne faisait dans ses précédentes relations ?

— Non, je suppose que non.

Je repense à toutes nos conversations à ce sujet.

— Elle n'a rien dit. En fait, elle était super partante. Ça ne la gêne pas qu'on ne mette pas de nom sur notre relation.

— Oui, mais, en même temps, qu'est-ce qu'elle pouvait dire d'autre ? Je suis sûr que tu lui as sorti le même discours qu'à moi, dit Rhett.

Il attend ma réponse, mais je ne réponds pas parce que celle-ci craint.

— Tu lui as dit que tu voulais faire les choses différemment, qu'elle était différente, ou les deux, ou un truc qui ressemblait à ça, pas vrai ?

Il hoche la tête.

— Oui, avoué-je en m'agitant sur ma chaise.

— Tout ce qu'elle veut, c'est être ta copine. Comme celles avec qui elle t'a vu dans le passé. Elle s'en fiche de toutes tes raisons parfaitement logiques pour lesquelles elle ne devrait pas être ta meuf.

Un rapide coup d'œil autour de la table m'indique qu'ils sont tous d'accord. Je me lève.

— Je vais aux toilettes. Rhett, va nous chercher une autre tournée de Captain.

— Moi ? Pourquoi ? J'ai offert la première tournée.

— Parce que t'es sur le point d'être plus riche de cinquante dollars.

Les trois m'étudient quelques secondes avant de comprendre ce que je veux dire.

— Quoi ?! Mais tu...

Mav cherche ses mots, il me regarde comme si j'avais donné un coup de pied à son chien.

— C'est pas vrai, gémit-il. C'est tout ? Elles sont passées où toutes tes bonnes raisons de ne pas te lancer dans une nouvelle relation ?

Il jure dans sa barbe.

— Si j'avais su que tu allais nous écouter, j'aurais proposé une soirée entre mecs la semaine dernière.

— Oh courage, Mav, lui dis-je. Tu peux m'aider à trouver un moyen de lui demander d'être ma copine demain.

Il sourit.

— Tu veux sortir le grand jeu ?

— Plus c'est audacieux, mieux c'est.

— Attends, pourquoi demain ? demande Heath.

— Elle est avec les filles ce soir et l'on est ici ensemble, les gars.

J'omets que le but de ce soir est de remonter le moral à Rhett et de nous assurer qu'il va bien. Je ne sais toujours pas comment il se sent, donc partir ne semble pas une très bonne idée.

Rhett termine sa bière et hoche la tête.

— Non, faisons ça ce soir.

— Sérieux ?

— Oui. Écoutez, je sais que c'était une sorte d'intervention pour m'aider à oublier Carrie.

— Non, on... commence Heath, mais Rhett lève une main.

— Je n'ai pas arrêté de me morfondre dans mon coin et j'ai été nul à l'entraînement. J'ai compris. Mais j'ai pris une décision ce soir. Je vais l'appeler, tourner la page, puis passer à autre chose.

— Tu as décidé ça au bout de trente minutes dans un bar avec nous ? Merde, on est doués ! s'exclame Maverick.

— J'ai pris ma décision à la seconde où j'ai réalisé que vous essayiez tous les trois de m'aider. Vous avez fait ça pour moi, les nazes. Donc, oui, s'il vous plaît, faisons ça ce soir. Je crois que te voir demander à Reagan d'être ta copine pourrait être le remède à mon mois de merde.

— Très bien ! Deux tournées alors !

DIX-HUIT
REAGAN

L'ÉLÉMENT de surprise est une très bonne façon de faire sensation. Aujourd'hui, vous aurez l'opportunité de surprendre quelqu'un. Faites durer le suspense ! Aussi, prenez avec vous des sous-vêtements propres, on ne sait jamais...

— Mon visage picote.

Dakota porte ses mains à son visage, mais ne le touche pas.

— Ça veut dire que ça marche, dis-je en fronçant le nez.

Ça picote, mais ça gratte aussi.

Ginny me tend son téléphone.

— C'est hilarant. Prends-moi en photo pour que je puisse l'envoyer à Heath.

— Oui, je suis sûre qu'un masque flippant de tigre va vachement l'exciter, ricane Dakota alors que je prends une photo de Ginny et lui rends son téléphone.

— Tu serais surprise de ce qui excite Heath.

Dakota et moi éclatons de rire.

— Non, chérie, on ne serait pas du tout surprises, rétorque Dakota.

— Il a répondu : « Graou », nous dit Ginny en regardant son téléphone. Reagan, tu devrais envoyer une photo à Adam.

— Tu crois qu'il aime les lamas ? demandé-je en prenant la pose, les mains sous mon visage.

Elle me prend en photo.

— Ne lui envoie surtout pas ça. On n'en est pas encore là.

Les picotements s'intensifient tandis que je rougis, gênée à la seule idée qu'il puisse me voir comme ça.

— Tu me le promets ?

Elle pose son téléphone.

— D'accord, d'accord. Mais tu es adorable.

— Vous en êtes à quelle étape au juste ? questionne Dakota.

— C'est difficile de te prendre au sérieux avec ça sur ton visage, dis-je pour détourner la conversation.

Son masque est celui d'un narval et rend son visage presque entièrement bleu.

Mes amies, le tigre et le narval qu'elles sont devenues me regardent fixement. Elles n'ont pas l'air de vouloir changer de sujet.

— On en est au stade où tout est génial et où tout le monde devrait se mêler de ses oignons, dis-je.

— Elle ne sait pas du tout où ils en sont, traduit Dakota à Ginny.

Les épaules de Ginny s'affaissent.

— Mon frère est un idiot. Je suis désolée, dit-elle avec une mine boudeuse.

— Pas besoin de s'excuser. Tout se passe super bien.

Je souris, bien que je ne sois pas sûre que c'est très efficace à travers ce masque.

Je me lève et pars à la cuisine pour prendre une autre bouteille de vin. Pour être honnête, tout se passe vraiment bien. Est-ce que je ressens une sensation désagréable quand je me demande si je plais à Adam autant qu'il me plaît ? Oui. Aurais-je ce même sentiment de malaise si l'on mettait une étiquette à ce truc entre Adam et moi ? Oui aussi. Je suis folle de lui depuis des années. C'est logique qu'il me plaise encore plus, encore plus vite.

On frappe à la porte. Nous regardons toutes les trois dans sa direction, mais ne bougeons pas.

— Allez-vous-en. On est trop pauvres pour vous acheter quoi que ce soit, et l'on a déjà trouvé Jésus ! hurle Dakota.

Ginny glousse.

— Et si c'étaient des scouts qui vendent des cookies ou des pompiers sexy qui vérifient les détecteurs de fumée ?

— Si vous avez des cookies, frappez trois fois ! crie Dakota.

— Et les pompiers ? demande Ginny.

— Mon beau-père est pompier. Ça gâche un peu le fantasme.

On frappe à nouveau.

— Un seul coup, ça ne doit pas être des scouts.

Dakota hausse les épaules et je m'assieds par terre, là où nous avons posé tout notre attirail pour faire un spa à domicile. Vin, vernis à ongles, masques pour le visage et magazines.

Ginny se lève.

— Le suspense me tue.

— Tu peux me passer le vernis blanc ? demandé-je à Dakota pendant que Ginny part voir qui c'est.

Il y a pas mal de démarcheurs qui passent ici et la seule personne que j'ai réellement envie de voir de l'autre côté de la porte est sortie faire une soirée entre mecs.

— Euh, Reagan, je crois que tu vas vouloir voir ça, me lance Ginny depuis la porte.

— C'est qui ? Des pompiers ? demandé-je.

Elle ne répond pas, elle se contente de sourire et d'ouvrir grand la porte.

Adam entre.

Je le regarde bouche bée. Il est tellement beau. Il me coupe toujours autant le souffle.

— Pourquoi tu rentres aussi tôt ?

J'arrive à peine à détacher les yeux de lui, mais je remarque que Heath, Rhett et Maverick sont derrière lui.

— Allez-vous-en. Vous êtes censés faire une soirée entre gars, dit Dakota derrière moi. Je ne les ai jamais pour moi toute seule maintenant.

— T'es censée être quoi exactement, Kota ? lui demande Maverick.

Mes mains se portent à mon visage.

— Je suis un narval, Ginny est un tigre et Reagan un lama. Pff, leur dit ma colocataire.

Oh merde. Je suis un lama. Je suis un lama qui se tient devant son crush incroyablement sexy. Un putain de lama !

Je baisse la tête et me sers de ma main comme bouclier.

— On fait une soirée spa. Vous n'êtes pas censés être là.

— Je sais, mais j'avais besoin de te voir.

Adam s'avance et se penche pour voir mon visage.

— Hmm hmm.

Les lamas peuvent-ils rougir ? Je montre de la main la salle de bain.

— J'ai juste besoin de quelques minutes.

Il attrape ma main.

— Non. Ça ne peut pas attendre.

Ce lama se tourne lentement vers l'homme de ses rêves.

— D'accord.

— Reagan, je...

Les sourcils d'Adam se froncent.

— J'ai pensé...

Il s'arrête à nouveau et regarde autour de lui.

— Je ne suis pas doué pour les discours, alors je l'ai écrit.

Maverick s'avance et lui tend un paquet de panneaux d'affichage. Sur la première, il a écrit mon nom. Maverick lance une musique sur son téléphone. Il le tient même au-dessus de sa tête et se balance en rythme.

Adam sourit timidement en laissant tomber le premier panneau. Sur le deuxième est marqué : « Ces dernières semaines ont été incroyables. »

Je souris. Ils ont vraiment osé. Les garçons doivent savoir ce qu'il y a marqué sur les panneaux, ce qui est logique puisqu'ils sont venus tous ensemble. Mais c'est moi qu'ils regardent au lieu d'Adam et je rougis fortement.

La pancarte suivante apparaît.

« Tu es la fille la plus cool que j'ai jamais connue. »

Mon ventre papillonne tandis qu'il continue.

« Tu es intelligente, bourrée de talent, gentille et magnifique. »

Quelque part derrière moi, Ginny pousse une exclamation ravie.

« T'as aussi un joli petit cul. »

Mav rit et murmure :

— Celle-ci, c'était mon idée.

— Merci, Mav, dis-je.

« Je ne sais pas ce que j'ai fait pour être aussi chanceux. »

Adam lâche la pancarte et sur la dernière est inscrit : « Veux-tu être ma copine, Reagan ? »

Je m'approche et murmure :

— Et tout ce que tu... ?

— On devrait peut-être leur laisser un peu d'intimité, propose Rhett.

— Mais... on arrivait au passage intéressant, se plaint Maverick.

— Viens.

Rhett passe un bras autour du cou de Mav et le guide vers la porte. La voix de Christina Aguilera s'éloigne alors qu'ils traversent la passerelle en direction de leur appartement. Ginny me serre le bras en suivant les garçons avec Heath.

— Faites comme si je n'étais pas là, dit Dakota. Je prends juste du vin et je vais dans ma chambre. Là où j'ai des couteaux, juste pour info.

Adam laisse les panneaux par terre et fourre les deux mains dans ses poches.

— Alors, qu'est-ce que t'en dis ? Tu veux être ma petite amie ?

— Moi ou le lama ? plaisanté-je.

J'ai besoin d'une minute pour digérer tout ça.

— Viens avec moi. J'ai besoin d'enlever ce truc, dis-je en l'attirant vers la salle de bain.

Pendant que je rince le masque, Adam s'appuie contre le chambranle de la porte. Je sens son regard braqué sur moi, mais j'attends d'avoir rincé mon visage et de l'avoir essuyé pour parler.

— C'est probablement la plus belle chose qu'on ait jamais faite pour moi.

— Mais ?

— Comment ça se fait que tu aies changé d'avis ?

— J'ai parlé avec les gars ce soir et j'ai réalisé que je n'avais pris en considération que ce que je voulais et ce dont j'avais besoin. Je ne t'ai jamais demandé ce que tu en pensais.

— J'ai envie d'être avec toi. Le reste n'est pas si important.

— Alors c'est peut-être moi le problème. J'ai envie que tu sois à moi dans tous les sens du terme. Je veux faire des trucs que ferait un petit ami pour toi. T'emmener en rencard, te raccompagner, te faire des flocons d'avoine le matin.

Je ris à sa remarque sur les flocons d'avoine. Je pourrais même en manger. C'est dire à quel point je suis folle de lui.

— Et tous tes soucis ?

— Je suis peut-être dans ma bulle d'amour, mais je n'ai pas ces soucis quand je suis avec toi. C'est seulement quand je suis seul que je remets tout en question.

— Ce que tu viens de décrire est une bulle de sexe, ta queue fait tout le travail de réflexion pour toi quand je suis dans les parages.

Il glousse et pose ses mains sur mes hanches.

— Peut-être. Ma queue et moi, tu nous plais beaucoup.

— Tu me plais aussi.

Je m'installe entre ses jambes en m'appuyant contre son torse.

— Mais tu ne veux pas être ma copine ?

— Tu te souviens quand je t'ai dit que je voulais être bien pour toi ?

Je lève la tête, ses yeux noisette se plissent de manière joueuse.

— Ne pas être ma copine, c'est bon pour moi ?

— D'après le mec à qui j'ai parlé avant qu'il atterrisse dans une bulle d'amour, oui.

J'ai plus que tout envie d'être sa petite amie, mais peut-être a-t-il raison. Et même si ce n'est pas le cas, je n'ai pas besoin qu'il officialise les choses. Je sens que c'est officiel quand je suis avec lui. Ça me suffit pour l'instant.

Adam pose son front contre le mien.

— Tu utilises mes propres mots contre moi. Ton visage est vraiment doux.

— C'est grâce au masque.

— Tu étais un joli lama.

— Peut-on ne plus jamais parler de ça ?

Un sourire s'étire lentement sur son visage.

— Tu as d'autres animaux ? Peut-être quelque chose de méchant comme un grizzly ou un lion ?

— J'ai une licorne ou un requin.

Il se frotte les paumes des mains.

— Va pour le requin.

— Tu vas faire un masque ?

— Est-ce que ça m'aidera à te convaincre d'être ma copine ? Mon cœur se serre.

— Non, probablement pas, mais ça sera drôle.

— Qu'est-ce que je regarde exactement là ? demande Dakota le lendemain matin.

Je lui ai fièrement tendu mon téléphone pour lui montrer les photos d'Adam avec le masque de requin. J'ai délibérément omis de préciser que le masque était tout rose avant qu'il me laisse le lui mettre.

Il m'a pourchassée dans tout l'appartement pour se venger. Sa vengeance a été de me plaquer contre le mur pour me faire l'amour. Je ne peux même pas faire semblant de lui en vouloir pour ça. Cependant, coucher avec un type qui porte un masque de requin rose, c'est un peu déconcertant.

— C'était un requin.

— J'adore qu'on voie sa barbe à travers. C'est flippant.

Elle me rend mon téléphone et boit une gorgée de son smoothie.

— C'est officiel, alors ? Tu es la nouvelle petite amie d'Adam Scott.

— Pas exactement.

Elle incline la tête sur le côté et me regarde fixement.

— Je t'expliquerai plus tard. Bref, désolée que notre soirée entre filles ait été gâchée.

Elle arque un sourcil incrédule.

— Bon, c'était une soirée géniale, mais j'ai vraiment envie de sortir juste entre filles. Les gars ont des matchs à l'extérieur ce week-end et je me suis dit qu'on pourrait se refaire ça.

— Ginny a eu la même idée.

— Ah oui ?

— Oui, elle est passée ce matin. Fais tes bagages, ma petite dame, on part en road trip ce week-end.

DIX-NEUF
ADAM

— Tu es prête à y aller ? demandé-je en étirant les jambes devant moi.

Mon pied droit est engourdi après une demi-heure dans cette position étrange. Le coin révision de Reagan sur la scène du théâtre est l'endroit le plus inconfortable qui me vient en tête. Mais comme elle est là, je continue à venir.

Je devrais être chez moi à faire mes affaires pour nos matchs à l'extérieur, mais je n'ai pas pu résister à l'envie de passer un peu plus de temps avec elle.

— Presque. D'abord, j'ai une idée.

Elle se lève, puis prend mes deux mains et m'aide à me lever.

— Ah oui ?

C'est impressionnant à quel point mon esprit est rapide pour imaginer une douzaine d'images cochonnes.

Elle me pousse.

— Pas ce genre d'idée. Reste là.

Elle me laisse sur la scène, descend et se dirige vers la dernière rangée de sièges. Il s'y trouve une estrade que je n'avais jamais vraiment remarquée avant. Reagan grimpe dessus et, en seulement deux secondes, elle baisse les lumières et allume un projecteur au centre de la scène.

Je plisse les yeux pour la voir.

— Je vois que dalle maintenant.

— C'est l'idée. Mais nous, nous pouvons te voir.

— Nous ?

Je scrute la salle obscure.

— C'est le « nous » royal. Il n'y a que moi, mais utilise ton imagination. C'est le soir du grand banquet de ta bourse d'études et une salle pleine de médecins est impatiente d'entendre ton discours.

De la sueur perle sur mon front.

— Tu veux que je fasse mon discours ici ?

— Pourquoi pas ?

— J'ai un millier d'excuses vraiment géniales.

— Tu as dit que tu avais besoin de t'entraîner.

Sa voix semble plus proche, mais je ne peux toujours pas la voir.

— Je sais.

C'est vrai. Le banquet va très vite arriver et je ne suis pas prêt. Je saute de la scène et me sens instantanément plus calme. Reagan se tient dans l'allée, à mi-chemin entre l'estrade et moi.

— Et si je te faisais le discours chez moi ?

— Tu as tendance à être distrait par tout ça quand on est chez toi.

Elle fait un rond dans les airs en désignant ses seins.

— On n'est pas dans ma chambre et ils me distraient quand même là.

Elle croise les bras, comme si ça allait m'aider. Je sais qu'ils sont toujours là et je me rappelle très précisément à quoi ils ressemblent.

— D'accord, cédé-je.

Elle sourit et décroise les bras. Je braque directement les

yeux sur ses nichons. Je sais comment ils sont, mais c'est toujours mieux de les voir en vrai.

— Remonte sur scène, beau gosse.

Je râle, mais je saute sur scène. Je protège à nouveau mes yeux face à la lumière aveuglante.

— Tu ne peux pas au moins éteindre ce phare ?

— Bon, d'accord, mais sache que tu es très beau sous cette lumière.

Dans le noir, je distingue sa silhouette, mais je ne peux pas lire son expression.

— Je ne sais pas comment tu fais ça. Je transpire à grosses gouttes et je sais qu'il n'y a personne d'autre que toi.

— Je trouve ça plus difficile de parler à une personne qu'à une foule de gens.

— Je ne comprends vraiment pas ça.

Je lâche une longue inspiration. Mon pouls s'accélère.

— Vous essayez de gagner du temps, Docteur Scott.

— D'accord, d'accord.

Je fais quelques pas pour rassembler mes idées.

Je ne l'entends pas entrer sur la scène, mais, tout à coup, elle se tient devant moi.

— Respire.

Elle inspire par le nez, puis retient son souffle et expire lentement. Je me sens ridicule, mais je l'imite.

— Pourquoi veux-tu être médecin ? demande-t-elle en continuant à respirer avec moi.

— Quand Ginny était petite, elle est restée coincée dans un placard du cellier de nos grands-parents. Elle allait physiquement bien, mais elle était tellement bouleversée quand on l'a trouvée qu'elle avait du mal à respirer.

— Elle m'a raconté, dit Reagan.

— J'étais jeune, mais pas si jeune pour ne pas prendre

conscience que je ne pouvais pas l'aider. C'était un sentiment affreux.

— Donc, tu as décidé d'être médecin parce que tu n'as pas pu aider Ginny ?

— Eh bien, c'est là que ça a commencé en tout cas. Qui n'a pas envie de se prendre pour Superman ?

— Moi, mais, je suis contente qu'il y ait des gens comme toi qui le veulent.

— Je ne peux cependant pas leur raconter cette histoire. Ginny serait horrifiée. Et puis, je ne veux pas faire un discours déprimant.

Elle rit.

— Tu pourrais te concentrer sur le positif. Ginny a été retrouvée et elle a reçu l'aide dont elle avait besoin, grâce à un docteur.

— Toujours un peu trop sentimental.

En levant les yeux au ciel, elle dit :

— D'accord, alors qu'est-ce que tu as prévu ?

— J'allais leur raconter la fois où je me suis cassé le bras en jouant au hockey. L'os ressortait et...

Reagan ferme les yeux et secoue la tête.

— Bon, laisse tomber. Peut-être que je ne veux pas entendre ton discours.

Je l'attire contre moi et l'embrasse.

— Merci.

— De quoi ?

— De m'avoir aidé.

— Je n'ai rien fait et tu n'as toujours pas répété ton discours.

— Tu sais que lorsque quelqu'un a une crise de panique, la meilleure chose que tu puisses faire est de rester à ses côtés, de lui parler calmement et de lui rappeler de respirer ?

— Tu étais en train de faire une crise de panique ?

— Non, mais ce que je veux dire, c'est que parfois, ça ne se voit pas qu'on aide quelqu'un. Le fait d'être là avec moi, de me soutenir, de me pousser à m'entraîner alors que tout ce que je veux faire, c'est t'embrasser jusqu'au départ du bus demain après-midi, ça m'aide.

— Je t'en prie.

— Tu ne veux pas être ma copine ?

Elle ne répond pas, mais j'ai le droit à un sourire amusé.

— Je suis sérieux. Je suis mieux avec toi. Tu me plais vraiment. Cette fois, c'est... Putain, je déteste dire que c'est différent, mais ça l'est. Et, oui, c'est parce que tu es différente. Je sais que tu vas lever les yeux au ciel, mais tu me rends différent aussi. Je le sens bien.

Je suis sûr qu'elle va dire non. Je n'ai pas vraiment donné d'arguments convaincants. Cependant, elle déclare :

— D'accord.

— Sérieux ?

Je la prends dans mes bras.

Elle acquiesce.

— Oui, sérieux. C'est difficile de te dire non. Embrasse-moi, beau gosse.

— Appelle-moi ton copain.

— Tu sembles de meilleure humeur, dis-je l'après-midi suivant dans le bus pour l'Arizona.

Le téléphone de Rhett n'est nulle part en vue et il joue sur sa Nintendo Switch.

— C'est parce que j'ai parlé à Carrie, dit-il sans quitter le jeu des yeux.

— Tu l'as fait ?

Je me prépare à entendre qu'ils sont de nouveau ensemble.

Au lieu de ça, il annonce :

— Elle vient au match.

— Elle vient ? Mais c'est, je ne sais pas, un putain de long trajet pour elle.

— Elle prend l'avion. C'est ce qui se rapproche le plus d'un terrain neutre vu qu'on a des matchs ou des entraînements presque tous les week-ends.

Ça fait longtemps que Rhett et moi sommes amis, je reste donc silencieux un moment en cherchant mes mots. En tant que capitaine, je veux qu'il se concentre uniquement sur le hockey. En tant qu'ami, j'ai envie qu'il tourne la page comme il faut. Mais j'ai aussi peur que le contraire se passe.

— C'est la meilleure solution ?

— Ça n'affectera pas mon jeu si c'est ce qui t'inquiète.

— Non. Bon, oui, ça m'inquiète. Les matchs de ce week-end sont importants. On arrive au dernier mois de la saison régulière et l'on doit être au top à chaque fois qu'on entre sur la glace. Toutefois, je m'inquiète plus du fait qu'une discussion va vous amener à vous remettre ensemble alors que ce n'est pas ce que tu veux.

Son regard passe du jeu vidéo qu'il tient dans ses mains à moi. Il étudie mon visage et lâche ensuite un petit rire.

— Je n'arrive pas à savoir si c'est moi ou Carrie qui doit se sentir insulté.

— Désolé. Je pense que tu peux trouver mieux. Je te souhaite de trouver mieux.

Nous restons silencieux sur le reste du trajet.

Quand nous arrivons en Arizona, l'équipe descend du bus et le manager des Sun Devil nous attend à la porte pour nous emmener dans nos vestiaires.

Comme toujours avant un match, Rhett s'habille et écoute de la musique avec Maverick. Ils font ce truc où ils se partagent une paire d'écouteurs. Je ne comprends pas, mais c'est leur truc et je ne vais pas perturber la routine des gars.

— Vous en dites quoi, les gars ? encouragé-je pendant que nous traversons le tunnel pour aller nous échauffer sur la glace. Vous dites quoi ?

Ils passent à côté de moi et entrent sur la glace.

Quand j'entre enfin sur la patinoire, j'inspire l'air frais et me détends. J'ai toujours adoré le hockey et patiner. En particulier ce moment juste avant le match, quand tout le monde est optimiste et prêt à faire n'importe quoi pour gagner. Rien n'importe à ce moment-là. Nous sommes concentrés sur une seule chose.

Après m'être étiré, je patine en direction de Rhett.

— Désolé pour tout à l'heure. Si tu as besoin de quoi que ce soit, mec, je suis là.

Il sourit.

— J'espérais que tu dises ça. Je vais avoir besoin de la chambre plus tard.

D'une tape sur l'épaule, il passe devant moi et, tout ce que je peux faire, c'est rire.

— S'ils sont dans ta chambre, t'es où toi ? me demande plus tard Reagan quand je l'appelle.

— Je traîne dans la chambre de Heath et Maverick. Tu ne les entends pas ?

— Je croyais que tu étais dans un bar ou quoi. Ils en font du bruit !

— Sans blague.

— Eh bien, tu ne devineras jamais où je suis.

J'entends le sourire dans sa voix.

— J'espère que tu es sur le point de me dire que tu es là.

— Malheureusement, non, mais je suis dans ta chambre.

— Tu es à l'appart ? Je croyais que tu faisais une sorte de road trip avec les filles.

— En effet. On est allées chez ta mère pour le week-end.

Chez ma mère. L'expression me donne une pointe à l'estomac. Je ne suis pas sûr de m'habituer un jour à ce qu'ils vivent séparément.

— Ah. Ginny a dit qu'elle voulait y retourner.

Je sais que c'est aussi bizarre pour Ginny que pour moi d'être là-bas maintenant que notre père a déménagé, donc je suis content qu'elle ait ses amis avec elle.

— Qu'est-ce que vous allez faire là-bas, les filles ?

— Boire du vin, regarder des films cucul, manger des conneries, comme d'habitude.

— Tu enverras des sextos à ton copain ? demandé-je avec espoir.

— Hmm, peut-être. D'abord, je vais fouiller dans ta chambre d'enfant et chercher des dossiers.

— Bonne chance. Il n'y a pas eu de fille dans cette chambre depuis longtemps.

— C'est plutôt ennuyeux ici. Aucune photo d'une ex en vue.

Je l'imagine en train de marcher dans mon ancienne chambre, ce qui m'amène à l'imaginer dans mon lit.

— Elles sont probablement rangées dans un tiroir quelque part.

— Je n'ai pas encore fouillé les tiroirs, dit-elle. Ginny m'appelle. Je ferais mieux d'y aller. Combien de temps tu vas rester debout ? Je peux t'envoyer un message même si je suis bourrée plus tard ?

— Tu peux toujours m'envoyer un message en étant bourrée. J'espère que Carrie sera bientôt partie et que je pourrai retourner dans ma chambre, mais je ne me coucherai pas avant quelques heures.

— Tu crois qu'elle ne va pas rester dormir ?

— Je ne sais pas. J'espère que non. Combien de temps faut-il pour lui dire que c'est fini ?

— Tu ne l'aimes vraiment pas, hein ?

— Je pense juste qu'elle n'est pas faite pour lui et je crois qu'il se fait des illusions s'il pense que lui parler de vive voix va lui permettre de tourner la page. Elle veut se remettre avec lui et elle sait qu'en personne, elle est bien plus persuasive. Il n'aurait jamais dû accepter.

— En fait, c'est peut-être ma faute, dit Reagan.

— Ta faute. Comment ça ?

— Une fois, on a parlé de la rupture. Il avait l'air vraiment bouleversé et je lui ai dit que la voir pourrait l'aider.

— Ça n'aidera pas.

Les mots sortent plus durement que je ne le voulais.

— Il n'est sorti qu'avec elle. Il a besoin d'aller de l'avant, de sortir avec d'autres filles. Ça lui permettra de tourner la page.

— Il est resté avec elle très longtemps, Adam.

— Oui, exactement. Il n'a aucune idée de ce qu'est une bonne relation.

— Et toi oui ?

Elle pousse un cri, comme si elle n'arrivait pas à croire qu'elle l'ait dit à voix haute. Le silence s'abat sur la ligne.

— Je suis vraiment désolée.

La voix de Reagan est basse quand elle reprend enfin la parole.

— Je ne voulais pas dire ça.

— Non, tu as probablement raison. Qu'est-ce que j'y connais à une relation réussie ? Je ne suis jamais sortie avec une fille plus de quelques mois. Et toutes mes relations ont échoué de façon spectaculaire.

— Adam, je suis vraiment désolée, répète-t-elle.

Je la crois, mais je ne pense pas qu'elle l'ait dit par accident.

De toute évidence, elle a songé à toutes les fois où j'ai gâché mes anciennes relations. Je ne peux pas lui en vouloir, mais ça fait tout de même mal.

— Amuse-toi bien avec les filles. Je dois y aller.

Je raccroche et regarde devant moi.

— Eh, Scott, lance Mav à l'autre bout de la chambre. Tu veux faire cette partie ?

Je fourre le téléphone dans ma poche et les rejoins.

VINGT
REAGAN

Vous pourriez vous retrouver à jouer les médiateurs entre deux personnes dont vous vous souciez. Ne vous sentez pas obligé de prendre position et rappelez-vous que les mots dits dans le feu de l'action peuvent avoir un impact bien plus grand que la dispute actuelle. Pour résumer, faites attention à ce que vous dites !

Dépitée, je descends rejoindre les filles dans la cuisine. Nous avons un peu exagéré en nous arrêtant faire les courses sur le trajet de la maison de la mère de Ginny. Le plan de travail est rempli de paquets de chips, de bonbons, de bières et d'autres trucs que nous avons jetés au hasard dans le chariot.

— Rouge ou blanc ? demande Ginny en montrant deux bouteilles de vin.

— Je m'en fiche.

— Qu'est-ce qui ne va pas ? questionne Dakota en ouvrant un paquet de chips.

— Je crois qu'Adam et moi avons eu notre première dispute.

— Oh, chérie, qu'est-ce qu'il s'est passé ? m'interroge Ginny.

Elle pose le vin sur le comptoir, puis prend la décision

d'ouvrir les deux bouteilles. Elle doit lire sur mon visage que ça va être une soirée où il va me falloir deux bouteilles.

Je m'écroule sur un tabouret de bar.

— On parlait de Rhett et Carrie. Carrie est allée à leur match ce soir pour que Rhett et elle puissent parler.

Les yeux de Dakota s'écarquillent.

— Elle a fait ça ?

Je hoche la tête.

— Oui. Adam est totalement contre le fait qu'ils se parlent ou qu'ils se réconcilient de quelque façon que ce soit. Je ne comprends pas. C'est comme s'il pensait que tout le monde devrait pouvoir rompre avec quelqu'un qu'il aime et passer directement à la personne suivante. Il a dit que Rhett ne savait pas ce qu'était une bonne relation et je lui ai un peu renvoyé cette affirmation en pleine figure.

J'enfouis mon visage dans mes mains.

— C'est sorti tout seul. Je n'ai même pas réalisé que je le pensais, jusqu'à ce que les mots sortent de ma bouche.

Ginny me fait un petit sourire.

— C'est un peu son truc.

— Comment Adam a réagi ? demande Dakota.

— Je me suis immédiatement excusée et il a fait comme si tout allait bien, mais ensuite il a dit qu'il devait y aller. Je me sens con.

Moi et ma grande gueule...

— Vous vous en remettrez, assure Ginny, l'air si sûr d'elle.

Cependant, elle n'a pas entendu la douleur dans la voix de son frère.

— Les mots dits dans le feu de l'action peuvent avoir un impact bien plus grand que la dispute actuelle, grommelé-je.

— Quoi ? dit Dakota en riant. Tu parles comme un biscuit chinois.

Je l'ignore d'un geste de la main.

— C'était dans mon horoscope ce matin, expliqué-je en les regardant tour à tour. Qu'est-ce que je fais ? Je le rappelle maintenant ? J'attends en espérant qu'il oublie ?

Si seulement je pouvais avoir autant de chance.

— Laisse-lui la nuit, conseille Ginny. Ils seront de retour demain soir. Je suis sûre que d'ici là, tout sera oublié, et sinon, tu te rattraperas.

Dakota sourit.

— Tu réalises que tu parles de ton frère, n'est-ce pas ?

— Dégueu. Ce n'est pas ce que je voulais dire.

Son visage se fronce et elle jette une chips sur Dakota.

Je sais qu'attendre est la bonne décision, mais demain semble si loin. Je ne sais pas comment je vais arriver à dormir en pensant à ça.

— D'accord, oui, ça m'a l'air d'être une bonne idée.

— À moins que... commence Dakota.

— Oui ?

J'espère qu'elle a une idée de génie. Au diable la bonne idée.

— On pourrait aller au match.

Ginny et moi échangeons un regard confus. Dakota hausse les épaules.

— Tu veux aller au match de hockey ?

Ginny plisse les yeux en regardant notre amie.

— Je croyais que tu voulais passer du temps rien qu'entre filles.

Je l'étudie attentivement. Ça ne ressemble pas du tout à Dakota.

— C'est vrai, mais on peut faire ça à Tempe. J'aime les road trips.

Elle évite complètement nos regards. Son téléphone vibre sur le comptoir, elle saute dessus, puis sourit.

— C'est qui ? demandé-je.

— Personne.

Ses pouces tapent sur l'écran.

— Est-ce que tu envoies un texto à un des gars ? À Mav ? questionne Ginny.

Dakota lève les yeux.

— Quoi ? Non, je te l'ai dit, c'est personne, ok ? Alors, on y va ou quoi ?

— Ta mère n'y verra pas d'inconvénient ? demandé-je à Ginny. On vient juste d'arriver.

— Elle doit travailler, et ce n'est pas comme si j'étais là pour passer du temps avec elle de toute façon. Je suis partante. Heath ne va pas le croire, dit-elle en souriant.

— Je ne suis pas sûre qu'Adam sera aussi heureux de me voir.

— Mais si, me rassure Ginny. Maintenant, allons regarder le film et boire tout ce vin.

L'après-midi suivant, nous arrivons au match et trouvons des places derrière le banc de touche de Valley. J'ai envoyé un message à Adam ce matin pour lui souhaiter bonne chance, mais il m'a répondu par un seul mot : *Merci*.

Inutile de dire que je ne suis pas trop emballée par sa réaction quand il va voir que je suis venue au match. Heath remarque immédiatement Ginny. Il affiche ce sourire idiot à chaque fois qu'elle est dans les parages. J'adore les voir ensemble.

Adam met plus de temps à nous apercevoir. Maverick lui donne un coup de coude. Adam lève la tête et scrute la foule jusqu'à ce qu'il me trouve. Un coin de sa bouche se recourbe et il lève la main. Je le salue en retour et essaie de lui montrer à quel point je suis désolée et combien je n'ai pas envie que ce truc entre nous se termine avant d'avoir réellement commencé.

Je doute qu'il comprenne ça dans mon simple salut de la main, mais je l'envoie tout de même dans l'univers en espérant qu'il le sente.

Valley a gagné hier soir, mais aujourd'hui, les garçons ont l'air endormis. Du moins, c'est ce que Ginny dit après le premier tiers-temps, quand l'équipe adverse mène de deux points. Je regarde, mais honnêtement, je ne vois qu'Adam.

— Ils ne peuvent pas perdre, dis-je.

Ce serait vraiment un mauvais présage pour ce soir.

Quand les gars prennent la glace au deuxième tiers-temps, Adam lève les yeux vers moi. Son sourire est plus grand cette fois-ci et j'ai un peu plus d'espoir que tout va bien se passer entre nous.

Adam remporte la mise en jeu et Heath fait une longue passe. Debout, Ginny hurle et tape dans ses mains. Heath et un type d'Arizona sont contre la rambarde, à se battre pour le palet. Il parvient à le sortir et Maverick est suffisamment près pour l'attraper et l'envoyer à Adam, qui attend sur la droite. Le palet fonce en direction du gardien et les lumières s'allument.

Dakota et moi nous joignons à Ginny. Nous crions si fort toutes les trois qu'on croirait qu'ils viennent de remporter le match. Adam patine en direction du banc de touche de Valley et pointe du doigt. Au début, je crois qu'il pointe les garçons, c'est difficile de savoir avec les gros gants qu'il porte, mais quand il fait un clin d'œil, je sais que c'est pour moi.

Valley remporte de peu la victoire et, dès que le match est terminé, nous nous dirigeons vers le parking derrière la patinoire, là où se trouve le bus de Valley, et attendons les garçons.

— Ce n'est pas Carrie ? demande Ginny en regardant en direction d'une fille debout à côté d'une voiture rouge vif.

— Je crois que si, confirme Dakota. Ça a dû bien se passer.

— On devrait aller lui parler, non ? demandé-je.

Je ne l'ai rencontrée qu'une seule fois et c'était bref. Cependant, elle est importante pour Rhett, donc indirectement, elle est importante pour nous.

Avant que nous puissions décider, les garçons sortent de la patinoire. Adam est l'un des derniers, comme d'habitude. J'ai remarqué que c'était habituel chez lui. Il n'est pas seulement capitaine pour montrer l'exemple, il sait quand il doit suivre. Je n'accours pas à lui, mais seulement parce que j'ai des bottes à talons et que je risque de tomber. Aucun de nous ne parle au début. Il me prend dans ses bras et me soulève, me serrant si fort que je sens presque qu'il m'a pardonné.

— Pardon, dit-on en même temps.

— Tu avais raison. Je ne m'y connais pas en relation.

— Tu veux juste ce qu'il y a de mieux pour lui. Pour tout le monde.

Il acquiesce.

— Mais c'est un adulte. Il va s'en sortir.

— Il t'a dit ça ?

— Oui, glousse Adam. Mot pour mot.

— Tu veux protéger les gens qui t'entourent. C'est une des choses que j'aime le plus chez toi. Je ne pensais pas ce que j'ai dit sur toi. Je crois que j'ai juste eu peur, j'étais dans ta chambre et j'ai réalisé que si ça ne marchait pas...

Ma voix s'éteint.

— Je ne veux pas que ça se termine.

— Je comprends. Moi non plus.

Tout autour de nous, les garçons se préparent à monter dans le bus et les managers chargent l'équipement.

— On se parle plus tard ? proposé-je.

— Oh que oui. J'ai envie de t'emmener quelque part. Mets des vêtements chauds. Je passerai te chercher dès qu'on sera rentrés.

— D'accord, dis-je avec un sourire.

— J'ai entendu parler de cet endroit.

Adam se gare sur le cinéma en plein air. Il est situé au sommet de Mount Loken. Je ne tiens plus en place. Nous n'avons pas eu de vrai rendez-vous depuis le soir où j'ai bavassé tout le dîner. Ici, c'est vraiment un endroit romantique.

— Ah oui ?

Il affiche un air coupable. Sûrement parce que cet endroit est connu pour être le coin préféré d'Adam Scott pour ses rencards. Quelqu'un m'a dit une fois qu'ils avaient un menu spécial Adam Scott : deux verres, un grand bol de pop-corn et un paquet de bonbons. Je suis quasiment sûre que c'est faux, mais ce n'est pas totalement inenvisageable vu le nombre de filles qu'il a amenées ici.

— Oui. Ce n'est pas vraiment un secret que tu amènes toutes tes copines ici.

— Bon, oui, c'est vrai. Mais c'est parce que c'est mon endroit préféré. Tu veux savoir pourquoi ?

— Oh, je sais pourquoi.

Je regarde le hayon arrière de sa Jeep.

Il rit d'un rire profond qui me retourne l'estomac.

— Tu crois que j'amène des filles ici pour coucher avec ? demande-t-il alors que nous sortons du véhicule.

— Oui. C'est le but des drive-in, non ?

Je ne sais pas vraiment puisque je n'en ai jamais fait, mais c'est ce que j'ai toujours supposé.

— Je ne dis pas que je n'ai jamais peloté une fille en public ou glissé ma main sous sa jupe, dit-il en glissant sa main sous ma robe.

Je porte un legging, mais ses doigts remontent jusqu'à mes fesses. Il me caresse ensuite la joue.

— Mais non, je ne me tape pas mes copines au drive-in.

Il me regarde comme si j'étais folle de même l'envisager. Maintenant, j'ai vraiment envie de faire l'amour à l'arrière de sa Jeep pour savoir pourquoi c'est une si mauvaise idée.

— D'accord, bon ben pourquoi alors ?

Il me fait passer devant le snack-bar. La nuit tombe et il fait bien plus frais ici. On dirait que nous sommes en hiver, ce n'est pas le février tempéré de Valley.

Je suis forcée de marcher derrière lui tandis qu'il descend un petit sentier. Je regarde par terre, faisant attention où je marche, quand il s'arrête. Je lève enfin les yeux.

— Oh, waouh !

Nous voyons tout Valley d'ici. Les étoiles parsèment le crépuscule.

Il me tient la main pendant que nous regardons en bas. Tout a l'air si minuscule. Être au sommet de la montagne me rappelle à quel point nous sommes insignifiants. Nous ne sommes que deux personnes dans un monde rempli de milliards d'habitants. C'est rassurant et effrayant à la fois.

— C'est incroyable.

Je détourne le regard de la vue et passe les bras autour de son cou.

— Tu es pas mal comme petit ami et c'est un bon rencard. Je suis contente que tu m'aies amenée.

— Oui, peut-être. Je me sens comme un con maintenant que tu as mentionné que j'amène toutes mes copines ici. C'est cool comme endroit. Tout le monde devrait venir. Surtout toi.

— Tu penses toujours aux autres. Est-ce que tu aimes venir ici parce que tu apprécies y aller souvent ou parce que tu penses juste que ton rencard va aimer ?

Il hésite.

— Je ne sais pas trop. Les deux, peut-être.

— Tu viens seul ici ?

— Non.

— Hmm.

— Quoi ?

— C'est quoi ta vision du rendez-vous parfait ? De ce que tu voudrais faire.

— Je m'en fiche un peu. J'aime être avec toi, n'importe où.

— Ce n'est pas une réponse.

— Je ne sais pas. Moi, toi, le reste n'avons pas d'importance.

— Alors, viens. Je veux connaître l'expérience complète du drive-in à la Adam Scott, avec un rebondissement à la Reagan.

— Ai-je envie de demander ?

— Je vais te donner un indice, beau gosse, dis-je en le caressant à travers son jean.

VINGT-ET-UN
ADAM

— C'est tout, dit le docteur Salco en regardant la vieille grosse horloge accrochée au mur de l'amphithéâtre.

Elle ne nous lâche jamais en avance. Pas même de quelques secondes.

— N'oubliez pas qu'il y aura un devoir lundi.

Tous les étudiants râlent en quittant la salle.

— Monsieur Scott, dit-elle alors que je m'apprête à partir.

Elle me fait signe de venir.

Je prends mon temps et laisse la salle se vider.

Elle fourre des papiers dans son sac quand je m'approche.

— Le banquet a lieu la semaine prochaine. Vous êtes prêt ?

— Je crois, oui.

Elle arque un sourcil, elle me fait comprendre qu'elle sait que je mens sans dire un seul mot.

— J'ai écrit mon discours, lui assuré-je. C'est juste que je ne l'aime pas trop pour l'instant. Les discours tout prêts, ce n'est pas mon truc.

Elle agite la main.

— Écrivez-le avec le cœur et ajoutez une bonne dose de

logique. C'est ce que mon conseiller m'a dit une fois. Tout ira bien.

Ce ne sont cependant pas les mots qui m'inquiètent. Je préférerais simplement ne pas les prononcer devant une foule.

— Merci, Docteur Salco.

— Votre fiancée se joindra à nous ?

— Ah oui, à propos de ça.

J'ai curieusement réussi à ne pas clarifier les choses au sujet de ma fausse fiancée. D'un côté, je n'ai pas eu l'occasion. De l'autre, je n'en ai pas parlé.

— Elle a l'air charmante.

La bouche du docteur Salco se retrousse. Je suis presque sûr qu'elle sourit. Waouh. Reagan est douée.

— C'est vrai, Reagan est la meilleure, acquiescé-je.

— Donc, elle sera là ?

Lentement, je hoche la tête.

— Oui.

En quoi est-ce un problème, réellement ? Reagan et moi sommes ensemble. Ce n'est simplement pas aussi sérieux que docteur Salco le croie. Nous pourrons le lui dire ensemble au banquet si le sujet est à nouveau mis sur la table.

— Fantastique. Bonne journée, Adam.

***

Je récupère Ginny devant sa cité universitaire.

— Yo, dit-elle en montant dans ma Jeep.

— Tu traînes trop avec Heath. Tu commences à parler comme lui.

— Pas vrai ?

Elle s'installe et boucle sa ceinture.

Je m'éloigne du trottoir et me dirige vers la sortie du campus.

— On fait comme d'hab ?

— Bien sûr, répond Ginny.

Elle se met à trifouiller mon portable pour changer de musique.

Nous avons l'habitude de commander des burgers et des frites et de faire un tour en voiture. Nous avons commencé à faire ça quand elle est arrivée à Valley pour que je puisse lui faire visiter le campus et la ville. À présent, c'est tout simplement agréable de passer un peu de temps avec elle, loin de tous les autres.

Aujourd'hui, je me dirige vers la périphérie de la ville. Valley est une ville assez grande, mais il y a encore plein d'endroits déserts quand on sort de la ville.

— On m'a dit que Reagan et toi étiez allés au drive-in de Mont Loken le week-end dernier. Tu l'as emmenée à ton spot habituel ?

Ginny fronce le nez.

— Oui, oui, je sais. Elle m'a critiqué à ce sujet. J'aime bien aller là-bas. C'est un super endroit pour les rencards.

— Il faut que tu sois plus créatif.

Oh, nous l'avons été. Je souris en pensant à notre soirée au sommet de la montagne. C'est ça le truc avec Reagan. Même quand je fais les vieux trucs ordinaires, avec elle, c'est nouveau et excitant. Je vois les choses différemment quand je suis avec elle. Cependant, Ginny n'a pas tort.

— T'as des idées ou tu veux juste me casser les couilles ?

Elle mâche et regarde par le pare-brise.

— Hmm... Quelque chose d'unique à Reagan, mais que toi seul pourrais lui offrir.

J'attends qu'elle trouve quelque chose. Elle reste silencieuse trop longtemps.

— Alors ? demandé-je quand je n'en peux plus.

Elle rit.

— Je n'en ai aucune idée. Désolée.

Mes mains se crispent sur le volant.

— Pourquoi ça te stresse autant ? Je ne t'ai jamais vu te prendre autant la tête pour trouver un endroit où emmener une fille en rendez-vous.

— Tu me disais justement que je devais être plus créatif.

— Oui, mais je te l'ai déjà dit et tu m'as juste ignorée d'un revers de la main.

— Pas là.

Ginny sourit.

— Elle te plaît vraiment, Reagan, hein ?

— Oui, bien sûr. Elle est géniale.

Ginny pousse un cri de joie, un son aigu qui me fait tressaillir.

— Je ne vois pas pourquoi tu trouves ça si surprenant. C'est ton amie. Tu sais à quel point elle est géniale.

— Oui, mais honnêtement, j'avais peur que tu lui brises le cœur.

— Personne ne s'est inquiété qu'elle *me* brise le cœur ? répliqué-je en lui lançant un regard agacé.

Ginny lève les yeux au ciel.

— Je t'en prie. T'es le champion pour passer d'une fille à une autre. Reagan craque pour toi depuis longtemps. Quand vous vous êtes disputés au téléphone, elle était dans tous ses états.

— Oui, c'était pas facile, avoué-je. Mais ce n'était même pas à propos de nous. Ça m'a énervé que Carrie s'immisce dans la vie de Rhett et j'ai été dur avec Reagan.

— Ce n'était peut-être pas une dispute à propos de vous deux, mais ça avait absolument tout à voir avec les préoccupations de Reagan te concernant. Elle a peur que ce qui est arrivé à Carrie lui arrive à elle.

— Quoi ? Non.

— Si, insiste Ginny. Carrie et Rhett ont rompu et tu n'as pas hésité à dire que tu ne voulais pas qu'ils se remettent ensemble. Je comprends. Je n'aimais pas non plus le couple qu'ils formaient, mais ça te ressemble bien. Tu mets fin à ta relation et tu passes à la suite, sans jamais reparler à la fille. Reagan ne veut pas être cette fille.

— Je ne crois pas que je pourrais oublier Reagan aussi vite. Si les choses ne marchent pas entre nous...

Ma mâchoire se contracte.

— Peut-être que tu devrais lui dire ça. J'ai le plan parfait.

Même les mains pleines de nourriture, elle parvient à les agiter en parlant. De toute évidence, le plan qu'elle a concocté l'excite. Je me retrouve à espérer qu'il m'aide à avancer avec Reagan.

— Je ne peux pas simplement répéter ce que j'ai dit par message ? plaisanté-je.

Néanmoins, l'indignation sur le visage de Ginny en vaut totalement la peine.

— Je vais faire comme si je n'avais rien entendu.

Elle finit de manger et se tourne vers moi.

— L'anniversaire de Maverick est dimanche. Faisons une fête pour lui.

— Je ne vois pas en quoi une fête pour Mav est le plan parfait pour dire à Reagan ce que je ressens pour elle.

— Est-ce que je dois tout décider pour toi ? L'endroit n'a pas d'importance.

— Alors pourquoi ai-je besoin d'une fête ?

— Tu n'en as pas besoin. J'ai juste très envie d'organiser une fête chez toi.

Je ris.

— Maverick a envie de faire la fête au moins ? C'est la première fois que j'entends parler de son anniversaire.

Et quand il s'agit de Johnny Maverick, il partage tout, c'est donc suspect s'il n'en a pas encore parlé. Mais, encore une fois, j'ai été préoccupé ces derniers temps.

— Qui ne veut pas d'une fête organisée en son honneur ?

— Peu importe. Tant que les autres sont partants.

Elle tape dans ses mains.

— J'ai déjà demandé. Allons faire des courses.

— Attends, la fête est ce soir ?

Elle sourit gentiment.

— Je ne l'ai pas mentionné ?

Je secoue la tête. Quelle casse-couilles.

Ginny s'occupe presque de tout et, lorsque nous retournons à l'appartement avec à manger et à boire pour la fête, toute l'équipe est déjà là.

Quelqu'un a fabriqué une couronne en capsules de bière pour Maverick et il porte fièrement cette merde.

— Joyeux anniversaire, dis-je en lui tendant une bouteille de Mad Dog 20/20.

— Ooh, merci, Scott, dit-il en me prenant dans ses bras.

Il a déjà enlevé son t-shirt. Ce n'est pas une fête tant que Mav n'est pas à moitié nu. Je ne comprends pas ce mec, mais manifestement, il passe un bon moment.

Je lui tapote le dos et m'écarte.

— T'as vu Reagan ?

— Dehors, dit-il.

Il décapsule la bouteille et boit une gorgée avant de me la passer.

Je parviens à avaler l'alcool horriblement sucré et le lui rends.

— Profite bien.

J'attrape une bière et sors sur la terrasse. Mon regard va droit sur elle. Parfois, je me demande comment j'ai fait pour ne pas la regarder pendant deux ans. Je veux dire, la regarder vraiment.

Elle se tient avec Dakota, Rhett et Liam. Reagan lève les yeux lorsque je m'approche et sourit. En s'approchant de moi, elle ne perd pas de temps et m'embrasse. J'adore ça, putain !

Je la prends par la taille et la soulève pour approfondir le baiser.

— Tu m'as manqué, dit-elle en éloignant sa bouche.

La fille que je qualifiais autrefois de timide et réservée ne rate jamais une occasion pour me montrer son affection ou me dire comment elle se sent. J'adore ça.

J'aspire sa lèvre inférieure.

— Tu m'as manqué aussi. Tu veux qu'on aille ailleurs ?

Elle rit et je la repose par terre.

En me tenant la main, elle m'intègre dans le cercle. Je suppose que c'est un non.

— Comment vous avez fait pour que tout le monde arrive aussi vite ? demandé-je à Rhett.

— Comment ça ?

Liam et lui échangent un regard confus.

— Ça fait à peine une heure que Ginny a demandé à Heath de prévenir tout le monde.

Dakota se met à rire. Rhett l'imite. Reagan me regarde avec un sourire calme.

— J'ai raté quoi ?

— Euh... commence Liam.

Ce première année est probablement le type le plus sympa de l'équipe, j'attends donc qu'il me dise ce qui se passe parce qu'il sera franc avec moi.

Reagan serre ma main.

— Ginny a envoyé un message groupé ce matin.

— Mais...

— Elle savait que tu dirais oui. D'autre part, c'est l'anniversaire de Maverick.

Je secoue la tête. Il ne s'agissait pas du tout de Reagan et moi. Cependant, c'est peut-être ça le but.

Durant les heures suivantes, la soirée s'intensifie. De plus en plus de gens arrivent et la musique se fait plus forte. Je suis appuyé contre la rambarde et Reagan se tient devant moi, le dos contre mon torse. Le vent souffle les cheveux dans son cou et je baisse la tête pour l'embrasser.

— C'est plutôt parfait. Moi, toi, nos amis, dis-je contre sa peau douce.

— Pas vrai ?

— Combien de temps avant que je te kidnappe ?

Elle rit comme si je plaisantais. Mes baisers dans son cou se font plus insistants. C'est vraiment facile de m'emporter quand il s'agit de Reagan.

— Mav a demandé à ce qu'on joue aux sardines plus tard.

— Je ne crois pas que ça se fera.

Je le pointe du doigt sur la terrasse. Il est en train d'embrasser une fille et une autre est plaquée contre lui, lui faisant un suçon dans le cou.

— Oh, s'exclame Reagan. C'est plutôt excitant.

Elle se tourne dans mes bras.

— T'as déjà fait un plan à trois ?

— Euuuh...

— Dis-moi. Je m'en fiche, insiste-t-elle.

— Juste une fois. C'était... délicat.

— Je crois que je deviendrais folle si une autre fille posait les mains sur toi.

Elle remonte les mains sur ma poitrine.

— Tant mieux, parce que je ne suis pas non plus très chaud à l'idée de te partager. J'aime ça. Nous. Juste nous deux. Même si je pense à des façons d'être... délicat, plus tard si tu veux.

Son sourire est si grand que j'ai envie de continuer à parler, de lui faire savoir à quel point j'aime ça. Cependant, ma queue durcit contre elle. Parler de sexe, de plan à trois, ou simplement être avec Reagan a tendance à me faire cet effet. Le tout combiné et je suis prêt à la baiser ici. Je suppose qu'elle a la même idée que moi, car elle se plaque contre moi et inspire avec difficulté.

— Peut-être qu'on pourrait juste s'échapper dix minutes.

Je la tire, déjà à mi-chemin de la porte quand elle déclare :

— Je ne vais jamais dire non à ça.

VINGT-DEUX

REAGAN

Attendez-vous à de bonnes choses : *des fleurs, des bijoux, du sexe de folie. BEAUCOUP. Provoquez votre propre chance !*

Je suis assise sur les genoux d'Adam, un bras autour de son cou, les doigts jouant sans m'en rendre compte avec ses cheveux. Pendant ce temps, nos amis ont un débat pour savoir si le beurre et la margarine sont la même chose. J'ignore comment nous en sommes venus à ce sujet. Il est tard et la plupart des gens sont rentrés chez eux.

Nous sommes tous dehors parce que Mav célèbre son anniversaire dans le salon. Et par célébrer, j'entends qu'il y a de bonnes chances pour qu'il soit en train de faire un plan à trois sur le canapé. Joyeux anniversaire à lui !

Cependant, il me manque un peu. Notre groupe n'est pas complet sans ses bizarreries.

— La margarine, c'est de la merde transformée, déclare Liam.

C'est peut-être la chose la plus méchante que je l'ai entendue dire. Il dégage une aura d'homme bien, avec ses cheveux blonds parfaitement coiffés, ses habits BCBG et ses manières polies. Je suis surprise qu'il reste si tard, pour être honnête. C'est le genre de gars que j'imaginais respecter un couvre-feu strict, et prendre des vitamines aussi.

J'étudie nos amis. Heath et Ginny, Rhett et Dakota. Nous sommes tous assis là, à profiter de la soirée et de la compagnie des autres. Mon cœur se serre. Ce groupe est tellement plus que de simples amis pour moi. Avant, quand je craquais pour Adam, j'avais du mal à être vraiment détendue quand nous étions tous ensemble, mais maintenant, je n'arrive pas à imaginer un groupe de personnes aussi proches qu'une famille.

— Ça va ? murmure Adam à mon oreille.

Il passe les bras autour de ma taille d'un geste protecteur.

Je me tourne vers ses yeux noisette.

— Très bien.

Son regard se baisse sur ma bouche et il m'embrasse tendrement.

— Je suis fou de toi. J'ai l'impression de n'en avoir jamais assez, mais là... curieusement, ça me suffit. La soirée a été parfaite.

Mon cœur chavire et je me colle à lui. Je ne sais pas quoi répondre. Les émotions sont trop fortes et me submergent trop pour que je trouve mes mots. À la place, je me blottis contre lui et profite de la chaleur qu'il me procure, à l'intérieur comme à l'extérieur.

Dakota est à côté de nous. Elle sourit et me fait un clin d'œil quand je croise son regard. Elle hésitait à faire confiance à Adam, elle avait peur qu'il me brise le cœur. Mais je sais à quel point elle est contente pour moi.

— Je crois que je vais y aller, dit-elle.

— Bonne chance pour traverser l'appart sans devenir aveugle, dit Heath en se levant pour rentrer.

Elle se penche pour me serrer dans ses bras.

— Je survivrai.

— J'y vais aussi.

Liam étire ses longues jambes, puis se lève.

— Tu veux qu'on te ramène ? lui propose Adam.

Je souris à mon petit ami attentionné. Toujours en train de veiller sur ses gars.

— Non, je n'ai pas bu ce soir.

— Tu t'es disputé pour du beurre et de la margarine en étant complètement sobre ?

Heath secoue la tête et termine sa bière. Ginny est sur ses genoux, il se penche en avant.

— Prête à aller te coucher, poupée ?

Ginny hoche la tête et Heath se lève en la soulevant. Je l'entends lui dire de fermer les yeux avant d'entrer.

— Je n'ai pas encore envie de rentrer, dis-je. Il fait si bon dehors.

— On peut rester dehors aussi longtemps que tu veux.

Adam repousse les cheveux dans mon cou et m'embrasse. Je veux profiter de cette nuit, de cette sensation, aussi longtemps que possible.

Rhett pose les pieds sur une chaise vide.

— Je lui laisse encore une demi-heure avant de rentrer. Je n'ai pas envie de voir la tête de Mav quand il jouit.

— La voie est libre, lance Heath à l'intérieur.

Rhett ne bouge pas d'un iota.

— Je ne suis toujours pas prêt à entrer. Désolé, vous allez être encore un peu coincés avec moi.

— Ça ne nous gêne pas, dis-je.

Adam m'attire plus près en me prenant dans ses bras. Je pose la tête sur son épaule.

— Tu peux rester aussi longtemps que tu veux.

Le regard de Rhett se plisse, un sourire s'étire lentement sur son visage.

— Vous vous êtes éclipsés pour aller baiser, pas vrai ?

Adam rit. Mon visage s'enflamme.

Rhett soupire.

— Mec, ça doit être sympa d'avoir sa copine ici tous les soirs. Mon ratio main/fille est pathétique.

— Main/fille ? répété-je.

— Le nombre de fois où je me suis branlé au lieu de coucher avec ma copine.

Mon visage s'embrase encore plus. Pauvre gars.

— Oh. Alors, Carrie et toi êtes de nouveau ensemble ?

— Non, répond-il immédiatement. Oui ? ajoute-t-il ensuite. Putain, je ne sais pas. On parle.

Adam reste silencieux, mais son silence en dit long.

— Rien à dire ?

Rhett sourit par-dessus sa bière. De toute évidence, il sait aussi bien cerner Adam que moi.

— Non, mec. Je veux juste que tu sois heureux.

— Merci. C'est le cas.

Rhett nous regarde et nous pointe du doigt en tenant sa bouteille.

— Peut-être pas aussi heureux, mais plutôt heureux.

Le truc en étant aussi heureuse, c'est que je ne crois pas que je pourrais désormais me contenter d'être « plutôt heureuse ».

Le samedi matin, je me réveille en sentant des mains puissantes agripper mes fesses et me plaquer contre un corps d'homme très dur.

— Bonjour.

La voix rauque matinale d'Adam appelle au sexe. Ou peut-être est-ce seulement dans mon esprit.

Je marmonne un bonjour et m'approche en me tortillant.

Faire l'amour avant de boire un café, ça me va, mais je ne peux pas parler.

Quelqu'un frappe à la porte et Adam lui dit de partir avant de grimper sur moi.

Il y a beaucoup de bruit dans l'appartement pour un samedi matin. J'entrouvre les yeux suffisamment pour regarder par la porte vitrée.

— Il fait encore nuit.

— Tu pourras te rendormir dans dix minutes, dit-il en me couvrant de baisers dans le cou et sur ma clavicule.

Sa peau est chaude sous mes mains alors que je les passe dans son dos.

— Yo, Scott, lance Mav en frappant à la porte. Mec, y'a urgence. Lève-toi.

— Putain, grogne Adam. Laisse-moi juste m'assurer qu'ils n'ont pas foutu le feu. Ne bouge pas.

Quand il ouvre la porte, Mav se tient en chemise hawaïenne, casquette à l'envers, et sourit comme si c'était parfaitement normal d'être réveillé à cette heure-ci. Je ramène la couette sur moi.

— Ça a intérêt à être important, grommelle Adam.

— Désolé pour le réveil matinal.

Mav entre dans la pièce avec un plateau de cafés alors qu'Adam enfile un t-shirt et un sweat-shirt.

— Bonjour, Reagan.

— Salut, Mav. Je te donne mille dollars contre un de ces cafés.

Il s'arrête au bord du lit et me le tend.

— Pas besoin d'argent, mais j'ai besoin que tu te lèves et que tu fasses ton sac.

Je suis trop fatiguée pour demander de quoi il parle, mais il sourit et ajoute :

— Je vais tout vous expliquer, mais il faut se dépêcher. Ça

en vaudra la peine. Promis !

Il part et Adam et moi échangeons un regard confus.

— Ça va être intéressant, dit-il.

Nous nous habillons et sortons dans le salon, là où Mav nous raconte son programme pour un week-end à Palm Springs pour célébrer ses vingt et un ans.

— On n'a pas fêté ton anniversaire hier soir ? demande Dakota en refusant le café qu'il essaie de lui offrir.

— Si, et c'était génial. Merci les gars pour ça, mais mes parents ont déjà réservé la maison. C'est à cinq heures de route, donc si l'on se dépêche, on pourra être ivres dans notre propre piscine privée à l'heure du déjeuner.

— Ça n'a pas l'air très sûr de conduire, commente Ginny.

— Allez, supplie Mav.

— Tes parents seront là ? questionne Rhett.

— Non.

Il secoue la tête et fait une grimace comme si l'idée était ridicule.

— La famille Maverick ne célèbre pas les anniversaires, nous préférons couvrir les gens de cadeaux plutôt que d'affection.

— Ils t'ont offert une nuit à Palm Springs ? demande Heath.

— Techniquement deux, mais on a déjà raté la première nuit.

— Maaav, se plaint Ginny. Pourquoi tu n'as rien dit ?

Il agite la main.

— Parce que vous avez fait tous ces efforts pour inviter tout le monde. J'ai adoré. Vraiment.

Adam est le dernier que je m'attends à voir soutenir son idée, mais c'est justement lui qui prend la parole en premier.

— Bon, ok. C'est le dernier week-end qu'on a de libre jusqu'à la fin de la saison. Ça a l'air génial. J'en suis.

— Tu n'as eu qu'à dire piscine privée, ajouté-je.

— Tu n'as eu qu'à dire alcool, dit Heath et Ginny lui donne un coup de coude.

— Kota ? demande Mav.

Ma colocataire hoche la tête.

— Oui, d'accord, mais je me mets devant et je dois être de retour dimanche en début d'après-midi pour réviser un devoir.

On se tourne tous vers Rhett.

— Je ne sais pas, dit-il quand il prend conscience que c'est à lui de décider. Je dois voir avec Carrie.

— T'es sérieux ? s'exclame Adam.

— Tu te sentirais comment si Reagan faisait un road trip avec trois mecs ?

La veine connue pour apparaître sur le front d'Adam quand il est agité surgit, mais il hoche la tête.

— J'ai déjà pensé à ça, intervient Maverick. Il y a assez de chambres pour qu'on ait tous la nôtre, déclare-t-il en regardant Rhett. Désolé que nos amies soient canon et qu'elles portent des bikinis, mais, pour être honnête, ça pourrait arriver ici aussi.

Rhett ne dit rien. Sa jambe tressaute alors qu'il contemple le téléphone dans sa main.

— D'accord. Tant pis. Je suis partant, mais ne râlez pas si je dois l'appeler toutes les deux-trois heures pour lui donner des nouvelles.

— On ne promet rien, dit Heath en toussant dans sa main.

VINGT-TROIS
ADAM

Nous arrivons à la maison de location juste avant midi. L'endroit est génial. C'est grandiose ! Je n'aurais jamais cru employer ce mot, mais je l'ai vu sur une brochure quand nous sommes entrés et c'est tout à fait ça. Il y a six chambres, un grand salon avec une cheminée qui prend presque tout le mur, une énorme cuisine, un bar à côté de la piscine et des terrasses couvertes... oui, oui, au pluriel. Tout ici est ridiculement excessif.

Maverick se trouve derrière le bar extérieur, à jouer les barmans. Rhett et moi sommes assis en face de lui et nous regardons tous les trois Dakota et Reagan faire un chicken fight contre Heath et Ginny dans la piscine. Mav a emmené Charli, qui court dans le jardin en reniflant tous les centimètres.

— Cinq dollars que Reagan tombe en premier, dit Rhett en inclinant son verre vers eux.

Je prends tout de suite la défense de ma copine.

— Impossible. Reagan est bagarreuse.

— Pari tenu.

Il tend sa bière et je trinque avec lui.

Mav monte sur le bar et s'assied, les jambes dans le vide.

— Dakota ne la laissera pas tomber, c'est sûr.

Les cheveux de Reagan sont plaqués en arrière. Elle est fortement concentrée tandis qu'elle essaie de faire tomber Ginny et vice-versa. Le combat est parfaitement équilibré, elles font la même taille. Cependant, la taille de Heath surplombe Dakota et donne l'avantage à Ginny.

Reagan a l'air instable quand Ginny la pousse fort. Dakota recule et elles se redressent. Cette fois-ci, quand elles s'avancent, Reagan attrape les mains de Ginny et entrelace leurs doigts. Puis, Dakota recule en tirant Ginny vers elle. Celle-ci chancelle et manque de tomber par-dessus la tête de Heath, mais il la rattrape à temps.

Rhett rit.

— Voilà un divertissement de qualité.

— Allez, Kota, crie Mav.

Heath le regarde.

— Sérieux, mec ? Je croyais que t'étais mon ami.

— Il est tellement sensible, dit doucement Mav avant de crier. Désolé, mon pote, je t'aime.

Heath l'ignore en agitant la main. Avec une main en moins pour protéger sa partenaire, Reagan pousse ma sœur en arrière et la fait tomber de ses épaules.

Reagan lève les bras et hurle quand Ginny tombe dans l'eau. Elle m'adresse un sourire et putain, elle est ravissante. Je suis absolument fou d'elle.

— Merde alors, on remise ou pas ? demande Rhett.

— J'y vais.

Mav met ses lunettes de soleil et court vers la piscine. Il saute en tenant sa bière en l'air pour ne pas qu'elle aille sous l'eau.

Un autre combat a lieu, mais cette fois-ci, Dakota grimpe sur les épaules de Mav. Reagan reste au bord de la piscine et les encourage.

Je jette un coup d'œil à Rhett. Je ne l'ai pas vu sur son portable de toute la journée.

— Comment ça se passe avec Carrie ?

— Hmm.

— Tu veux en parler ?

Ses sourcils se lèvent vers le chapeau qui couvre sa tête.

— Je sais écouter, insisté-je.

Il hésite, comme s'il y réfléchissait, puis se ravise.

— Non, merci quand même. Je vais bien. Ça a l'air de bien se passer entre Reagan et toi.

— Jolie transition.

Un rictus se dessine sur ses lèvres.

— Tout va bien. Elle est géniale, mec. Je ne savais pas trop comment ce serait d'être avec elle. C'est...

J'ai du mal à trouver les mots.

Un sourire sincère s'étire sur son visage.

— Félicitations, mon pote. On dirait que tu es amoureux.

* * *

Après une longue journée à la piscine, nous faisons des grillades puis rentrons. La cheminée est allumée et nous sommes tous dans le salon en train de boire et discuter.

Les bouteilles à moitié vides d'alcool jonchent la table basse. Maverick a sorti le grand jeu en achetant les boissons préférées de tout le monde, y compris la sienne.

— Joyeux vingt et un ans, dit Heath en levant son verre.

Nous l'imitons tous. Mav sourit timidement et lève sa bouteille de Mad Dog.

— Merci d'être là, les gars. C'est la première fois depuis longtemps que mon anniversaire n'est pas naze.

Reagan est assise entre mes jambes. Elle se penche et serre le bras de Mav. Je me demande si elle se sent comme ça elle aussi. Les parents de Reagan ne font pas partie de sa vie et ceux de Maverick considèrent qu'ils peuvent l'acheter avec de l'argent au lieu de passer du temps avec lui. J'en veux à mes parents pour leur récent comportement, mais toute ma vie, ils ont toujours organisé quelque chose de spécial pour mon anniversaire.

Je baisse la tête pour l'embrasser sur l'épaule.

— On devrait jouer aux sardines ou quelque chose comme ça.

— Je parie que cette maison a de superbes cachettes, dit Rhett.

Dakota râle.

— Non, jouons à quelque chose de différent. On est en vacances !

— Action ou vérité ? Ou Je n'ai jamais ? suggère Ginny.

— J'adore Je n'ai jamais, dit Mav en posant sa bière par terre et en se frottant les mains. Je commence. Je n'ai jamais embrassé une fille.

Nous buvons tous sauf Reagan et Ginny.

Mav se moque de Dakota pendant qu'elle boit.

Elle lui lance un regard noir.

— C'était un secret.

— Oui, je sais. Désolé, bébé, mais t'imaginer...

Elle lève les yeux au ciel.

— Je n'ai jamais fait de plan à trois.

Nous passons chacun notre tour. J'ai déjà joué avec les gars avant, donc je connais la plupart de leurs secrets. Cependant, c'est amusant d'en apprendre plus sur Reagan. Comme le fait qu'elle a embrassé plus d'un garçon en un seul jour et qu'elle a eu un coup d'un soir. Des choses stupides qui ne changent pas ce que je ressens pour elle, mais qui la dévoilent davantage et me rappellent quel idiot je suis de ne pas l'avoir remarquée plus tôt.

— Maverick, pourquoi tu aimes tant ce jeu exactement ? Tu as dû boire à chaque fois, commente Rhett.

Ses expériences sont beaucoup plus limitées que nous puisqu'il est sorti si longtemps avec Carrie.

— Précisément. En plus, je suis un livre ouvert, mais tout ce que tu peux découvrir sur tes amis avec ce petit jeu, c'est de l'or. Par exemple, qui aurait cru que Carrie et toi aviez essayé l'anal ?

Le visage de Rhett devient rouge.

— J'en ai une, dit Ginny avant de baisser les yeux. Je n'ai jamais été fiancée.

Maverick, Rhett et Dakota regardent autour du cercle pour voir qui va boire.

— C'est qui ? Et comment se fait-il que je ne sois pas au courant ? demande Dakota.

Elle regarde Mav.

Il lève les mains.

— Pas question, ma chérie. Pas moi.

— Pas moi, disent Ginny et Heath en même temps.

Mav et Dakota se tournent vers Rhett.

— Non. Certainement pas.

Lentement, Reagan porte son verre à ses lèvres et je fais de même.

— Quoi ?! hurle Dakota, sa voix rebondissant contre les murs. Vous êtes fiancés ?

— Pour de faux, précisons-nous à l'unisson.

Ensuite, nous devons raconter toute l'histoire. Honnêtement, je pensais qu'ils le savaient tous. Surtout Dakota.

— Attendez, seule Ginny était au courant ? questionne Dakota.

— Et Heath, dit Ginny.

Mav a l'air blessé.

— Frérot ?

— Désolé. Je ne me suis pas rendu compte que c'était un tel

scoop et je me suis dit que vous étiez déjà au courant si je l'étais. Je ne suis jamais le premier à être au courant, se défend Heath en haussant les épaules.

Dakota s'excuse et part dans la cuisine.

— Je devrais aller lui parler.

Reagan dépose un baiser chaste sur mes lèvres et se lève.

Je l'attrape par la main et l'attire vers le bas. Ses joues et ses jambes sont rouges à cause du soleil et ses cheveux retombent en vagues sur son épaule. Elle est toute bronzée et rayonnante. La journée avec nos amis a été longue et je n'ai pas pu l'embrasser et lui parler comme je voulais. J'ai ce besoin incontrôlable de lui avouer ce que je ressens. Que ce truc entre nous est tellement plus que ce que j'aurais pu imaginer.

Que je suis en train de tomber amoureux d'elle.

Elle sourit.

— Je reviens, beau gosse.

— Je vais me coucher. Retrouve-moi dans la chambre. Dépêche-toi.

VINGT-QUATRE
REAGAN

Vous pouvez toujours avancer. Donnez-vous de l'espace et du temps. Attendez le bon moment.

Ginny me suit dans la cuisine.

— Je suis désolée. Je pensais que tu lui avais déjà dit.

— Ce n'est rien, dis-je.

Dakota fait le ménage, jette les canettes de bière vides dans la poubelle et, grossièrement, évite mon regard.

— Je suis vraiment désolée que tu l'aies appris de cette façon.

— Comment as-tu pu ne pas me parler de ça ?

Quand elle lève enfin les yeux, je vois à son expression à quel point elle est blessée et je me sens deux fois plus mal.

— J'allais te le dire, mais j'étais tellement humiliée par toute cette histoire. Je n'avais même pas prévu de le dire à Ginny, mais elle m'a forcée à le faire.

— C'est mon visage doux et innocent, ajoute-t-elle. Les gens veulent toujours me confier leurs secrets.

— Je ne comprends pas pourquoi tu étais si humiliée.

Dakota jette une bouteille à la poubelle avec un claquement sec.

— Parce que je suis allée trop loin. Adam voulait un rencard pour la soirée et, à la place, je l'ai obligé à faire semblant d'être fiancé avec moi. Il était horrifié et j'étais gênée qu'il soit si horrifié par cette idée.

— Mais maintenant, regardez-vous tous les deux, dit-elle en souriant.

Je hoche la tête.

— Oui, ça a marché, mais je pensais vraiment avoir tout gâché. Même en y pensant maintenant, je me sens tellement stupide. Je veux dire, sérieux, qui fait ça ? Je suis ridicule.

— Eh, c'est de ma meilleure amie que tu parles.

— Je suis vraiment désolée.

— J'ai toujours assuré tes arrières, tu sais ? Il n'y a rien que tu puisses me dire qui pourrait changer ça.

— Pareil. Tu es ma famille.

— Oooh, s'extasie Ginny.

Heath entre et analyse la scène. Son regard s'arrête sur Ginny.

— Prête pour aller au lit, poupée ?

Elle part avec lui et Mav apparaît ensuite.

— Je vais me coucher. Merci pour aujourd'hui, les gars.

— Je devrais aller dormir moi aussi.

Dakota me prend dans ses bras.

— Je t'aime. À demain.

Je la serre très fort.

Je me perds dans ce labyrinthe pour trouver ma chambre avec Adam. J'entrouvre la porte et jette un œil à l'intérieur pour m'assurer que c'est la bonne. Il est allongé sur le lit, complètement nu. Sa queue est dure et pointe vers le haut. Ses intentions très claires, il me fait un sourire narquois.

— Tu t'es encore perdue ?

Je m'avance et ferme la porte.

— J'avais peur d'entrer dans la chambre de Heath et ta sœur.

Il grimace.

— Ça me fait presque débander.

Mon regard se braque sur son sexe. Mouais, je ne crois pas.

— Tout va bien ?

Il se redresse quand je m'approche.

— Je crois.

Ses bras s'enroulent autour de ma taille et il m'attire sur lui. Ses mains calleuses se glissent sous mon t-shirt et remontent. Il défait mon soutien-gorge puis l'enlève avec mon haut. J'ai pris un peu trop le soleil aujourd'hui et j'ai la marque de mon maillot.

Il prend un téton dans sa bouche et pelote l'autre. J'empoigne ses cheveux, tirant sur les mèches épaisses.

Mon corps se réveille tandis qu'il embrasse et vénère chaque sein, pour ensuite descendre sur mon ventre. Il nous retourne et je me retrouve sur le dos afin d'enlever mon short et ma culotte. Je gémis quand sa bouche trouve le point lancinant entre mes jambes. Il suce mon clitoris jusqu'à ce que je crie. Mon orgasme est si fort que j'ai l'impression que je vais mourir.

Les mains toujours dans ses cheveux, je le tire vers le haut. Sa queue appuie contre ma vulve et je tremble. Ce petit mouvement me fait jouir à nouveau, je m'accroche à lui tandis que l'orgasme me submerge.

Quand j'ouvre les yeux, il est en train de me regarder. Contrairement à ce à quoi je m'attendais, il n'arbore pas l'air arrogant après m'avoir envoyé au septième ciel en me touchant à peine. Son expression est bien plus profonde.

— J'ai un stérilet, dis-je quand mon cerveau refonctionne suffisamment pour prendre conscience que cette expression est sûrement de la frustration.

J'ai joui deux fois et lui, il est encore dur et épais contre ma jambe.

Il hoche la tête, mais ne bouge toujours pas.

— Tout va bien ?

Il insère son gland et nous gémissons ensemble.

— Oui. Tout est parfait.

Le lendemain matin, nous nous entassons dans le SUV de Maverick pour la seconde fois en deux jours. Il affiche un grand sourire et chante doucement ce qui passe à la radio. Charli dort sur ses genoux. Dakota a apporté ses cours afin d'étudier pour le devoir qu'elle a demain. Elle les relit studieusement.

Ginny et Heath sont silencieux au fond et je suis appuyée contre Adam, à moitié endormie entre Rhett et lui. Quant à Rhett, il dort, les bras croisés et sa casquette sur les yeux.

Le voyage s'est passé trop vite, mais je suis contente qu'on y soit allés. Si les anniversaires de Maverick ressemblent aux miens, alors ça en valait la peine.

Nous nous arrêtons à mi-chemin pour manger et nous dégourdir les jambes.

— Mon chargeur m'a lâché, dit Mav. Je vais aller au magasin en acheter un autre. Je vous retrouve au resto.

Nous nous séparons, les garçons suivent Mav et Dakota, Ginny et moi partons trouver une table pour nous tous. Il y a une attente d'un quart d'heure si nous voulons manger tous ensemble, nous réservons donc et continuons de nous promener pour jeter un œil aux petites boutiques dans le petit centre commercial en plein air.

— Je ne veux pas y retourner, dis-je. Les répétitions vont m'épuiser cette semaine.

— Tu répètes depuis des semaines, commente Ginny.

— Oui, mais on était complètement à côté de la plaque cette semaine. Il y a toujours au moins une personne qui ne connaît pas son texte et nous déstabilise tous.

— Le docteur Rossen m'a demandé de passer demain pour apprendre aux nouveaux le maquillage de scène, dit Ginny. Tu veux que je te maquille pour le spectacle ?

Avec ses pinceaux à maquillage, c'est une magicienne. Elle m'a aidée, ainsi que d'autres, pour la pièce de Noël. Elle a fait du si bon travail qu'ils lui ont demandé d'être maquilleuse non officielle ce semestre. Elle obtient des crédits en allant aux répétitions et en s'assurant que nous sommes tous préparés. En retour, nous avons tous l'air fabuleux.

— Ce serait idiot de refuser, dis-je en cognant ma hanche contre la sienne. Mais si tu me regardes le faire une fois et que tu t'assures que ça a l'air bien, je pense que je pourrai le faire pour les autres représentations.

Elle acquiesce, puis s'arrête brusquement.

— Oh, regardez, c'est un magasin de robes de mariée.

Nous nous tournons toutes les trois pour admirer les robes blanches dans la vitrine du magasin.

— J'ai hâte de me marier, dit-elle en rêvassant. Je veux une grande robe avec une très longue traîne que deux ou trois personnes devront porter. Ou peut-être me marier sur la plage avec une robe toute simple.

— Tout est dans la robe, dis-je en regardant avec nostalgie le magnifique travail réalisé avec les perles sur l'une des robes.

— On devrait entrer.

Dakota fait un pas et ouvre la porte, les yeux pleins de malice.

— J'ai toujours voulu essayer des robes de mariée criardes. Ça va être tellement amusant !

Ginny et moi ne bougeons pas.

— Allez. Vous me le devez bien. Reagan s'est faussement fiancée et vous me l'avez caché.

Elle penche la tête sur le côté.

— Ce sera rapide et je promets d'enfiler la plus affreuse que je puisse trouver.

— On est censés retrouver les gars, rappelé-je.

Ginny change d'avis et sort son téléphone.

— Je vais envoyer un message à Heath pour lui dire qu'on a réservé et qu'on est allées faire les magasins.

Son pouce tape sur l'écran tandis qu'elle lui écrit, puis elle entre dans la boutique de robes de mariée.

Je ne trouve aucune bonne excuse, alors je les suis à l'intérieur.

Je n'ai jamais trop réfléchi à mon mariage. J'en viens toujours à penser que ma mère ne viendrait sûrement pas à ce genre d'événements. Elle ne m'aiderait pas non plus à me préparer ni ne m'accompagnerait jusqu'à l'autel. Cependant, à la seconde où j'enfile la robe perlée de la vitrine, je pousse un cri devant mon reflet.

— Oh mon Dieu, Reagan, dit Ginny quand je sors.

Elle porte une robe en tulle avec un corset. Une vendeuse s'affaire autour d'elle en essayant d'ajouter un voile, mais Ginny le repousse.

— Pas de voile.

— Voyons avec le voile, dis-je.

La dame me sourit et me l'ajuste.

— Il faut un voile, c'est certain, dis-je.

Dakota est assise sur le banc. Elle a mis la robe la plus énorme et bouffante qu'elle a pu trouver et observe à présent Ginny et moi avec grand intérêt.

— Je suis d'accord.

Ginny soupire.

— Vous avez raison. J'avais cette image dans ma tête de la robe et de mon allure... ce n'est rien de tout ça, mais j'adore.

Je souris. Elle sera sûrement la première d'entre nous à se marier. Âgée de dix-neuf ans, c'est la plus jeune, mais je suis certaine qu'elle a trouvé la bonne personne. Heath et elle sont le couple le plus adorable que j'ai jamais connu.

La vendeuse s'approche de moi et m'accroche de fines bretelles. Je devrais lui dire de ne pas faire autant d'effort puisqu'il n'y a aucune chance pour que j'achète cette robe. Cependant, je ne parviens pas à ouvrir la bouche en me contemplant dans le miroir.

Une fois qu'elle a fini, Ginny vient plus près et nous nous tortillons en nous regardant.

— Tournez-vous, je veux prendre une photo.

Dakota lève son téléphone. Nous nous prenons par le bras et sourions pendant qu'elle prend plusieurs clichés.

— Ces photos restent entre nous, avertis-je en me retournant pour me regarder une dernière fois avant de devoir enlever la robe.

Un jour peut-être, j'aurai la chance d'en porter une similaire.

— Oui, euh, Reagan, je ne crois pas que ça va être possible.

À ces mots, je lève les yeux du miroir et regarde en direction de la porte du magasin, que les garçons viennent de franchir. Les yeux d'Adam sont écarquillés quand je les croise.

— Oh mon Dieu.

J'enroule les bras autour de ma taille comme pour me cacher. La vendeuse doit croire que j'essaie de cacher la robe au futur marié, car elle passe devant nous pour les virer de la boutique.

— Oh non. Non, non, non, non, marmonné-je.

Ça ne peut pas arriver.

— Je m'en occupe, dit Dakota.

Elle se débarrasse de sa robe, qu'elle a enfilée par-dessus ses vêtements, et me la jette.

— Changez-vous. Je vous attends dehors.

Ginny me serre la main.

— Ça va aller. C'est juste une robe.

— Tu n'es pas en train de flipper ? Ton copain vient de te surprendre en train d'essayer des robes de mariée.

Elle hausse les épaules.

— Heath et moi parlons de notre mariage tout le temps. Non pas que nous ayons l'intention de nous marier bientôt, mais je suis sûr qu'il ne panique pas du tout.

— Eh bien, ton frère et moi ne parlons pas de ça et il va vraiment flipper.

Je me tape sur le front.

— D'abord, j'ai fait croire qu'on était fiancés et maintenant, je suis ici à essayer des robes de mariée. Il va penser...

Je n'arrive même pas à finir ma phrase. Je l'imagine en train de penser à des choses horribles. On ne s'est même pas encore dit qu'on s'aimait et l'on dirait que je suis en train de planifier toute notre vie de conte de fées.

— Respire, Rea. Ça va bien se passer.

Le groupe attend dehors. Adam est appuyé contre l'immeuble. Quand il me voit approcher, il repousse le mur et s'avance. Je n'arrive pas du tout à lire son expression.

— Ce n'est pas ce que tu penses, lâché-je avant qu'il ne puisse dire quoi que ce soit.

Mon cœur bat la chamade dans ma poitrine. Je ne peux pas avoir tout gâché pour quelque chose d'aussi stupide.

— Je ne veux pas me marier. Je veux dire, peut-être que ça arrivera un jour, mais pas aujourd'hui. Pas même cette année. Pas même dans cinq ans, probablement. Et l'on ne s'est même pas...

Il me prend la main et la serre doucement.

— Relax. Dakota m'a tout dit. Bien que, pendant une seconde, j'ai cru que tu choisissais un costume pour le banquet où je dois faire mon discours.

Il entrelace nos doigts et nous suivons le groupe qui se dirige vers le restaurant. J'étudie son visage pour voir s'il dit la vérité ou s'il transpire et vacille comme s'il allait s'évanouir. Il sourit.

— Au fait, tu étais magnifique.

VINGT-CINQ
REAGAN

Vous allez peut-être devoir faire face à des décisions difficiles aujourd'hui. La confusion va sûrement régner. Attendez quelques jours et réfléchissez ensuite à vos options.

— On s'arrête là pour ce soir, lance le metteur en scène Hoffman en soupirant.

La répétition a lieu mardi soir. Malgré le fait qu'il a toujours l'air irrité, la pièce commence à donner quelque chose. Ginny est venue hier pour s'assurer que nous nous maquillions tous bien. Nous avons trouvé tous les costumes, et les décors et les accessoires sont bientôt terminés et installés. Nous avons l'air de commencer à trouver nos marques.

Je sais que nous y arriverons, nous le faisons à chaque fois, mais ces premières répétitions sans le texte donnent toujours l'impression que nous fonçons droit dans le mur.

Mila croise mon regard et me sourit alors qu'il aboie notre emploi du temps de la semaine. Je lève les yeux au ciel d'un air taquin et elle se retient de rire. J'ai bien aimé apprendre à la connaître et elle s'entend bien avec tout le monde. Nous passons pas mal de temps ensemble puisque c'est ma doublure. Tout comme je l'ai supposé, elle a mémorisé toutes ses répliques sans problème.

De temps à autre, Hoffman la prend pour que je travaille sur ma technique avec le docteur Rossen. Mon rythme est toujours pourri et j'ai du mal avec mes expressions faciales dans quelques scènes. Parfois, j'ai l'impression que c'est moi la bleue et pas Mila.

À quoi pensais-je en prenant un rôle si différent ? J'y arriverai toutefois. Je suis déterminée.

— Certains d'entre nous vont aller boire un verre ensemble. Tu veux venir ? propose Mila alors que nous aidons à nettoyer la scène.

Il y a un orchestre qui joue ce soir et il faut l'aide de tout le monde pour tout ranger rapidement afin que les musiciens puissent s'installer.

— Non, je ne peux pas. J'ai des projets.

— Est-ce qu'ils impliquent ce mec mignon qui vient d'entrer ?

Elle pointe du menton un point au-dessus de ma tête, je me retourne et vois Adam qui m'attend.

Mon rythme cardiaque s'accélère.

— En effet.

Son grand sourire est sincère.

— C'est ton copain ?

— Oui, bien sûr.

J'ai des papillons dans le ventre rien qu'en parlant de lui. Je suis ridiculement folle de lui. Ce week-end me l'a plus que jamais prouvé.

Maintenant que j'ai croisé son regard, il se dirige vers moi.

— Tu es prête ?

— Presque.

— Vas-y, dit Mila. Je te couvre.

— Vraiment ?

Elle hoche la tête et me fait signe de partir.

— Merci.

Je saute de la scène. Adam prend mon sac à dos et le glisse à une épaule.

— Comment était la répétition ?

Je l'embrasse pour lui dire bonjour.

— Pas aussi mauvaise qu'hier, mais pas ouf non plus. Ta copine pourrait être la risée de la fac de Valley après ce spectacle.

— Aucune chance.

Son assurance est attachante, mais elle est sans fondement.

— Tu veux rester t'entraîner ou répéter, peu importe comment tu appelles ça ? Je peux te donner la réplique ou autre.

— C'est gentil de proposer, mais un orchestre a réservé le théâtre ce soir, dis-je en le prenant par le bras. On va manger ?

— Ça, je peux le faire.

Après le dîner, nous nous enfermons dans la chambre d'Adam pour travailler. Il a son ordinateur devant lui, les yeux plissés et fortement concentrés.

— Comment ça va avec ton discours ? demandé-je.

Il lève les yeux et souffle.

— C'est de la merde. Je sais que c'est de la merde et l'on dirait bien que je ne peux pas l'améliorer.

— Tu veux que je le lise et que je voie si je peux t'aider.

Il secoue la tête d'un air catégorique.

— Hmm hmm. Pas tant qu'il n'est pas terminé. C'est un premier jet.

Adam est drôle pour ça. Il ne veut jamais que les gens lisent son premier jet, pour quoi que ce soit. Pourtant, il m'accepte curieusement alors que je suis loin d'être parfaite.

Il le prend très bien de m'avoir vue dans une robe de mariée, mieux que ce que je pensais. Il a même demandé à Dakota de lui envoyer la photo qu'elle a prise de moi avec.

Tout se passe bien entre nous et c'est effrayant. Il faut faire beaucoup confiance pour penser qu'une personne sera toujours là pour toi, peu importe ce qu'il se passe. Je n'ai pas beaucoup de gens comme ça dans ma vie, mais je commence à penser qu'Adam pourrait en faire partie.

— Je suis sûre que tu es trop dur avec toi-même. Que dirais-tu aux gars si vous étiez dans les vestiaires et que vous meniez d'un point au début de la troisième période ? demandé-je.

— Je ne sais même pas. Les mots sortent de ma bouche sans réfléchir.

— Comme...

Il réfléchit un moment. Quand il reprend la parole, sa voix est profonde et autoritaire.

— Qu'est-ce que vous dites, les gars ? Qu'est-ce que vous dites ? Allons chercher cette victoire !

Je ris.

— C'est tout ?

Il sourit d'un air penaud et hausse une épaule.

— Je t'avais dit que je n'étais pas si inspirant que ça.

Je lève le bras pour lui montrer que j'en ai la chair de poule.

— Tout est dans le ton, apparemment.

— Quand j'enfile la tenue et que j'entre sur la glace, c'est différent. C'est le seul endroit où j'ai totalement confiance en mes capacités.

— Je comprends. C'est ta scène à toi.

— Oui, je suppose. Dommage que je ne puisse pas faire mon discours là-bas. Je déteste le fait que tant de choses dépendent de mon discours. Et si je me bloque ou que j'oublie ce que je veux dire ?

Je grimpe sur lui et l'embrasse, espérant lui insuffler de l'assurance. Je ne doute pas qu'il est capable de réussir tout ce qu'il souhaite. Et je doute grandement que son discours soit nul, même quand il affirme que c'est un premier jet.

— Bon, on se reconcentre, dis-je en m'écartant avant que nous nous égarions. On continuera ça plus tard.

VINGT-SIX
ADAM

Je suis assis sur mon lit à travailler mon discours pendant que Reagan récite son texte en faisant les cent pas dans ma chambre. Elle travaille sur cette scène depuis presque une heure. Je trouve ça bien, mais qu'est-ce que j'y connais, moi ?

— Argh, râle-t-elle en s'écroulant sur le lit. Je ne vais jamais l'avoir comme il faut.

Elle s'allonge sur le dos et contemple le plafond.

J'abandonne mon travail et me penche pour l'embrasser.

— Mais si. Bon sang, on dirait que tu connais déjà tout par cœur.

— Je sais les répliques, mais je n'arrive toujours pas à cerner le personnage.

C'est tellement en dehors de mes compétences.

— Qu'est-ce que je peux faire pour t'aider ?

— Rien, soupire-t-elle. Embrasse-moi encore.

Je grimpe sur elle et l'embrasse jusqu'à ce que nous ayons le souffle coupé.

— J'ai une idée.

Je me lève et ajuste ma queue. Tout doux, l'animal.

— Maintenant ?

Elle se redresse en s'appuyant sur un coude. Le visage rouge, elle fixe mon entrejambe.

— Ouais. T'embrasser m'inspire les meilleures idées.

Elle me lance un sourire espiègle qui fait apparaître ses fossettes.

— Hmm. J'en ai une bien meilleure.

Je la tire vers le haut.

— Plus tard, tu te souviens ? Allez, viens.

— On a le droit d'être ici ? demande Reagan alors que nous entrons dans la patinoire.

— Eh... on se ferait probablement gronder, mais je ne dirai rien si tu ne dis rien non plus.

Elle regarde la glace.

— Est-ce que c'est le mauvais moment pour admettre que je suis une mauvaise patineuse ?

— Je suis là.

Nous chaussons des patins et je marche sur la glace. Quand je regarde en arrière, Reagan est toujours agrippée au mur.

— Je n'ai pas patiné depuis l'âge de cinq ou six ans.

Je prends ses deux mains et elle s'approche lentement de moi.

— C'est comme le vélo.

— Je n'ai jamais été très douée pour ça non plus.

Elle vacille et se tient fermement à mes mains. Je la fais glisser sur la glace, mais, petit à petit, sa poigne se relâche un peu. L'air frais rougit ses joues. Elle est si concentrée.

Je me place devant elle et patine à reculons.

— Vantard, marmonne-t-elle.

Elle lève les yeux vers moi et perd l'équilibre. Je l'attrape par le coude avant qu'elle tombe.

— Oh, bébé, je ne me vante pas là.

Je l'approche du mur afin qu'elle puisse s'arrêter et s'y tenir si elle le souhaite. Puis je pars sur la glace et fonce jusqu'à l'autre bout. Je saute et fais des slaloms en arrière. Je fais même une petite pirouette.

Être sur la glace me rend si heureux, c'en est ridicule. Mais être ici avec Reagan, c'est autre chose. Mon amour pour le patinage semble comblé, curieusement. J'ai envie de l'emmener patiner plusieurs fois, jusqu'à ce qu'elle soit à l'aise, bien que le fait qu'elle ait besoin de s'accrocher à moi ne me gêne pas vraiment.

Elle finit enfin par y arriver au bout de quelques tours. Ses bras reposent sur le côté et ses enjambées s'allongent.

Ensemble, nous patinons jusqu'au centre.

— Merci. Ça m'a fait du bien de m'aérer la tête un moment. Cette pièce me donne l'impression qu'elle pourrait vouloir ma mort.

Je lui serre les mains.

— Non, pas à ma nana. Elle est trop forte pour ça. Tu en as fait un paquet avant. Pourquoi celle-ci te cause autant de problèmes ? Ou est-ce ta façon de procéder ?

— Essaies-tu de me demander poliment si je me transforme en Dráma queen, en artiste torturée à chaque fois ?

— Tes mots, bébé, pas les miens.

— En général non. J'adore jouer la comédie et, quand je monte sur scène, c'est facile. Du moins, ça l'était. Se glisser dans la peau d'une autre est réconfortant quelque part, je ne peux pas l'expliquer.

— Qu'est-ce qui est différent cette fois ?

— Eh bien, je t'ai dit que j'avais décroché un rôle différent. Je joue la plus jeune de trois sœurs. Elle est insouciante et amusante. Elle est un peu bête et fait toujours les choses pour rire.

— Ça a l'air marrant.

— Ça l'est. Il s'avère que c'est difficile d'être drôle. J'aurais dû m'en tenir à quelque chose de plus simple pour moi.

— Pourquoi tu ne l'as pas fait ?

— Ça fait deux ans que j'essaie de trouver le courage. Le Docteur Rossen est formidable. Je la respecte vraiment et, quand je suis arrivée à Valley, j'ai auditionné pour deux rôles différents, l'un sérieux, du type « fille lambda », et l'autre comique. Elle m'a donné le premier rôle et j'ai eu de très bons retours de tout le monde. Je suppose que je ne voulais pas prendre le risque d'échouer.

— Et maintenant ?

— Je prends toutes sortes de risques cette année.

Je la soulève et la fais tournoyer, puis je la repose. Montre-moi.

— Quoi ?

— Joue pour moi.

— Ici ?

— Il te faut une scène et un public.

Je patine vers le bord et me hisse sur le demi-mur qui fait le tour de la patinoire.

— Je peux à peine me tenir debout et tu veux que je me produise ?

Elle regarde autour d'elle et agite les pieds avec hésitation.

— J'ai eu un coach une fois qui nous faisait faire des exercices les yeux bandés.

Elle rit.

— Quoi ? Ça a vraiment l'air dangereux.

— Oui, ça l'était. Mes parents étaient furieux. Mais ça marchait très bien. Je devais savoir précisément où j'étais sur la glace. Je devais le sentir. Parfois, enlever la vue ou l'ouïe...

— Ou la faculté de marcher ? crie-t-elle. Ta logique est tordue, Docteur Scott. Je ne pense pas que ça va marcher ici.

Je croise les bras sur ma poitrine.

— Dans tous les cas, ça devrait être divertissant. Reprenons au début de la scène deux, où tu entres par la droite.

Elle acquiesce, ouvre la bouche comme si elle allait prononcer sa première réplique, puis me regarde droit dans les yeux.

— Attends, comment tu sais...

Je saute du mur et patine vers elle.

— Tu as laissé une copie du script dans ma chambre. C'est un super rôle. Tu vas tout déchirer.

— Tu n'en sais rien.

— Si. Tu es la personne la plus incroyable et talentueuse que je connaisse. Tu peux le faire.

Elle inspire et expire lentement.

— D'accord. Je suis prête.

Je prononce la première réplique et observe ensuite Reagan dire les siennes stupéfait. Incroyable, c'est peu de le dire. Quand elle entre dans son rôle, on ne peut pas s'empêcher de s'arrêter et de la fixer.

Je suis toujours en train de la regarder quand elle se tourne vers moi et dit :

— Réplique suivante.

— Ah oui, pardon.

À partir de là, j'arrive à suivre le rythme. Je ne l'ai pas vue jouer jusqu'à maintenant, donc c'est difficile de dire si la glace aide ou non, mais je sais que je suis totalement captivé. Elle est drôle. Son langage corporel, son ton, ses regards... C'est stupéfiant. Elle est stupéfiante.

Nous faisons le premier acte en entier. Je suis retourné m'asseoir sur le mur et elle patine dans ma direction. Elle est plus stable à présent, après quelque temps sur la glace, mais elle s'accroche tout de même à mes jambes pour s'aider quand elle arrive.

— Merci.

— Tu plaisantes ? J'ai l'impression d'avoir eu droit à une avant-première exclusive. Tu vas être incroyable.

— Je ne sais pas si c'est la glace, ou peut-être juste toi, mais je me sens incroyable.

— On devrait probablement y aller bientôt.

Elle hoche la tête.

— D'accord. Je veux juste faire un dernier tour ou deux.

Nous patinons lentement. Je la tiens toujours par la main, même si elle semble avoir pris le coup de main maintenant.

— Qu'est-ce qui t'a décidée à devenir actrice ?

— Je regardais beaucoup la télé quand j'étais petite. Maman n'était pas là et je me sentais seule.

J'ai mal à la poitrine en entendant ça.

— Putain, bébé. Je suis désolé.

— La journée, j'allais chez des amis ou je jouais dehors dans le quartier, mais le soir, j'étais souvent seule. Je ne pouvais pas inviter des amis chez moi parce que je ne voulais pas que leurs parents le sachent. Et je ne voulais pas être absente au cas où ma mère reviendrait ou essaierait d'appeler. La télé m'a tenu compagnie.

Elle sourit.

— Comment as-tu fini par vivre chez Janine ?

— Je t'ai dit que nos mères étaient amies, mais je suppose que même la mère de Janine ne se rendait pas compte à quel point les choses allaient mal. Ma mère lui a demandé de venir me voir un samedi soir. Je ne sais pas pourquoi elle a soudainement eu une conscience. Elle m'avait déjà laissée plusieurs fois seule pendant des week-ends entiers auparavant. Bref, la mère de Janine est venue voir si j'allais bien, continue-t-elle en me jetant un regard timide. J'allais plus que bien. J'avais organisé la plus épique des fêtes de lycée. Même les élèves populaires qui ne me parlaient jamais sont venus. J'ai été tellement cool pendant environ deux heures. Hélas, ma popularité a été écourtée quand Marge, la mère de Janine, a débarqué. Elle a été gentille, vraiment. Ça aurait pu être pire. Elle a fait partir tout le monde et m'a dit de faire mon sac.

— Je suis content qu'elle ait veillé sur toi.

— Oui, moi aussi. Qui sait quels ennuis j'aurais pu avoir si elle n'avait pas veillé sur moi ? La popularité m'aurait monté à la tête.

— Et ta mère ? Elle ne s'est pas souciée que quelqu'un d'autre te prenne en charge ?

Elle fronce les sourcils.

— Je pense qu'elle était soulagée. Elle n'était pas méchante ou affreuse avec moi, du moins pas complètement. Elle était négligente et absente, mais je pense qu'elle souhaitait mon bonheur.

— Et elle pensait que ce serait le cas en te laissant vivre chez quelqu'un d'autre ?

C'est difficile pour moi d'avoir de l'empathie pour une femme qui laisse son enfant seul pendant des jours. Peu importe la raison.

— La famille de Janine s'est mieux occupée de moi.

— Oui, je suppose.

— Six mois après mon arrivée à Valley, Lori a commencé à m'envoyer des e-mails tous les jours.

— Tu as dit que tu ne lui avais pas parlé.

— Je ne lui ai pas parlé. Je ne réponds pas. Les premiers e-mails étaient des excuses et des promesses qu'elle allait reprendre sa vie en main, revenir à la maison, trouver un travail qui la garderait dans le coin. Maintenant, tout ce que je reçois c'est mon horoscope.

— Quoi ?

— Chaque matin, elle m'envoie mon horoscope par e-mail. Ça sonne bizarre quand je le dis à voix haute, mais ça a toujours été son truc. Quand elle était à la maison, elle le lisait dans le journal ou le magazine pendant que nous prenions le petit-déjeuner. Je connaissais les signes astrologiques avant de connaître mon alphabet.

— Tu n'as jamais pensé à répondre ?

— Pour dire quoi ?

Nous avons fait le tour de la patinoire deux ou trois fois et nous nous arrêtons tous les deux près de la porte par laquelle nous sommes entrés.

— Je ne sais pas. Je suis juste curieux de savoir si tu en as envie, je suppose.

— Je pense que j'en aurai toujours envie.

— Tu veux, mais tu ne le fais pas ? questionné-je en essayant de bien comprendre.

— Je ne pourrai pas supporter qu'elle me fuie à nouveau. Même par e-mail.

VINGT-SEPT
REAGAN

*P*ARFOIS, *il faut faire comme Elsa et se libérer, se délivrer. Le pardon est la clé du bonheur. De plus, le stress donne des rides.*

Le soir du banquet pour la bourse d'Adam, je me prépare chez moi avec Dakota et Ginny.

— Qu'est-ce que ça donne ? demandé-je à Dakota.

La main sur mon menton, Ginny corrige gentiment ma posture.

— Continue à regarder droit devant. J'ai bientôt fini.

Ça me tue de ne pas voir ce qu'elle me fait. Non pas que je doute d'elle. Ginny est un génie avec un pinceau à maquillage.

Elle ajoute une autre couche de mascara, puis tend deux rouges à lèvres devant mon visage.

— Dramarama ou Candy Yum-Yum ?

— Dramarama, répond Dakota.

Mes yeux s'écarquillent devant le rouge flamboyant qu'elle ouvre et applique sur mes lèvres.

— Ça ne fait pas trop ? questionné-je.

— Tiens-toi tranquille.

Ginny sourit en peignant ma bouche, puis elle se recule et étudie l'effet final.

— Tu es incroyable. Ma meilleure œuvre jusqu'à maintenant.

Elle regarde vers le lit, là où Dakota est assise.

— T'es d'accord, Dakota ?

La mâchoire détendue, ma colocataire hausse les sourcils. Mon estomac sombre. Je suis déjà si nerveuse, l'expression choquée sur son visage ne m'aide pas beaucoup.

— Chérie, tu as l'air...

Dakota ne semble toujours pas trouver les mots.

Je lui fais signe que ce n'est rien, lui offrant une porte de sortie afin qu'elle n'ait pas à finir sa phrase.

— Je vous ai dit que ça ne m'allait pas les smoky. Je finis toujours par ressembler à une escorte de luxe.

Je pivote sur mon siège pour me regarder dans le miroir au moment où elle achève :

— ... magnifique. Je crois que je n'ai jamais qualifié quelqu'un de beau avant. Vraiment, je suis ébahie.

Elle montre son visage.

— Je n'arrive pas à bouger les sourcils vers le bas. Ils sont coincés comme ça pour toujours.

Ginny applaudit.

— Trop bien ! Mon frère ne va pas s'en remettre.

Je me reconnais à peine et, putain, curieusement, je me sens encore plus nerveuse. Mon réveil sonne sur mon téléphone, ce qui veut dire que c'est l'heure.

Nous nous rendons chez les garçons. Maverick est le premier à me voir. Il lâche la manette dans ses mains, qui tombe sur ses genoux.

— Waouh, Reagan mon cœur, je crois que tu viens d'obtenir le premier rôle dans mon rêve de ce soir.

— Sexy, pas vrai ? dit Ginny en s'asseyant à côté de Heath sur le canapé.

Ce dernier me regarde en levant les pouces en l'air.

— *Trop* sexy, marmonne Mav en continuant à me fixer. Tu es un missile.

Adam sort en ajustant sa cravate. Je crois qu'il dit à Maverick d'aller se faire voir, mais je suis trop occupée à reluquer mon beau petit copain en costard-cravate.

— Salut. Bordel.

Ses yeux se posent enfin sur moi et se baissent lentement.

Je réponds à son admiration en faisant une petite pirouette afin qu'il voie toute la robe. Elle est longue, noire et si serrée que je ne vais sûrement pas pouvoir prendre une seule grande inspiration de toute la soirée. Mais ça en vaut la peine quand il me regarde comme ça.

— Vous êtes adorables, dit Ginny. Laissez-moi prendre une photo avant que vous partiez.

— On ne va pas à un bal de promo, proteste Adam.

Cependant, il me prend par la taille et me tient pendant que sa sœur prend une douzaine de photos. En revanche, quand elle suggère que nous allions dehors pour en prendre d'autres, il me guide vers la porte d'entrée.

— Bon, ça suffit. Il faut qu'on y aille.

Dès que nous sommes seuls dehors, Adam me plaque contre la façade et écrase sa bouche contre la mienne. Il aspire l'air restant dans mes poumons, mais, qui a besoin de respirer de toute façon ? Mourir en embrassant cet homme serait une belle façon de partir.

Il se recule et ajuste sa veste.

— Désolé. J'avais besoin d'assouvir ça. Tu es magnifique. Mav a raison. T'es un putain de missile.

— Toi aussi.

Je passe la main sur son torse et lui fais un petit baiser.

En souriant, il cale une mèche derrière mon oreille.

— Prête à y aller ?

Lorsque nous arrivons au banquet (nous nous arrêtons plusieurs fois pour nous embrasser), la salle est bondée. Adam s'arrête sur le seuil et prend une profonde inspiration. Il n'a pas mentionné le discours, mais je sais qu'il doit être nerveux.

— Tu vas être super, lui assuré-je.

Il porte nos mains entrelacées à ses lèvres et nous entrons ensemble.

Des tables rondes sont recouvertes de nappes blanches. Une seule bougie dans un chandelier en verre est posée au milieu de chaque table, les verres sont retournés à chaque place et des serviettes noires protègent les couverts en argent brillants. Élégant, mais pas trop criard.

Un bourdonnement bas remplit la salle alors que les gens discutent. Les groupes sont principalement amassés autour du bar installé contre le mur du fond. Certains invités sont déjà assis aux tables. Il y a beaucoup d'autres étudiants avec leurs familles ce soir, ce à quoi je ne m'attendais pas. Adam m'explique que c'est parce qu'ils récompensent également les boursiers de prépa.

Tout comme la soirée il y a quelques semaines, nous sommes assaillis par les conversations dès que nous avons un verre à la main. Les professeurs et les membres du comité de bourse souhaitent féliciter Adam et lui souhaiter bonne chance.

Adam marche lentement tandis qu'il les remercie, répond à leurs questions et prend soin de me mêler à la discussion en me présentant et en parlant de la pièce du week-end prochain.

Nous bavardons avec une femme qui est professeure, je crois. J'ai un peu perdu le fil de tous les noms et titres. Elle me pose des questions sur mon rôle dans la pièce quand Adam se penche et me chuchote qu'il va nous chercher d'autres verres.

— Je reviens, dit-il suffisamment fort pour se retirer.

— Ça a l'air merveilleux. J'ai hâte de la voir, dit-elle en m'adressant un sourire amical. Je ne vais pas vous laisser parler aux vieilles personnes. Allez vous amuser. J'étais ravie de vous rencontrer, Reagan. Souhaitez bonne chance à Adam de ma part ce soir. Et merde pour la semaine prochaine, d'accord ?

— Oui, m'dame. Merci.

Alors qu'elle s'éloigne, je termine mon verre de vin et scrute la salle. Adam est au bar. La main dans la poche de son pantalon, il attend son verre. Il est si irrésistiblement beau. Je suis complètement tombée amoureuse de lui. Le vrai, lui. Pas le type que je me suis inventé au fil des ans.

Celui que j'ai appris à connaître ce mois-ci. Celui qui aime me réveiller tous les matins en me pelotant les fesses. Celui qui possède plus de brosses que ne devrait avoir une personne (sérieusement, une dans sa Jeep, une dans son sac de cours, une dans son sac de sport, plusieurs dans sa chambre et sa salle de bain). L'homme généreux et gentil qui fait du monde mon théâtre.

Quelqu'un m'attrape par le bras. Je me détourne d'Adam pour découvrir Janine à côté de moi.

— Je peux te parler ?

J'avais presque oublié que Janine et Sean seraient là. Ou peut-être que j'espérais simplement qu'ils ne viendraient pas. La voir fait remonter trop de mauvais souvenirs.

— Salut. Tu es superbe, Janine.

— Merci, dit-elle en rejetant rapidement le compliment. Lori...

Je râle.

— Tu ne veux pas faire une pause ? Juste pour ce soir ? Je ne veux pas qu'on reprenne cette discussion. Pas ici.

Je fais un pas, mais elle me suit.

— Reagan, s'il te plaît, tu dois entendre ça. Lori...

— Arrête, Janine.

Je garde la voix basse, malgré ma fureur.

— Je n'ai pas besoin d'entendre quoi que ce soit. Je ne me laisserai pas entraîner dans le passé. Surtout ce soir.

— Mais...

Je secoue la tête et passe devant elle. Je rejoins Adam à mi-chemin. Je me hisse sur la pointe des pieds et l'embrasse, tentant d'effacer toutes les blessures que Janine insiste pour rouvrir. Pourquoi ne peut-elle pas simplement lâcher l'affaire ? C'est comme si elle voulait continuer à me blesser en faisant ressurgir le passé. Cependant, la Janine que je connaissais n'était pas vindicative. Que s'est-il passé ?

— C'était pour quoi ça ? demande-t-il.

— Je...

Mon cœur tambourine dans ma poitrine. Je suis si amoureuse de lui. J'ai envie de le lui dire. J'ai envie de le crier au monde entier, de le chanter en dansant et en tournoyant dans la rue. Il trouverait probablement tout cela extrêmement amusant. Pour le moment, je réponds par une autre vérité.

— Je suis vraiment ravie d'être là avec toi.

Il étudie mon visage tandis que ses lèvres se recourbent lentement.

— Moi aussi. Danse avec moi.

— Personne ne danse.

Je parcours la salle des yeux pour confirmer mes dires. De la musique douce joue, mais personne n'est sur la piste.

— Et alors ?

J'hésite encore. Une serveuse portant un grand plateau manque de me percuter en passant près de moi. Elle marmonne des excuses et Adam m'attire vers un petit coin de la salle où il n'y a pas de tables.

Il me prend par la taille et attire mon corps vers lui.

— Tu portes cette robe magnifique et j'ai envie de danser avec toi.

D'autres serveurs apportent des carafes d'eau aux tables et les gens commencent à s'installer.

— On dirait que le dîner va commencer, dis-je. On devrait peut-être s'asseoir.

— Dans une minute. Laisse-moi apprécier ce moment.

Il fredonne légèrement tout en continuant à nous faire bouger au rythme de la musique.

— Pourquoi tes parents ne sont pas venus ? demandé-je en posant la tête sur son torse et en fermant les yeux.

Je le laisse me détendre. Je n'aimerais être nulle part ailleurs que dans ses bras.

— Euh.

— Tu les as invités, non ?

— Non, je voulais passer la soirée rien qu'avec toi.

Je lève les yeux vers lui. Ses yeux noisette sont impassibles.

— Adam, ta famille voudrait être là pour ça.

— *Si* j'obtiens la bourse. Sinon, ça aurait été un long trajet pour rien.

— Ils auraient quand même voulu être là pour te soutenir.

Il hausse les épaules.

— C'est plus amusant avec toi.

Je m'inquiète un peu qu'il ne les ait pas invités parce qu'il ne voulait pas me présenter à ses parents. Je les ai déjà rencontrés, mais jamais en tant que sa petite amie. Nous n'en sommes peut-être pas encore à ce stade.

Quand la chanson se termine, son étreinte se relâche et, à contrecœur, nous nous détachons. Il me prend la main. Je suis toujours appuyée rêveusement contre lui, dans ma joyeuse petite bulle, quand Adam dit :

— Docteur Salco.

Une paire de lunettes de repos pend de son collier en perles.

— Les discours commenceront juste après le dîner. Janine en premier, puis vous.

Je le sens se raidir à côté de moi et je serre ses doigts.

— Je suis contente que vous ayez pu venir ce soir, Reagan, dit le docteur Salco.

— Moi aussi.

Je me retourne vers Adam. Son regard nerveux croise le mien et s'adoucit.

— Il va être génial.

— Vous avez trouvé quelqu'un de bien, lui dit le docteur Salco en souriant. Je suis ravie que vous puissiez compter sur votre fiancée qui vous soutiendra durant vos études. Ou peut-être votre femme ? C'est pour quand le mariage ?

Il me faut plus de temps qu'il n'en faut pour prendre conscience qu'elle parle du mariage d'Adam et moi.

— Oh.

Je regarde Adam, l'appelant à l'aide.

Il s'éclaircit la voix.

— Nous n'avons pas vraiment discuté de ça.

Si mon visage est aussi rouge qu'il est chaud, alors elle doit connaître la vérité. Je nous vends du mieux possible en posant la tête sur son épaule et en le regardant avec adoration. Ce n'est pas compliqué de faire semblant de l'aimer comme des fiancés s'aiment. En fait, c'est un peu trop facile et je dois me rappeler qu'à nouveau, nous faisons semblant.

Le docteur Salco m'adresse le plus amical des sourires que je l'ai vue faire. Elle croit totalement à nos fausses fiançailles, mais, curieusement, ça ne fait qu'empirer les choses.

— Profitez du dîner et bonne chance pour ce soir, Adam.

Une fois qu'elle est partie, je me tourne vers lui et chuchote :

— Tu ne lui as pas dit qu'on n'était pas fiancés ?

Il fronce les sourcils en faisant la grimace.

— Pardon. Je le voulais.

Son beau visage affiche sa culpabilité. Bon Dieu, ce n'est pas surprenant qu'il n'ait pas voulu inviter ses parents. Ça aurait été une étrange discussion. *Ravie de vous rencontrer. Oh, au fait, tout le monde ici nous croit fiancés. Oui, j'ai une très bonne influence sur votre fils, ne vous inquiétez pas.*

Je suis énervée qu'il n'ait pas réglé la situation, ce qui est ridicule. C'est moi qui ai sorti ce mensonge. S'il y a quelqu'un à qui il faut en vouloir, c'est bien moi. Tout de même, je n'arrive pas à me débarrasser de l'irritation que je ressens pour lui alors qu'il nous mène à notre table.

— Je crois que je vais aller prendre l'air, dis-je tandis qu'il me tire ma chaise.

— Maintenant ?

— Je reviens dans une minute.

— Je viens avec toi.

Je tends la main pour l'empêcher de me suivre.

— Non. Reste. Ces gens sont venus pour toi, pas pour moi. Je reviens. C'est promis.

Quand j'arrive dans l'entrée, je respire un bon coup. Je n'arrive pas à me débarrasser de l'affreux sentiment que j'ai ressenti en parlant avec Janine tout à l'heure ni de la culpabilité d'avoir simulé des fiançailles avec un homme avec lequel je commence à envisager un avenir. Ce n'est pas censé se passer ainsi. Tout ça a l'air si mal.

Quand des pas s'approchent, je suppose que c'est Adam qui vient prendre de mes nouvelles. Je souris même un peu en pensant à quel point c'est gentil qu'il veuille s'assurer que je vais bien. Cependant, quand je lève les yeux, c'est Janine qui se dirige vers moi.

J'ouvre la bouche pour lui dire d'aller se faire voir, mais elle me devance.

— Désolée, lâche-t-elle.

— Quoi ?

Je secoue la tête et tente de la contourner. Fuir Janine

semble le jeu de la soirée, apparemment. Tout l'oxygène que j'ai dans mes poumons se tarit lorsque je la vois. Trois mètres derrière Janine, ses parents, Sean et Lori nous observent. Ma mère a les cheveux plus courts, à part ça, on dirait que le temps ne s'est pas écoulé pour elle. Elle est exactement comme dans mes souvenirs. Tout comme le coup de poing dans mon ventre en la voyant.

— J'ai essayé de te le dire tout à l'heure, dit Janine comme si ça rendait la chose acceptable.

— Qu'est-ce qu'elle fait là ? craché-je.

Mes oreilles bourdonnent quand elle s'excuse :

— Je suis désolée. C'est ce que j'essayais de te dire tout à l'heure. Mes parents m'ont appelée alors qu'ils quittaient la maison et j'ai voulu te prévenir dès que je l'ai su. Lori a insisté pour venir. Elle veut rencontrer Adam et te féliciter et tout.

— Aucune félicitation n'est nécessaire.

— Mais je pensais...

Janine s'interrompt, les sourcils froncés, confuse.

Bien sûr, elle croit que nous sommes réellement fiancés, comme tout le monde.

— Ma vie ne la regarde pas.

— Janine, on devrait rentrer, dit Sean en gardant ses distances.

— Je suis désolée, murmure-t-elle une dernière fois avant de me quitter.

Leur joyeuse famille rentre en me laissant avec Lori. Elle réduit lentement la distance entre nous.

— Reagan.

Sa façon de prononcer mon nom est douce et triste. Comme si je lui avais manqué... comme si dire mon nom lui faisait mal.

— Salut, maman.

Je ne sais pas pourquoi je l'appelle comme ça. Je l'appelle Lori depuis que j'ai douze ans. Ça doit être le choc.

— Qu'est-ce que tu fais là ?

— On est venus soutenir Janine, bien sûr. Et c'était le seul moyen que j'avais de te voir.

— Peut-être que je ne veux pas te voir.

— Eh bien, tu me l'as bien fait comprendre.

L'ombre d'un sourire s'affiche sur son visage, ce qui m'énerve.

— Visiblement non, marmonné-je en me dirigeant vers la porte pour retourner à l'intérieur.

Adam sort. Son visage se détend quand il me voit, mais ensuite, il doit comprendre la situation, car il regarde devant moi et se fige.

— Ça va ? demande-t-il en me caressant du coude jusqu'à l'épaule. Les discours vont commencer.

Je hoche la tête, je ne fais pas confiance à ce qui pourrait sortir de ma bouche si je l'ouvre. Je suis tellement furieuse. Furieuse qu'elle soit là et qu'Adam s'inquiète pour moi alors que je suis censée veiller sur lui. Furieuse d'avoir prétendu être fiancés. Tout simplement en colère contre tout l'univers.

Des applaudissements se font entendre dans la salle et je jette un coup d'œil à l'intérieur, à temps pour voir Janine se diriger vers l'avant. Je n'ai toujours pas les mots, mais je m'appuie contre lui. Je me sens infiniment plus forte avec Adam à mes côtés.

— Tu dois être son fiancé. Janine dit beaucoup de bien de toi.

Lori sourit et nous regarde tour à tour. Elle remarque chaque petit détail. Sa façon de me toucher et la manière dont je le laisse me soutenir. Je déteste qu'elle sache même ce genre de petits détails sur ma vie.

— Hmm.

La tête d'Adam se tourne vers elle et moi.

— Adam, je te présente Lori.

La mâchoire lui en tombe et il la regarde plus attentivement.

— Ravi de vous rencontrer.

Alors que Janine commence son discours, nous restons tous les trois là, dans une ambiance gênante. Je passe de furieuse à enragée. Comment ma mère ose-t-elle se pointer ici ? Après toutes ces années ? C'est sûrement la première fois qu'elle se pointe à un banquet ou à une réception de mon école, et elle le fait pour Janine ? Où était-elle durant mon enfance ?

J'étais une gamine qui n'avait personne pour la prendre en photo quand je recevais des prix. Personne pour m'emmener manger une glace après. J'ai arrêté de participer à toutes ces choses à un moment donné. Je n'avais pas besoin des regards de pitié ou des applaudissements polis. Pourquoi s'inquiéter de mon assiduité ou de ma performance dans la chorale si personne n'était là pour les fêter ? Avec le théâtre, je pouvais oublier que personne dans le public n'était venu pour moi et me laisser aller dans la pénombre de la salle, imaginer rien qu'une minute que peut-être, elle était là, hors de ma vue.

Je ne peux pas me laisser aller dans cette situation.

— Il est presque temps que j'y aille. Tu veux venir ? demande Adam.

— Évidemment, lui assuré-je.

Je ne veux pas qu'il pense à autre chose qu'à son discours génial. Je ne l'ai toujours pas entendu, mais je sais qu'il a travaillé dur dessus. Il le mérite.

— J'ai hâte de te voir tout déchirer, mais tu peux nous laisser une minute ?

Il hoche la tête.

— Je t'attendrai à la porte.

Je fais face à Lori. Rien de ce que j'aurais pu faire n'aurait pu me préparer à ça. Ça fait des années que je répète cette conversation dans ma tête et je ne sais toujours pas quoi dire. Elle, en revanche, est bien plus bavarde.

— Il est très beau. Depuis combien de temps êtes-vous ensemble ?

Elle parle à voix basse, mais chaque mot s'insinue en moi avec une force terrible.

Je ne réponds pas. En fait, j'ai l'impression d'avoir avalé des ongles. Lui parler me fait mal physiquement. C'est pour ça que je ne l'ai pas fait pendant si longtemps.

— Bon, eh bien, laisse-moi au moins te féliciter. Mon bébé va se marier.

Je ferme les yeux et murmure :

— Ne fais pas ça. S'il te plaît. Arrête.

— Je sais que je n'ai pas toujours été là pour toi, mais tu vas te marier. Toutes les filles veulent que leur mère soit présente à leur mariage. Je veux être là. Je veux faire à nouveau partie de ta vie. Dieu sait que je t'ai laissée tomber, mais...

— Tu n'as pas le droit, dis-je trop fort.

Mes joues chauffent à cause de mon embarras et je jette un coup d'œil dans le vestibule désert.

— Je sais. Je suis désolée, Reagan. Ça ne suffit pas, mais je le suis. Tu démarres une nouvelle vie. J'aimerais juste que tu saches que je veux en faire partie.

Je serre les poings, vibrante de colère.

— On n'est même pas vraiment fiancés, d'accord ? craché-je. Tu es tirée d'affaire. Ce n'est pas mon fiancé. On ne va pas se marier. Tu peux continuer à vivre ta vie sans te soucier de moi.

Je tourne les talons vers là où Adam m'attend en compagnie du docteur Salco. Je n'ai pas besoin de regarder sa bouche recourbée vers le bas pour savoir qu'elle m'a entendue. Le visage d'Adam en dit long.

— Donc tu es juste partie ? questionne Dakota.

Je la sens me juger. Je le sens au plus profond de mon âme.

— Je ne pouvais pas respirer avec elle là-bas.

— Je n'arrive pas à croire qu'elle ait eu le culot de se pointer comme ça. C'était comment de la revoir ?

— Comme si c'était hier qu'elle me fuyait. Toute la colère et la douleur que j'ai essayé de refouler sont revenues.

Je claque des doigts. Mon corps vibre encore de rage.

Elle me serre le coude.

— Je suis désolée, bébé. Qu'elle aille se faire foutre. J'aurais aimé être là. Ça fait trois ans que je rêve de lui dire ça en face.

— Merci. Je t'aime.

— Tu vas faire quoi pour Adam ?

Mon estomac se retourne.

— Il devait rester pour son discours, évidemment. Il a dit que ce n'était rien et qu'il passerait plus tard, mais je l'ai abandonné. Il va me détester.

— Mais non. C'était une situation pourrie qui ne pouvait pas se finir bien.

Cependant, elle n'a pas vu son visage. Je crois qu'il était heureux quand je lui ai dit que je partais. Qui pourrait lui en vouloir ? C'était censé être une soirée amusante pour lui. À la place, il a eu une bonne dose de ma folle de famille et j'ai sûrement compromis sa bourse. Encore.

Je baisse les yeux sur mes genoux.

— Je vais devoir enlever cette robe. Je suis ridicule.

— Ça va aller, promet-elle.

Dans ma chambre, je retire la robe et m'assieds par terre. Oh, si seulement je pouvais me mettre sous la couette et m'endormir tout de suite. Cependant, je sais qu'une longue nuit épuisante m'attend, donc je ne m'embête même pas à aller au lit.

Longtemps après que le lotissement est plongé dans le silence, Adam n'a toujours pas appelé ou frappé à la porte. Je me faufile vers l'appartement des garçons et jette un œil.

Mav est sur le canapé, le téléphone à la main. Il se redresse.

— Salut, Rea.

— Il est là ? demandé-je.

Maverick pointe le menton en direction de la terrasse.

Je marmonne un petit merci et pars dehors. Mon cœur s'accélère en le voyant. Je le vois avant qu'il me voie. Détendu, une bière se balançant au bout de ses doigts, il contemple le ciel nocturne.

Il regarde dans ma direction quand la terrasse grince sous mes pieds.

— Salut.

Il tente de cacher son désespoir avec un sourire, comme s'il était content de me voir.

— J'allais justement venir te voir.

Il tend le bras et je m'assieds sur ses genoux.

— Comment s'est passé le reste du banquet ?

Il passe une main sur ma tête et je fonds.

— Euh. Mon discours était merdique, mais au moins, c'est fini. On saura qui de nous deux aura la bourse seulement la semaine prochaine.

— Je suis sûre que ton discours n'était pas si mauvais.

— J'ai totalement dévié de ce que j'avais écrit. Je ne suis même pas sûr que ça avait un sens.

Il émet un son rauque.

— Ça va ?

Un rire feint s'échappe de mes lèvres.

— J'ai passé de meilleures soirées. Ma mère a réussi à ruiner une autre réunion d'école. Je suis vraiment désolée.

— Tu n'as aucune raison de t'excuser.

— Je n'arrive pas à croire qu'elle se soit pointée ce soir.

— Oui, je suppose que ça n'a parlé que de nos fausses fiançailles. Je t'avais dit que tu étais une bonne actrice.

— Elle m'a dit qu'elle voulait venir à notre mariage.

T'imagines ? Le plus beau jour de ma vie et elle pense que je voudrais qu'elle soit là ?

— Mais on ne va pas vraiment se marier, alors...

Je déglutis en digérant ses mots. C'est vrai.

— En parlant de ça, pourquoi tu n'as pas dit la vérité au docteur Salco avant ?

— Je...

Il fixe devant lui, puis hausse les épaules.

— Je suis désolé. J'aurais dû le faire. J'ai essayé, mais j'avais peur de l'impact que cela aurait sur la décision concernant la bourse.

— Eh bien, elle est au courant maintenant. Elle a dit quelque chose ?

— Non, je suis parti juste après mon discours. Je vais aller lui parler et tout lui expliquer.

S'il est parti dès la fin de son discours, ça veut dire qu'il est rentré depuis un moment. Qu'il est rentré et qu'il m'évite.

— C'est pour ça que tu n'as pas invité tes parents ? Tu avais peur qu'ils découvrent que nous étions ensemble ou qu'ils pensent que nous étions fiancés ?

— Non, bien sûr que non.

Il fronce les sourcils et se décale ensuite sur une hanche pour sortir un papier de la poche de son pantalon.

— Avant que j'oublie, ta mère m'a demandé de te donner ça.

— Tu lui as parlé ?

Je ne veux pas que ça ressemble à une accusation, mais l'idée qu'elle se serve de lui pour m'atteindre ne m'a jamais effleurée.

— Brièvement.

J'attends qu'il en dise plus. Il gigote, mal à l'aise.

— Tout ce qu'elle veut, c'est une chance de parler.

— Et tu penses que je devrais accepter ?

Une brise fraîche nous submerge et je croise les bras sur ma poitrine.

— Je ne sais pas. C'est ta mère. Peut-être que l'écouter t'aidera.

— Elle est seulement ma mère par le sang. Elle n'était pas une mère pour moi.

— Je sais.

— Ah bon ? Parce que tu agis comme si je devais l'appeler et l'accueillir à bras ouverts dans ma vie.

— Les erreurs qu'elle a commises, la façon dont elle t'a abandonnée... c'est horrible. Je la déteste un peu pour toi, mais parfois, les gens changent.

Il caresse mon bras, mais je ne sens aucune chaleur.

— Je n'arrive pas à le croire. Tu es de son côté.

— Non, certainement pas. Je suis de ton côté. Toujours.

— Tu ne voulais même pas que Rhett parle à Carrie alors que la seule chose qu'elle a faite, c'est lui donner des ordres pendant six ans.

— Il n'y a pas que ça avec Rhett.

Je me tiens face à lui en ayant mal au ventre.

— Et toi. Tu veux que je pardonne à ma mère et que je l'écoute. À quand remonte la dernière fois que tu as parlé à une ex ?

Je reconnais son regard impassible et distant, mais je n'arrive pas à m'arrêter.

— Tu sais qu'il n'y a pas une seule photo d'une de tes ex dans ta chambre ? Chez tes parents non plus. Rien dans ton téléphone. Même pas sur les réseaux sociaux, sauf si tu comptes les photos sur lesquelles d'autres personnes t'ont tagué. Toutes les preuves ont disparu.

— Tu m'en veux vraiment de ne pas avoir gardé le contact avec les filles avec qui je suis sorti ? Je ne comprends rien.

Il passe une main dans ses cheveux.

— Quand tu en as fini avec une fille, tu en as fini avec elle. Tu la rayes de ta vie et passes à la suivante. Je me demande simplement combien de temps il me reste avant que mon temps soit écoulé.

Et voilà. Toutes mes plus grandes craintes se confirment en voyant son visage. Cette fois-ci n'est pas différente. C'est toujours la même chose. Je viens de nous faire passer à l'étape finale d'une relation avec Adam Scott : la rupture.

— C'est vraiment débile de dire ça.

— Mais c'est vrai, non ?

Ma voix se brise.

— Quand on se séparera, tu prendras une semaine ou peut-être deux pour me rayer de ta vie et ensuite, ce sera comme si je n'avais jamais existé. C'est ce que tu fais. Ce temps passé ensemble n'aura rien signifié.

— On en est encore là ? Sérieux ? Je ne sais pas quoi faire pour que tu comprennes mes sentiments pour toi.

Je frôle son bras et il tressaille. Légèrement, mais j'ai tout de même remarqué.

— Je suis désolée. Je ne voulais pas que tu te sentes attaqué. C'est juste que je sais ce que tu ressens. Je vois à quel point tu es blessé. C'est écrit sur ton visage.

De plus, je sais comment ça se passe. Un jour, ce sera peut-être différent pour lui, mais pas cette fois-ci.

— Je suis fatiguée d'attendre que ça me tombe dessus.

Il acquiesce en contractant la mâchoire.

— Bien sûr que je suis blessé. Ma copine compte les jours avant que je la plaque. Tu sais pourquoi je n'ai pas invité mes parents ce soir ?

Je secoue la tête.

— Parce que les choses sont toujours aussi compliquées depuis le divorce et que je ne savais pas lequel inviter. Si j'en invitais un et pas l'autre, je pensais en blesser un. Si je les invitais tous les deux et qu'ils venaient, qui sait ce qui aurait pu se passer. Pire encore, il y avait une réelle chance que ni l'un ni l'autre ne vienne parce qu'en ce moment, ils jouent bêtement à s'éviter, alors pourquoi se donner la peine ?

Il finit sa bière et la jette par terre avec un bruit sec. Sa voix s'élève, colérique et tranchante.

— Et Carrie a trompé Rhett, alors oui, je ne voulais pas qu'il lui parle et qu'il se fasse avoir de nouveau.

— Je ne savais pas.

— Personne ne le sait. C'est pour ça que je ne te l'ai pas dit. Il ne sait même pas que je le sais. Je l'ai entendu au téléphone un jour.

Il est agité et furieux.

La honte m'envahit. Je sais que ma colère ne le vise pas directement, mais je suis simplement terrifiée de perdre quelqu'un d'autre.

— Désolée. Voir ma mère m'a prise par surprise. Ce n'est pas une excuse, mais ça m'a rappelé le peu de personnes qu'il me reste dans ma vie. Peut-être que ça ne devait pas marcher entre nous. J'ai besoin de toi dans ma vie. Même si l'on est juste des amis.

Je ne sais pas si je crois ce que je dis ou si j'essaie de me convaincre que c'est ce qu'il pense.

Il se lève et me prend les mains en les tenant par les auriculaires.

— Tu ne peux pas dire ça. On est bien ensemble. Je sais que mes précédentes relations étaient nulles, mais je suis fou de toi.

J'ai envie d'y croire. Vraiment. Cependant, je ne suis pas certaine que ça en vaille le risque. Je ne suis pas du genre à parier. Je ne l'ai jamais été. J'ai appris très tôt que c'est toujours la raison qui gagne.

— Je tiens tellement à toi, Adam, mais je ne peux pas. Je suis vraiment désolée.

Son visage se tord, frustré, voire triste.

— Je devrais y aller.

Il lâche mes mains et recule. Malgré sa mâchoire immobile et ses lèvres pincées, il reste le plus bel homme que j'ai jamais vu.

J'ai vu Adam se lasser de beaucoup de filles. Ça ressemblait beaucoup au regard sur son visage maintenant.

VINGT-HUIT
REAGAN

CANCER, *ça va être une bonne journée ! Mettez-y un peu d'énergie quand vous marchez, écoutez de la musique et attendez-vous à tout.*

Dakota frappe à la porte.

— Reagan ? T'es là ?

Je ne réponds pas. Je ne fais pas confiance à ma voix ou aux larmes qui pourraient se mettre à couler. Je suis fatiguée de pleurer.

— J'ai commandé à manger. S'il te plaît, ouvre-moi.

Elle attend quelques secondes.

— Bon, eh bien, ton assiette est sur le comptoir. Je vais en cours, mais si tu as besoin de quelque chose ou que tu veux juste parler, envoie-moi un message.

Elle attend quelques secondes de plus, puis je l'entends partir du couloir et fermer la porte d'entrée derrière elle.

Je me recroqueville davantage contre un pull qu'Adam a laissé dans ma chambre. J'inspire son parfum. On pourrait croire que ça ne me calmerait pas après hier soir, mais, curieusement, même avec le cœur en miettes et en colère, tout ce que je veux, c'est être près de lui par n'importe quel moyen.

Il ne reviendra certainement jamais dans ma chambre. J'ai été méchante et je l'ai accusé de choses horribles. Je me suis défoulée sur lui. Je ne lui en veux pas de ne pas avoir appelé, de ne pas avoir envoyé de messages et de ne pas être venu chez moi pour essayer de me reconquérir. Aucun type sain d'esprit ne le ferait. C'est peut-être mieux comme ça.

Non, je ne lui en veux pas. J'en veux à Lori.

Toute la nuit, j'ai alterné entre donner des coups de poing à mon oreiller et pleurer dessus. On dit qu'on ne peut échapper au passé. Je ne veux pas le fuir. J'ai envie d'avancer et de l'effacer, le passé et tous les dommages et casseroles que je me traîne. Je pensais que j'avais réussi... J'étais stupide.

C'est pour le mieux. Tout ce que j'ai fait, c'est le coiffer au poteau. Tout de même, je soupire et me pose des questions. Le truc, c'est que je ne voulais peut-être pas m'énerver contre lui et dire toutes ces choses, mais elles étaient vraies. Je m'inquiétais de tout cela avant même l'apparition de Lori. Il dit que c'est différent, mais l'est-ce vraiment ?

Quand mon réveil sonne une heure plus tard, je suis dans la même position. Il n'y a qu'une seule chose qui pourrait me sortir du lit aujourd'hui. Je suis toute molle en changeant de vêtements et en m'aspergeant le visage. Si molle que lorsque vient l'heure de la répétition, je suis en retard.

Ils ont déjà commencé et Mila est sur scène à ma place. J'enfile mon costume pour la scène suivante et observe depuis les coulisses.

Mila a bien changé depuis la fille nerveuse qui avait passé les auditions. Elle a gagné en assurance et tout ce qu'elle fait est bien mieux. À la fin de la scène, ils s'arrêtent pendant que le metteur en scène ajuste certains accessoires et des positions.

— Pardon pour le retard, dis-je en montant sur scène.

Mila me sourit, mais pas notre sévère metteur en scène. Je sais ce qu'il pense des gens en retard. J'aimerais lui offrir plus que mon excuse, mais je n'ai pas d'autres bonnes raisons, hormis mon cœur brisé. Ce n'est qu'une supposition de ma part, mais je doute qu'il s'en soucie.

— Que tout le monde se prépare pour la prochaine scène, dit-il en montant sur la scène.

Le théâtre a toujours été le seul endroit où je peux tout ignorer et me glisser dans la peau de quelqu'un d'autre. Toutefois, aujourd'hui, je n'arrive pas à trouver la force d'être quelqu'un d'autre que moi. La Reagan triste, en colère et au cœur meurtri.

Ce n'est pas facile d'entrer dans mon rôle où j'oublie tout le reste et deviens mon personnage, mais, à la fin de la répétition, je me sens enfin un peu mieux. Je parviens même à ne pas penser à Adam pendant un court instant.

J'attrape ma bouteille d'eau pendant qu'on nous fait des retours. Je sais que ma performance d'aujourd'hui était épouvantable. Je veux dire, j'ai eu du mal à maîtriser certains mouvements et certaines répliques, mais, qu'importe mes progrès de ces dernières semaines, j'ai fait douze pas en arrière. Je suis surprise qu'il ne me reprenne pas, mais, alors que nous commençons à nettoyer, il appelle Mila et moi.

J'ai un affreux pressentiment tandis qu'il nous contemple. Il ne perd pas de temps à tourner autour du pot. Les mains sur les hanches, il déclare.

— Reagan, Mila va faire ta partie.

— Quoi ? Quelle partie ?

— Tout ton rôle dans la pièce.

Je ris. Il doit plaisanter. Je m'attendais à une remontrance, mais pas à ça.

— Tu n'es pas venue hier, tu es arrivée en retard cet après-midi et tu n'étais pas dedans.

Ravalant ma fierté, je reconnais qu'il a raison. J'ai raté la répétition d'hier soir pour le banquet, mais il est évident qu'il m'en veut toujours pour ça.

— Je suis désolée. Il y a beaucoup de choses qui se sont passées cette semaine, mais je serai prête demain. C'est promis.

— On n'a pas le temps que tu t'occupes de tes problèmes personnels. La représentation a lieu dans six jours. J'ai besoin que tu sois au meilleur de ta forme maintenant.

— Je sais et je suis prête. Je serai prête. S'il vous plaît.

Il pince les lèvres.

— Je suis désolé. Je crois que c'est la meilleure chose à faire pour toute la troupe.

Il se retire ensuite en hochant la tête.

Mila me regarde comme si elle avait peur que je m'évanouisse.

— Je suis tellement désolée, dit-elle tout de suite.

Mes jambes tremblent et ma poitrine me fait mal. J'ai dû trop pleurer ces dernières vingt-quatre heures parce que je n'arrive pas à me remettre du choc et à ressentir la peine vraiment atroce et destructrice qui, je le sais, ne va pas tarder.

— Je peux essayer de lui parler, propose-t-elle.

— Non, dis-je rapidement. Il ne changera pas d'avis.

Je tire sur le col de ma robe de costume. Elle possède un col roulé en dentelle qui irrite ma peau.

— Félicitations, lui dis-je en espérant sourire, bien que je ne sente pas mon visage. Il y aura toujours l'année prochaine, pas vrai ?

Mon cœur déjà brisé éclate encore en morceaux.

Je prends mon temps pour retourner à l'appartement. Je sais que Dakota va vouloir me parler et me dire que tout va bien se passer, mais je ne suis pas prête à la voir. Ni elle ni Ginny. Cependant, quand j'arrive à notre immeuble, il y a très peu de voitures garées sur le parking et le silence se prolonge jusqu'à notre appartement. Ce n'est qu'une fois à l'intérieur que je me rappelle qu'il y a un match de hockey ce soir. Tout le monde y sera. La majorité de Valley. Tous mes amis. Adam.

Je m'écroule sur le canapé et allume la télévision sans me concentrer dessus. Quand *I Love Lucy* apparaît à l'écran, j'éclate en sanglots.

Pas de pièce de théâtre, pas d'amis et pas d'Adam. Il n'y a que Lucy et moi, encore une fois.

VINGT-NEUF
ADAM

Après le match, les garçons sont dans un bon état d'esprit. Nous avons gagné de peu, mais la victoire est pour nous, prolongeant ainsi notre série de victoires.

— Tu peux m'emmener au bar ? demande Rhett.

Il pourrait très bien y aller avec quelqu'un d'autre. La moitié de l'équipe se rend *Au repaire* pour y traîner quelques heures. Nous avons un autre match demain après-midi, donc la plupart d'entre nous se coucheront tôt. Certains gars de l'équipe arrivent à faire la fête avant un match et être performants sur la glace. Bon, pas beaucoup... Mav. Tous ceux qui tentent de le suivre ce soir resteront assis sur le banc de touche demain ou vomiront leurs tripes entre les tiers-temps.

— Oui, comme tu veux. Je ne vais pas rester longtemps.

— Tu dis toujours ça et pourtant, tu ne pars jamais avant de t'assurer que tout le monde est rentré en toute sécurité.

Il m'adresse un sourire narquois.

— Pas ce soir.

J'ai mal à la tête. Non, ce n'est pas vrai. C'est tout mon corps qui a mal. Depuis hier soir, quand Reagan s'est défoulée et que ses mots ont atteint ma putain de poitrine, j'ai l'impression que je n'arrive pas à respirer. Elle attendait que je gâche tout, que je mette fin à notre relation, tout comme les autres. Je suppose que je ne peux pas lui en vouloir, mais putain, je n'avais pas réalisé qu'elle n'arrêtait pas d'y penser. Ou qu'elle avait une si piètre opinion de moi. Pourquoi voudrait-elle être avec moi si elle croyait vraiment ça ?

Puis je me souviens qu'elle ne veut plus être avec moi, donc j'imagine que c'est logique.

J'ai encore l'impression que c'était un rêve. Qu'est-ce qui s'est passé ? Je veux dire, oui, je sais ce qui s'est passé, mais je ne comprends pas pourquoi tout à coup, tout entre nous ne signifie plus rien ? Je ne sais pas si je dois me battre pour elle ou rester en retrait. Elle me fait toujours douter de moi et je déteste vraiment ça.

Cette sensation de picotements et la nausée me frappent. Je les combats, les repousse, mais elles ne cessent de grandir. Ça a toujours été la même chose. Dans mes relations, j'arrive toujours à un stade où j'ai envie de vomir. En règle générale, c'est quand je prends conscience que ça ne va pas fonctionner, mais là... je suis simplement dégoûté.

Je parcours le bar des yeux lorsque nous entrons. Ginny et d'autres copines des gars de l'équipe sont assises à notre table habituelle. Pas de Reagan en vue. Ce sentiment affreux me submerge et je ne peux plus l'ignorer en pensant que ce n'était qu'une stupide dispute et que nous avions tous les deux besoin de temps pour nous calmer. Non. C'est vraiment terminé. J'ai l'impression que ça s'est fini avant de commencer. Il y a encore tellement de choses que j'ai envie de faire avec elle.

— Félicitations pour le match, dit Ginny en me prenant dans ses bras quand j'arrive à la table.

— Merci.

Elle s'écarte et m'étudie. Je connais ce regard. Une Ginny inquiète est une Ginny inhabituellement têtue.

— Ça va ?

— Ouais, dis-je.

Je m'empare de l'un des verres vides sur la table et me sers une bière. Je hoche la tête pour dire bonjour à tout le monde. Je fais un tour du bar. C'est plus facile d'avoir de simples petites discussions que de m'abandonner à de profondes conversations sérieuses avec les gens qui savent ce qui se passe.

— Dakota n'est pas là ? demandé-je à Rhett en remplissant mon verre pour la troisième ou quatrième fois.

— Je ne l'ai pas vue. Elle était au match pourtant.

Je hoche la tête.

— Je crois que je suis prêt à partir, dit-il. Tu veux y aller ?

Je songe à cela. Soit je retourne à l'appartement, à quelques mètres de Reagan, où je pourrais tomber sur elle, soit je reste ici à boire, là où elle n'est pas. Le choix est évident. Je préférerais me trouver loin, que la distance physique soit assortie à la distance émotionnelle. Être si près en sachant qu'elle est là, mais qu'elle ne veut pas me voir, ça ne fait qu'empirer le tiraillement dans mes entrailles.

— Non, je crois que je vais rester. Vas-y. Je suis sûr que Heath et Ginny vont bientôt partir.

Ces deux-là ne restent jamais très longtemps.

On dirait qu'il s'apprête à dire quelque chose, mais Rhett choisit toujours bien ses mots, il réfléchit avant de parler. J'en profite et m'éloigne avant qu'il sache quoi dire.

Je trouve Maverick au bar. Il a trois shots devant lui. Jordan et Liam l'encouragent. Liam a sorti son téléphone et prend une vidéo.

Maverick contemple chaque verre et se décide pour celui du milieu. Il l'engloutit puis sourit.

— Rumple !

Il fait une petite danse de la victoire et choisit lequel des deux verres restants boire, en jouant à Am, Stram, Gram.

— Qu'est-ce qu'il fait ? demandé-je à Liam.

— Il faut essayer d'éviter le pire alcool, une sorte de roulette russe.

Oh merde.

— Le pire, c'est de la tequila ?

Il rit, puis murmure :

— Non. Vodka bas de gamme.

Mes lèvres se recourbent.

Maverick s'empare du verre de droite et ferme les yeux en le buvant.

— Oooooh, dit-il en laissant tomber le verre vide sur le bar. Triple sec !

— Putain, jure Jordan tandis que Maverick glisse le dernier shot vers lui.

— Yo, Scott ! s'exclame-t-il en me frappant sur l'épaule. Je suis imbattable, capitaine.

— Tu bourres l'équipe, c'est ça ?

Jordan engloutit la vodka et manque de vomir. Il frissonne.

— Mes entrailles sont en feu.

— Un autre ? lui propose Maverick.

Jordan et Liam me regardent et secouent la tête.

— Je suis partant, dis-je. Mais c'est moi qui choisis les shots.

— Oui !

L'excitation de Maverick devrait m'indiquer à quel point c'est une mauvaise idée, mais tant pis.

Maverick part aux toilettes pendant que je commande trois shots à la barmaid.

— Autre chose ? me demande-t-elle avec un sourire.

— Non, je crois que ça ira après ça. Tiens, ma carte bleue.

Quand nous sommes à nouveau prêts à boire, les gens s'approchent, curieux. Les gars de l'équipe qui sont toujours au bar s'attroupent autour de nous, ce qui attire l'attention de tout le monde.

— Mav ! Mav ! Mav ! scandent-ils tandis qu'il sélectionne le premier shot.

Le silence se fait lorsqu'il le porte à ses lèvres. Il sourit et s'essuie la bouche.

— Vin blanc. Pas mal, Scott. Un classique.

J'affiche un petit sourire satisfait.

Le bar s'anime à nouveau. Maverick attire toute l'attention, bondissant partout et se donnant en spectacle pour décider quel shot boire.

— Lequel ? demande-t-il à la barmaid.

Elle lève les mains.

— Oh non. Débrouille-toi tout seul.

— Je suis dans la merde si je me trompe ?

Ses yeux dérivent vers moi et elle sourit.

— Oh oui. Désolée.

Tout le monde hurle de rire. Il souffle en creusant les joues, attrape le shot sur la gauche et le boit cul sec. Je ne sais plus duquel il s'agissait, donc j'attends de voir sa réaction, tout comme les autres.

Il lève les mains et fait le V de la victoire.

— Vodka coco !

Des applaudissements surexcités s'élèvent. Quelques personnes me frappent dans le dos en signe de compassion. Oh merde.

La barmaid rit.

— On dirait que c'est toi qui es dans la merde.

Maverick renifle le verre restant avant de me le tendre.

— C'est quoi ?

— Rhum et tequila, marmonné-je avant de le boire.

Ça me brûle la gorge et je tousse. Maverick me prend par le cou.

— Tu es cinglé, Scott !

Nous restons à l'écart des shots après ça, mais Maverick et

moi nous attardons, jusqu'à ce que nous soyons plus que les seuls gars restants de l'équipe. Ann, la barmaid, passe en revue les additions et les serveurs nettoient les tables.

— Un autre ? lui proposé-je en levant mon verre à moitié vide.

Il secoue la tête.

— Tu m'as battu. Félicitations.

— Quelqu'un vient vous chercher ? demande Ann.

Je cherche mon téléphone. Je ne l'ai pas touché de toute la soirée et il est là, dans ma poche de devant.

— Je vais nous commander un Uber.

Mav met de la monnaie dans la boîte à pourboire et se lève.

— J'ai déjà envoyé un message à Dakota. Elle vient nous chercher.

— Dakota ?

Ma bouche s'assèche.

— Reagan n'est pas avec elle.

— Je ne...

Mav glousse.

— Allez, Scott. La soirée a été longue.

Je titube sur mes pieds. Mon pote s'empresse d'attraper mon bras et de me stabiliser.

— Pas sûr que te tenir tête était une bonne idée.

— C'est ce que le dernier gars a dit. Après quoi, il m'a embrassé.

Je lève ma tête, qui est tout à coup devenue très lourde, pour vérifier s'il est sérieux. C'est ça le truc avec Maverick. Il n'a jamais l'air sérieux, mais je ne l'ai jamais entendu mentir ou exagérer non plus. Il est honnête et sans filtre, mais également taré, donc ses vérités ont toujours l'air un peu ridicules.

— C'est une histoire pour un autre jour, dit Mav en m'ouvrant la porte.

— Sur une échelle d'un à dix, à quel point Dakota est-elle énervée ? demandé-je quand je la vois se garer sur le parking.

Il ne répond que lorsqu'elle s'arrête devant nous.

— Pour quelle autre raison penses-tu qu'elle était d'accord pour venir nous chercher ?

En ouvrant la porte côté passager, Mav se glisse sur le siège.

— Dakota, bébé.

Il baisse la vitre.

— Tu viens ?

Marcher semble une meilleure idée. Surtout quand je croise les yeux de Dakota et qu'elle me fusille du regard.

— Monte, Scott, dit-elle.

J'obéis. Ça fait une longue marche jusqu'à l'appartement.

— Merci d'être venue nous chercher, dis-je en bouclant ma ceinture.

Maverick joue avec la radio jusqu'à ce qu'il trouve une chanson qu'il aime. Il se recule et tape sur ses jambes.

— Tu m'as manqué ce soir. Qu'est-ce que tu as fait ?

— Oh, tu sais, j'ai tenu la main de ma meilleure amie pendant qu'elle pleurait à chaudes larmes.

Les yeux de Dakota trouvent les miens dans le rétroviseur.

Même si l'image de Reagan en train de pleurer me donne un coup de pied dans le ventre, je ne peux pas m'empêcher d'en demander plus.

— Comment va-t-elle ?

Dakota ne répond pas.

Mav me regarde par-dessus son épaule et lui demande à son tour :

— Comment va-t-elle ?

— Elle va s'en sortir, mais pour l'instant, elle est dans un sale état.

Je déglutis bruyamment.

— On peut faire quelque chose ?

Dakota croise à nouveau mon regard dans le miroir.

— Oui, laisse-la tranquille.

Je songe à faire cela, jusqu'à ce que nous arrivons. Je m'attarde derrière Dakota pendant qu'elle ouvre la porte de son appartement. Elle s'arrête et me foudroie du regard.

— Elle te parlera quand elle sera prête.

— Mais...

— À moins que tu comptes entrer pour lui dire qu'elle est la bonne et que rien ne se mettra jamais entre vous, va-t'en. Elle traverse une période difficile. Elle ne pourra pas supporter que son cœur se déchire à nouveau.

— Bon, d'accord.

Je la remercie rapidement d'être venue nous chercher et elle me laisse sur le seuil. Je sais qu'elle a raison, mais j'ai juste envie de la voir, de lui parler, de la réconforter comme je peux. Peut-être devrais-je être en colère contre elle, mais je n'y arrive pas.

À la place, je rebrousse chemin et pars chez moi. Ginny et Heath sont sur le canapé en train de regarder un film l'un contre l'autre.

Ginny lève la tête du torse de Heath.

— Salut.

— Salut.

Je file dans la cuisine et attrape une bouteille d'eau. Je l'engloutis et la remplis ensuite pour l'emporter dans ma chambre.

Ginny entre dans ma chambre alors que je m'apprête à fermer la porte.

— Je suis fatigué, Gi.

Elle tend la main.

— Je t'ai apporté du paracétamol. J'ai entendu dire que tu avais mis Maverick au tapis.

Je prends les comprimés en la remerciant d'un hochement de tête.

— Pas vraiment. Il a dû m'aider à sortir du bar.

Ginny ricane et s'assied sur mon lit. Je me débarrasse de mes chaussures et m'allonge. J'ai très mal dormi hier soir et l'épuisement que j'ai maintenu à distance toute la journée commence à s'installer.

— Tu lui as parlé ?

— Non. Dakota a été très claire, elle ne veut pas me parler.

— Elle t'a dit que c'était Reagan qui ne voulait pas te parler ou que c'était elle qui ne voulait pas que tu le fasses ?

Je hausse les épaules.

— C'est un peu la même chose.

— Qu'est-ce qui s'est passé ?

— Est-ce qu'on doit parler de ça maintenant ?

Je frotte la douleur dans ma poitrine.

— Tu l'aimes. Je sais que tu l'aimes. Quoi qu'il se soit passé, n'abandonne pas si facilement.

— Elle a rompu avec moi, alors c'est peut-être avec elle que tu devrais avoir cette conversation.

— Oh, je vais lui parler, mais quelque chose me dit que ce n'est pas Reagan qui fera le premier pas. C'est à toi de voir.

— À moi de voir quoi ? Je dois la supplier de ressentir quelque chose qu'elle ne ressent manifestement pas ? De me faire confiance ?

Les paroles qu'elle a eues, la façon dont elle m'a regardé... Je comprends qu'elle était blessée, mais elle a pris tout ce que je lui ai dit que je ne voulais pas être et m'a tout renvoyé à la figure.

— Peut-être qu'elle a raison. Reagan a vécu de sales trucs. On est sa famille. Surtout Dakota et toi. Je ne veux pas foutre ça en l'air pour elle.

— Tu n'arrêtes pas de dire que cette fois, les choses sont différentes, mais, d'après mes observations, tu fais exactement comme d'habitude, dit Ginny en se levant. Tu veux lui prouver qu'elle est différente, c'est l'occasion.

TRENTE
REAGAN

*C*ANCER, *un nouveau jour se lève. Mettez un peu de contours des yeux et enfilez vos poings américains. C'est le genre de journée où tout peut arriver.*

Dakota et Ginny sont dans le salon quand je me force à sortir du lit le samedi.

— Bonjour, dis-je.

— Je crois que tu veux dire bon après-midi.

Dakota sourit tristement et me tend les bras pour que je vienne lui faire un câlin, ce que je fais avec plaisir. Je m'affale sur le canapé à côté d'elle et elle me prend dans ses bras. Ginny nous rejoint et me serre de l'autre côté.

— Ça va un peu mieux ? demande Dakota en me serrant toujours fort contre elle.

— Un peu.

Je tamponne les cernes sous mes yeux. La peau sensible me fait mal quand je la touche. Après le match, Dakota est rentrée et est restée à mes côtés presque toute la nuit pendant que je pleurnichais.

— Je t'ai apporté un café glacé.

Ginny me tend la grande tasse.

— Merci.

Je la pose sur la table basse.

— Il a appelé ? demande-t-elle.

— Non.

— Je l'ai vu hier soir après qu'il est rentré du bar. Il était dans un sale état.

Ginny jette un coup d'œil à Dakota.

J'ai envie de lui demander ce que ça signifie, de la presser pour savoir ce qu'il a pu dire. Cependant, je ne mérite pas de savoir.

— Quoi qu'il se soit passé, vous pourrez surmonter ça tous les deux, affirme Ginny. Je ne vous ai jamais vus aussi heureux.

— On ne pourra pas le surmonter. On ne sera pas heureux. C'est fini. Et c'est probablement pour le mieux.

Mon cœur se brise un peu plus en le disant à voix haute.

— Je refuse de croire ça, dit Ginny. Kota ?

Ma colocataire hausse les épaules.

— Je ne sais pas.

— Moi, je sais, dis-je. Vous n'étiez pas là. C'était horrible. On ne se remet pas de ça.

— Les gens se disputent tout le temps. Adam est fou de toi.

L'optimisme de Ginny me fait mal à la poitrine.

— Je sais que c'est ton frère, mais sérieusement, on sait tous qu'Adam n'accorde pas de seconde chance. Crois-moi. C'est fini entre nous.

— Qu'est-ce qu'on peut faire ? Tu veux aller courir pour te défouler ? propose Dakota.

Je trouve ça amusant que pour elle, on se remet d'un chagrin d'amour en faisant du sport pour l'éjecter de son corps.

— Ou l'on pourrait aller visiter des vignobles. Du vin et du soleil, un peu d'air frais.

Ah, Ginny la solaire. J'adore ces deux filles, mais elles ne peuvent rien faire pour que je me sente mieux, et je n'ai pas envie de faire semblant pour leur plaisir.

— Merci, mais je dois partir à la répétition dans une heure.

— Tu as récupéré ton rôle ? demande Dakota avec une pointe d'espoir.

— Non.

— Attends, quoi ? s'exclame Ginny.

Je secoue la tête.

— J'ai merdé.

— Tu ne peux pas te faire porter pâle ? Tu as l'air malade.

Dakota passe une main sur mes cheveux.

— Non. J'ai besoin de m'occuper, de sortir de cet appartement et d'essayer de vivre. En plus, on se produit cette semaine, chaque répétition est cruciale. Même si je ne suis plus une membre importante.

Je n'arrive toujours pas à croire qu'on m'a retiré le rôle. Il y aura d'autres représentations, mais ça fait mal. J'ai travaillé si dur et j'étais excitée de faire quelque chose de différent, de prouver que j'étais plus qu'un joli minois qui pouvait réciter des répliques.

— Tu ne devrais pas être au match de toute façon ? demandé-je à Ginny en regardant l'heure.

— Oh, Heath peut très bien jouer sans moi.

Je fronce les sourcils. Elle porte le maillot de son petit ami et a des rubans bleus et jaunes attachés au bout de ses tresses.

— Je voulais m'assurer que tu allais bien. Je suis là pour toi.

— Vas-y. Je vais bien.

— Tu es sûre ?

Elle décroise les jambes avant de se lever.

— Certaine. Sors d'ici.

Je lui mets une tape sur les fesses quand elle se lève. J'adore à quel point elle est excitée d'aller encourager son homme. Ça me fait même me sentir un tout petit peu mieux.

— Envoie-moi un message si tu as besoin de quelque chose.

Elle me fait un signe de la main en quittant l'appartement.

— Tu n'y vas pas ? demandé-je à Dakota une fois que Ginny est partie.

— Non. J'ai vu assez de hockey pour le week-end. Tu veux commander à manger avant ta répétition ?

— Je n'ai pas faim. Je vais prendre une longue douche.

— D'accord, bon, je vais aller me chercher à manger, je pense peut-être m'arrêter un peu au match puisque tu as une répétition, mais envoie-moi un message dès que tu as fini.

— Ça marche.

Même si je n'ai vraiment pas envie d'être là, j'arrive à la répétition dix minutes plus tôt. Je suis en coulisses à aider à tirer les décors quand Mila arrive.

— Salut, dit-elle timidement. Je suis vraiment désolée.

— Ne le sois pas. Tu fais un excellent travail.

Elle m'adresse un petit sourire.

— Quand même. Et si j'oublie toutes mes répliques et que je gâche toute la pièce ?

— Tu n'oublieras rien. Je ne te laisserai pas faire. Viens, on va te préparer.

Après la répétition, j'emprunte la voiture de Dakota et quitte la ville. J'ai l'impression d'être dans un rêve en me rendant chez moi. Je ne me rappelle pas du tout la route et je crois que je n'ai même pas allumé la radio.

Stationnée devant chez moi, je contemple les pots de fleurs sous le porche et les deux fauteuils à bascule blancs. La maison a l'air d'avoir été repeinte récemment et les fenêtres sont ouvertes. Il n'y a pas de rideaux sombres tirés sur toutes les fenêtres, qui bloquent la lumière et évitent les regards indiscrets.

Je suis garée devant depuis dix minutes, essayant de rassembler tout mon courage pour entrer. Adam a peut-être raison, je devrais lui parler. Je ne sais plus trop. Ne pas lui parler a l'air aussi horrible que lui parler. J'aurais dû demander à Kota de venir avec moi, mais j'avais le sentiment que je devais faire ça toute seule.

D'autre part, je ne me rappelle pas la dernière fois que j'ai présenté volontairement quelqu'un à ma mère. Non pas qu'elle était beaucoup dans les parages pour que j'y songe même.

Je ne sais pas ce qui m'attend à l'intérieur. Elle en train de compter son argent sur la table de la cuisine, de fouiller dans les coussins du canapé ou d'empaqueter sa monnaie serait presque plus facile à voir que de la surprendre en train d'aménager la maison ou de tricoter. Je pourrais alors retourner à la voiture et partir sans une seconde d'hésitation. Toutefois, si elle a réellement changé, la décision sera plus difficile.

J'ai beau essayer de repousser le désir d'avoir son approbation et son amour, je n'y arrive pas. Je déteste ça chez moi. Je n'ai pas besoin d'elle. Je l'ai prouvé en grandissant toute seule et en déménageant, en partant à l'université et en ayant une vie des plus normales. Cependant, au fond de moi, je ne peux pas supprimer cette partie de moi liée à elle. Si je le pouvais, je l'aurais certainement déjà fait.

Elle apparaît à l'entrée, essayant probablement de savoir qui rôde dehors. Elle sort et sourit. La gorge serrée, je sors de la voiture et me dirige vers elle.

Elle sourit.

— Reagan. Tu veux un thé glacé ? Je viens d'en faire.

J'ouvre la bouche pour dire non, pour peut-être crier à quel point c'est ridicule de nous imaginer assises là, ensemble, à siroter du thé glacé. Néanmoins, je suis venue dans un but précis et j'ai besoin de rester calme tant que je n'aurais pas dit tout ce que j'ai à dire.

— Oui.

Je m'assieds sur les marches de devant alors qu'elle rentre. Je n'arrive pas à entrer. Cette maison contient trop de souvenirs, peu sont des souvenirs heureux. Une fille solitaire et triste vivait ici et je n'ai pas envie de me la remémorer.

Lori revient une minute plus tard avec deux verres de thé et elle s'installe dans un fauteuil à bascule.

— Je suis contente que tu sois venue. J'avais peur de ne plus jamais te revoir après l'autre soir.

— Tu es revenue depuis combien de temps ?

Je ne m'embête pas avec les civilités, j'y vais franco. Je dois savoir si elle tente encore une fois de vivre normalement pendant un mois et si elle va disparaître à nouveau.

— Trois mois.

C'est plus long que je pensais.

— Janine a dit que tu travaillais à l'école primaire.

— Oui, pour l'instant. Le salaire est nul.

Je bois une gorgée de thé et pose le verre. Je ne peux pas rester assise là et prétendre que je passe un samedi après-midi tranquille, en compagnie de ma mère sous le porche.

— Tu ne peux pas débarquer dans ma vie comme tu l'as fait. Ce n'est pas juste.

— Je n'avais pas d'autres idées pour te voir.

— C'est fait exprès. J'ai fait ce qu'il fallait pour me protéger du fait que tu entres et sors constamment de ma vie. Chaque fois que je pense que tout ça est derrière moi, tu réapparais.

Je pensais que cette fois, avec les années et la distance, c'était vraiment fini. D'une certaine manière, c'était tellement plus facile à gérer, de ne pas attendre ou espérer quelque chose.

— Je comprends.

— Ah oui ? As-tu la moindre idée de comment je l'ai vécu ?

Ses yeux bruns s'élargissent et se voilent comme si elle allait pleurer.

— Tu as laissé quelqu'un d'autre m'élever.

— Marge a fait un bien meilleur travail que moi. Tu étais mieux lotie.

— Non.

Des larmes chaudes et furieuses coulent de mes yeux. Je les essuie.

— Elle était une meilleure mère que toi, ça ne fait aucun doute. Elle me faisait le petit-déjeuner le matin et se souvenait des dates importantes. Elle ne m'a jamais demandé de lui donner l'argent de mon anniversaire pour pouvoir miser, mais elle n'était pas toi ! Je voulais simplement que tu te ressaisisses.

Elle ferme les yeux et les larmes glissent sur ses joues.

— J'ai fait du mieux que j'ai pu.

— Maintenant, tu sembles aller mieux et c'est génial pour toi, mais c'est trop tard pour moi. Je n'ai plus besoin de toi.

Elle se lève et vient s'asseoir à côté de moi pour me prendre dans ses bras. C'est une sensation inconnue, mais pas affreuse. Avant, nous nous blottissions souvent sur le canapé ensemble. Elle a la même odeur, elle sent la laque et les fleurs.

Mes épaules tremblent et je pleure contre elle. Je suis toujours en colère, mais il y a quelque chose de réconfortant dans ce geste que mon corps ne peut nier. Je la laisse me tenir en pleurant ma frustration et ma peine. Une fois que j'ai terminé, je m'écarte et m'essuie le visage.

— Je ne suis pas venue ici pour faire amende honorable.

— Pourquoi es-tu venue ?

— J'ai besoin de passer à autre chose.

Je tords mes mains sur mes genoux.

— Je suppose que j'avais besoin de voir cet endroit de mes

propres yeux pour constater que tu allais mieux. La vieille maison est plus belle que je ne l'imaginais.

Elle rayonne.

— C'est vrai ? Je suis ravie que tu le penses. Elle va se vendre pour une belle petite somme.

— Tu vas la vendre ?

Sa bouche s'ouvre, elle soupire, puis acquiesce. Elle prend mes mains dans les siennes.

— Pense à ce qu'on pourrait faire avec cet argent. Tu pourrais payer tes études ou t'acheter une nouvelle voiture, avoir de jolies économies pour quand tu seras diplômée.

— Et toi ? Tu vivrais où ?

Ses yeux pétillent et ses lèvres se retroussent en un sourire. Une sensation de malaise envahit tout à coup mes veines.

— J'ai trouvé un joli petit appartement à Las Vegas.

— Je ne comprends pas. Je pensais que tu étais de retour et que tu travaillais à l'école.

Oh, mais je comprends. Je ne comprends que trop bien.

Elle pose une main sur ma joue.

— Cet endroit n'a jamais été pour moi. Ou pour toi. Toi et moi aspirions à des choses plus grandes et meilleures.

Les yeux fermés, je me concentre sur ma respiration et non sur l'implosion de mon cœur.

— Qu'attends-tu de moi ?

— Rien. Enfin, la maison est toujours à ton nom.

— J'ai compris. Tu veux que je la vende pour toi.

— Pour nous.

Un rire s'échappe de mes lèvres. Pour nous. C'est ça.

— Je devrais y aller.

— Reagan, me réprimande-t-elle. Et la maison ?

— Tu veux la vendre, ça me va.

— Super. Laisse-moi appeler mon agent immobilier...

— Non. Je pense que je vais en trouver un moi-même. C'est ma maison après tout.

Le sous-entendu dans mes paroles semble la choquer.

— Après tout ce que j'ai fait pour cette maison ? C'est plutôt égoïste, tu ne trouves pas ?

— Égoïste ? Ha ! Ne me cherche pas. Si je suis égoïste, c'est parce que j'ai eu un très bon maître, dis-je en la désignant.

— J'ai fait du mieux que j'ai pu. Regarde comme tu as bien tourné !

— Ce n'est pas grâce à toi.

Je jette un dernier regard à la maison et à elle. Je sais que c'est la dernière fois. Elle n'aura plus besoin de moi après ça.

— Je veillerai à ce que tu sois dédommagée pour les rénovations, mais après ça, toi et moi, c'est fini. Je n'ai plus rien à te dire. Arrête de me contacter. Je ne veux pas te voir ou lire un autre de tes e-mails. Tu n'es pas ma famille.

TRENTE-ET-UN

ADAM

— Félicitations, Adam.

Le docteur Salco sourit. C'est sans doute le plus grand sourire que je l'ai vue faire. Je vois ses dents et tout.

— Nous sommes tous ravis de t'offrir la bourse et nous savons tous que tu seras un ajout de taille au programme.

Je tiens l'enveloppe contenant la lettre officielle. Elle est légère dans mes mains. Incroyable. J'étais certain qu'après tout ce qui s'était passé ce soir-là, il était impossible qu'on m'accorde l'argent. Je ne me souviens que de la moitié de ce que j'ai dit lors de mon discours.

Ça m'a obsédé pendant des semaines, mais en montant sur l'estrade, je n'en avais plus rien à faire. Je n'étais même pas stressé parce que je n'étais pas là. Pas vraiment. J'étais à des milliers de kilomètres de ce groupe de personnes qui ne représentaient rien pour moi. Je les respecte, bien sûr, mais ils ne font pas partie de ma vie, contrairement à Reagan.

— Je dois m'excuser auprès de vous.

Je pose l'enveloppe sur son bureau au cas où elle voudrait la reprendre dans un instant.

— J'ai menti sur mes fiançailles. Reagan est, ou était, ma petite amie, mais on n'a jamais été fiancés. Je lui ai demandé de m'accompagner et l'on a pensé que ça augmenterait mes chances avec le comité si l'on exagérait notre relation. C'est une sacrée actrice.

Je souris en repensant à la première soirée. À quel point elle a été convaincante. À quel point j'ai aimé ça.

— J'aurais dû dire la vérité immédiatement, mais j'avais peur que ça me coûte la bourse.

— Autre chose ?

— Tout bien considéré, je devrais probablement vous dire de donner l'argent à Janine. Elle, elle a joué à la loyale et elle la mérite autant que moi. Si ce n'est plus.

— J'ai été surprise d'apprendre que vous n'étiez pas fiancé. Cependant, votre statut n'a pas fait pencher le comité dans un sens ou dans l'autre. Je suis désolée que vous ayez ressenti le besoin de mentir pour augmenter vos chances. Reagan a tout expliqué quand elle est passée hier.

Je lève brusquement la tête.

— Reagan est venue vous voir ?

Elle sourit. Celui-ci, c'est vraiment le plus grand sourire qu'elle a jamais esquissé. Il fait même pétiller ses yeux un peu.

— C'est difficile d'étudier la médecine. Cela aide d'avoir des gens qui seront là pour vous. Fiancés ou pas, il est évident que vous êtes là l'un pour l'autre. Une personne prête à prendre de telles mesures pour vous aider à accomplir vos rêves, il faut la garder.

Elle montre l'enveloppe.

Je déglutis avec difficulté. Je suis entouré de personne comme ça. De beaucoup de personnes comme ça. Mais Reagan, elle a qui pour veiller sur elle ?

— S'il vous plaît, que ça reste entre nous, car je n'en ai pas encore parlé à Janine, mais j'ai réussi à lui trouver une autre bourse. Vous méritez tous les deux de faire des études et je vais faire de mon mieux pour m'en assurer.

— Merci.

Encore quatre ans à supporter Janine... oui, ça m'a l'air chouette. Je pars du bureau du docteur Salco, le sourire aux lèvres. J'ai réussi. J'ai vraiment réussi. Ma poitrine se gonfle en inspirant et le soulagement m'envahit. Je m'approche un peu plus de tout ce que je désire.

Du moins, presque tout ce que je désire. Je sors mon téléphone et envisage d'envoyer un message à Reagan. Il y a une semaine, elle aurait été la première personne à le savoir et maintenant ? Je pense qu'il y a de grandes chances qu'elle ignore mon message si je lui écrivais. Je ne sais pas où nous en sommes. Elle me manque, mais je n'arrive pas à me débarrasser de ce sentiment qu'il ne faut peut-être pas que nous soyons ensemble. Il vaut peut-être mieux arrêter maintenant et sauver ce que nous pouvons de notre amitié. Je ne veux pas la blesser, ça, je le sais.

Au lieu de Reagan, j'envoie un message à mon père et ma mère. Un seul message pour les deux parents. J'en ai marre de prendre des pincettes concernant leur divorce. Ils nous ont promis que nous resterions une famille et je les attends au tournant. Si ce n'est pas pour moi qu'ils le fassent pour Ginny, même si, pour être honnête, je pense surtout à moi.

Ils me répondent presque instantanément. Maman m'envoie des cœurs, elle vient tout juste d'apprendre à le faire et elle en envoie dès qu'elle peut. Elle me félicite aussi. Mon père m'envoie des mains qui applaudissent et un « Bien joué ! »

Regardez-moi qui les fais se parler. Je souris, mais m'arrête rapidement. Je range mon téléphone et me dirige vers mon cours. La morosité que j'ai ressentie tout à l'heure reprend peu à peu le dessus.

Une fois que j'ai terminé les cours, je rentre à l'appartement. Je m'attarde devant la porte de Reagan et Dakota. C'est bizarre de lui envoyer un message, mais je ne peux tout simplement pas me pointer chez elle. Si je frappe et que c'est Dakota qui m'ouvre, elle va sûrement me claquer la porte au visage.

Je me tiens là, en train d'élaborer un plan, quand Rhett ouvre la porte et sort.

— Elle n'est pas là.

— Qui ? demandé-je.

Il rit.

— Reagan. C'est pour ça que tu es là à rôder sur la passerelle, non ? Parce que si tu es là pour essayer de trouver une nouvelle copine, j'ai fait le tour de nos autres voisines et tu ne trouveras pas mieux.

Bien sûr que je ne trouverai pas mieux. Il n'y a pas mieux.

— Où est-ce que tu vas ?

Il porte un jean et un pull. Je crois même qu'il s'est coiffé.

— Je sors. Tu veux venir ?

— *Tu* sors ? Pourquoi ?

Il lève les bras sur le côté.

— Carrie et moi avons rompu. Pour de bon cette fois. Je suis célibataire.

— Ce n'est pas aussi bien qu'on le dit, marmonné-je. Tu vas où ?

— C'est important ?

— Non, je suppose que non.

Mav nous conduit tous les trois à la Maison-Blanche. C'est la villa non officielle de l'équipe de basket de Valley. L'endroit est incroyable. Quand on gagne un championnat national, j'imagine que c'est ce dont on s'attend à recevoir en cadeau. J'espère qu'on gagnera cette année.

Il y a beaucoup de gens, comme à chaque fois que je suis venu. La maison est immense et excessivement élégante pour des étudiants, mais c'est dans le jardin qu'a lieu la fête. Il y a un fût d'un côté du jardin et une table pliante a été installée pour un DJ et ses platines. Il devrait faire trop froid pour sauter dans l'eau, mais la piscine géante est chauffée. Les plus courageux en maillot de bain profitent de l'eau, un verre à la main.

Maverick disparaît, se mêlant à la foule comme il le fait toujours, Mad Dog en main. Rhett et moi nous servons une bière et fendons lentement la marée humaine.

— Adam ! crie une personne.

Je regarde par-dessus la foule et vois Sage se diriger vers moi.

Elle me prend rapidement dans ses bras et salue Rhett.

— Salut, on m'a dit que Reagan et toi aviez rompu, dit-elle en faisant la moue.

Merci de remuer le couteau dans la plaie, Sage. Putain.

— Devine qui d'autre est célibataire, dit Rhett en détournant l'attention de moi.

Le regard de Sage s'illumine.

— Pas possible. Attends que je le dise aux filles.

Elle tape dans ses mains et part en courant.

Une fois qu'elle est partie, je regarde Rhett.

— Merci, mais je crois que tu ne sais pas dans quel pétrin tu t'es fourré. Ces filles te tournent autour depuis quatre ans.

— C'était l'idée.

Je ne crois pas une seconde que Rhett va se mettre à coucher avec des fans de hockey. Il n'est pas comme ça, mais loin de moi l'idée de me mettre en travers de son chemin s'il a besoin de coucher à droite et à gauche après être sorti avec la même fille pendant six ans.

— Et toi ? Combien de temps avant que tu remettes le couvert avec une autre fille ?

Je lui jette un regard noir.

— Quoi ? C'est une question pertinente. Tu te souviens de Montana ? Tu as rompu avec elle un dimanche soir et le lundi après-midi, tu sortais avec...

Il regarde vers le haut, l'air de réfléchir.

— Barbie, dis-je.

— C'est ça. Barbie, répond-il sèchement.

— Ce n'est pas la même chose. Reagan n'est pas le genre de fille dont on se sépare comme ça.

— Tu lui as parlé ?

— Non. Dakota m'a dit de la laisser tranquille. Elle ne veut pas me parler.

— C'est Kota qui parle. Elle est très protectrice envers sa copine.

— Peut-être, mais Reagan ne m'a pas parlé.

— D'accord, bon, tu n'es pas prêt à passer à autre chose et tu ne comptes pas parler à Reagan. Quel est ton programme pour ce soir ?

— On ne peut pas juste traîner entre mecs ?

Il rit.

— Oui, on pourrait, mais qu'y aurait-il d'amusant à ça ?

Je secoue la tête.

— Je ne te reconnais pas. Allez. Je suis un sacré bon pote.

C'est vrai. C'est facile de me concentrer sur Rhett quand je n'ai envie de parler à personne d'autre. Ça fait bizarre de le voir draguer des filles. Ou de tenter de les draguer... il manque vraiment de pratique. Son regard m'appelle à la rescousse tandis qu'il discute avec une fille qui a couru nous présenter ses excuses pour nos deux récentes ruptures. Rhett étant Rhett, il a engagé la conversation et elle ne le lâche plus.

— Excuse-nous, dis-je en le prenant par les épaules et en le tirant à l'écart. Il y a une urgence. C'est le seul homme dont j'ai besoin pour ce travail.

Rhett se précipite avec moi de l'autre côté du jardin.

— C'est quoi l'urgence ?

— T'éloigner de cette nana.

Il sourit.

— Merci. Joli talent d'acteur. Je crois que Reagan a déteint sur toi.

Je souffre à chaque fois que j'entends son nom.

— Pas de problème. Si je dois être un bon pote, il faut que je sache quel est ton genre de fille, par contre.

Il hausse sa grosse épaule.

— Je ne sais pas. C'est quoi ton genre ?

Une image de Reagan apparaît dans mon esprit. Est-elle mon genre ? J'essaie de trouver les points qu'elle a en commun avec les autres filles avec qui je suis sorti. Peu importe. C'est la seule que je veux récupérer.

— Tu penses encore à Reagan ? demande-t-il avec un sourire.

— Peut-être.

— Tu as ce regard. Écoute, je sais qu'on est différents et que, par conséquent, tous les conseils que je te prodigue vont probablement tomber dans l'oreille d'un sourd, mais je pense que tu devrais lui parler. Pour tourner la page ou la récupérer, c'est toi qui vois, mais c'est vraiment nul de faire la fête avec toi, dit-il en levant les deux mains sur ses côtés. Je suis enfin célibataire. Ça fait des années que tu me harcèles pour qu'on drague des filles ensemble, allons-y !

Merde, il a raison. J'ai souvent souhaité faire ça avec lui : faire la fête et être célibataires.

— Bon, d'accord, faisons ça.

Les trois heures suivantes, je m'imprègne de la fête. Je bois et parle avec tout le monde et n'importe qui. Nous jouons au bière-pong, au flip cup. Bon sang, nous sautons même dans la piscine en caleçon. Je n'essaie même pas de faire semblant d'être intéressé par les filles qui me font du rentre-dedans sans vergogne, mais peu importe. Cette soirée est dédiée à Rhett, mon meilleur pote.

Rhett glousse comme un préado quand nous quittons la soirée et prenons un taxi. Mav est déjà parti. C'est probablement la première fois que Rhett reste plus longtemps que lui.

— J'ai perdu une chaussette quelque part, dit-il.

— Par contre, ton portable est rempli de numéros.

Nous montons dans un Uber et Rhett se met à explorer la liste de ses nouveaux contacts.

— Oui, quelles sont les chances pour que je me rappelle qui est la « Canon en rose » demain ?

— Bravo, mon pote, mais tu peux toujours t'en sortir par un message qui dit : « J'ai mal écrit ton prénom quand j'ai entré ton numéro dans mon téléphone et maintenant, je ne m'en souviens plus, mais j'ai vraiment envie qu'on aille boire un verre ensemble ». À l'avenir, demande à la fille d'enregistrer elle-même ses coordonnées sur ton portable. Elle t'en dira un peu sur elle ou beaucoup. Une fois, une fille m'a noté son nom complet, son anniversaire, son adresse et, dans les notes, une liste de ses couleurs, fleurs et plats préférés. Tu peux en apprendre beaucoup sur une fille par ce qu'elle met dans ton téléphone.

— Sages paroles. J'aurais dû savoir que tu avais toute une organisation.

Lorsque nous arrivons à l'appartement quelques minutes plus tard, Rhett est si fatigué qu'il traîne des pieds dans les escaliers jusque chez nous. Il s'écroule dans son lit, la tête dans le matelas et tout habillé... à l'exception d'une chaussette.

Je retourne à l'entrée, me dirige vers l'appartement de Reagan et Dakota, puis hésite. Je frappe doucement et attends. Je suis sur le point de laisser tomber, la tête contre la porte, quand elle l'ouvre.

— Salut.

Je fourre les mains dans les poches de mon jean et fais un pas en arrière.

— Salut.

Elle croise les bras et regarde autour d'elle.

— Qu'est-ce que tu fais là ?

— Tu m'as manqué.

C'est honnête, mais putain, je n'avais pas l'intention de lâcher ça comme ça.

— Tu m'as manqué aussi.

Les mots devraient me rassurer, mais elle les dit comme si c'était vraiment embêtant.

— J'ai essayé de t'écrire, mais je n'étais pas sûr que tu répondrais.

Pas de réponse.

— Écoute, je suis désolé pour l'autre soir. Je n'imagine pas ce que tu as ressenti en voyant ta mère débarquer. J'aurais dû partir avec toi et je n'aurais jamais dû la laisser m'utiliser comme messager.

— Elle aurait trouvé un autre moyen. Elle est étonnamment dégourdie quand elle a besoin de quelque chose. Je suis allée la voir aujourd'hui.

— Ah bon ?

Reagan acquiesce.

— J'ai cru qu'elle avait peut-être vraiment changé, dit-elle avant de rire. Lori veut vendre la maison, mais elle est à mon nom. Elle n'est pas venue à Valley pour reprendre contact ou parce qu'elle pensait que j'étais fiancée, elle avait besoin d'argent. Comme toujours.

— Je suis désolé.

Bon sang, je déteste cette femme.

— C'est rien. J'ai l'impression d'être enfin en paix. Du moins, je travaille dessus.

Elle se frotte les bras et hausse les épaules.

— Elle est comme ça et je dois l'accepter.

— Tu ne devrais pas avoir à l'accepter. Tu mérites tellement mieux.

Elle hoche la tête. Ses yeux bruns sont tourmentés. Je n'ai qu'une seule envie, c'est chasser les fantômes de son passé.

— Je peux entrer ? On pourrait regarder la télé, parler un peu plus. J'ai juste envie d'être près de toi. Tu m'as tellement manqué. J'ai obtenu la bourse et tout ce à quoi j'ai pensé, c'était à t'appeler pour te le dire.

— Tu as réussi ?

Elle a l'air aussi choquée que moi.

— Oui. Grâce à toi. Merci pour ce que tu as fait. Tout ce que tu as fait.

— J'aurais dû le faire plus tôt. Je suis désolée d'avoir failli te coûter la bourse. Je parie que Janine est déçue.

— En fait, on dirait qu'ils ont trouvé une autre bourse pour elle aussi.

— Félicitations. C'est formidable. Vraiment. Je suis sincèrement heureuse pour vous deux.

— On pourrait fêter ça. Je crois que j'ai une bouteille de vin rouge.

Je fais un signe du pouce en direction de mon appartement. Rester ici à lui parler est le meilleur moment de cette semaine et je n'ai pas envie de partir.

— Je ne pense pas que ce soit une bonne idée. Il est tard.

— D'accord. On peut se voir demain ? Ce week-end ?

— La pièce est ce week-end, donc je vais être assez occupée. Même si j'ai perdu mon rôle.

— C'est ce qu'on m'a dit. Je suis désolé.

— Je dois quand même y aller. Le spectacle doit continuer, tout ça, tout ça.

— Eh bien, pourquoi pas la semaine prochaine ? Choisis l'heure et le lieu.

J'envisage de proposer le mois prochain, mais elle a l'air d'un cheval effrayé, prêt à se cabrer.

— J'aimerais que tout aille bien entre toi et moi. La pire chose que je puisse imaginer, c'est qu'on ne puisse pas se retrouver dans la même pièce. Tu es trop important pour moi. Toi, Dakota, Ginny, les gars, vous êtes ma famille, je ne peux pas risquer de perdre la seule famille qu'il me reste.

— Jamais. Tu nous as nous. Pour toujours. Ça ne changera pas, qu'on soit ensemble ou non.

— Tu crois vraiment ? C'est la première fois qu'on se parle depuis des jours.

Elle secoue la tête.

— Je devrais y aller. Il est tard. Ça m'a vraiment fait du bien de te voir, Adam.

Ça me démange de la toucher, de l'attirer contre moi et de l'embrasser, mais, au lieu de ça, je recule lentement et l'observe jusqu'à ce qu'elle ferme la porte.

En soupirant, je retourne chez moi et m'affale sur le canapé. Ginny est dans la cuisine en train de se servir un verre d'eau.

— Salut, dit-elle d'une voix ensommeillée. T'étais où ?

— Dehors, je parlais à Reagan.

— Ah oui ?

Ginny semble pleine d'espoir.

— Je ne sais pas quoi faire. Elle me manque et j'ai envie d'être avec elle, mais peut-être qu'on n'est simplement pas faits pour être ensemble.

— Pourquoi tu dis ça ?

— J'ai toujours cru que lorsque je trouverais la bonne, je le saurais. Que tout rentrerait dans l'ordre. Que ce serait facile. Maman et papa ont toujours donné cette impression.

Je prends conscience de ce que j'ai dit et ajoute :

— Et regarde comme ça a bien marché. Putain. Je ne sais pas.

— Tu es un gars qui aime les faits et les certitudes. Je comprends ça. Je ne peux pas te dire si Reagan est la bonne ou non, mais je sais que c'est la première fois que tu agis comme si tu te souciais d'une rupture.

— Parce que je ne voulais pas que ça se termine.

Les sourcils de Ginny se froncent.

— Ah non ? Alors, pourquoi l'avoir fait ?

— Reagan a dit qu'elle le lisait sur mon visage... que c'était fini, qu'on n'était pas fait pour être ensemble et tout. Qu'elle était fatiguée d'attendre l'irrémédiable.

Je passe une main dans mes cheveux.

— J'ai hésité. Je me suis dit qu'elle avait peut-être raison.

— Mais tu ne le penses plus maintenant ?

— Je n'arrête pas de penser à elle.

Ginny me regarde avec de grands yeux mièvres.

— Je ne veux pas perdre Reagan parce que j'ai abandonné trop vite. Je sais qu'elle a été blessée et je ne veux pas en rajouter une couche... même involontairement. Et si j'avais tort ?

— Tu pourrais commencer par lui dire tout ça.

— Je lui ai dit.

Je réfléchis.

— Bon, je n'ai pas utilisé ces mots.

Ginny lève les yeux au ciel.

— Essaie d'utiliser les mots que tu as envie de dire, frérot.

Je glousse.

— Oui, je suppose que tu as raison.

— Aussi, si tu veux la reconquérir, tu devrais le faire sans empester l'alcool ou porter un jean avec l'entrejambe mouillé.

Je baisse les yeux. Mon caleçon était encore humide quand

je me suis rhabillé et, bien sûr, il y a de petites taches mouillées partout devant. Putain.

— Va te coucher. On trouvera une solution demain matin, dit Ginny.

Je me rends sur le campus à pied, en direction de *University Hall*. Janine m'attend à l'une des tables.

Je m'installe en face d'elle et elle glisse une tasse vers moi.

— Un peu de crème et un demi-sucre.

J'enroule les mains autour de la tasse, mais ne bois pas.

— Merci. Et merci de me retrouver ici. Je n'étais pas sûre que tu viendrais.

— Je me suis dit que ça devait être important. Tu ne m'as pas appelé depuis des années.

Je hoche la tête.

— Je voulais m'excuser pour la façon dont j'ai agi.

— Non, Reagan, tu n'as pas besoin de t'excuser. Quand j'ai appris que Lori venait au banquet, j'aurais dû dire à mes parents de faire demi-tour. Je sais à quel point elle t'a rendu la vie impossible.

— Elle n'aurait pas écouté.

— Ma mère m'a dit qu'elle partait. Je suis désolée. Je pensais vraiment que cette fois, c'était différent.

Je secoue la tête.

— Tu ne pouvais pas savoir. Je voulais m'excuser pour t'avoir évitée ces dernières années.

— Oh.

Janine se penche en avant et le début d'un sourire se dessine sur son visage.

— Continue.

— Quand on est arrivés à Valley, j'avais tellement envie de prendre un nouveau départ. Tu étais un rappel du passé. Tu savais toutes les choses horribles et embarrassantes que je voulais oublier. J'avais l'impression que je ne pouvais pas vraiment démarrer une nouvelle vie tant que quelqu'un de mon entourage connaissait mon enfance ratée.

— Je comprends.

Son sourire est petit et triste.

— Tu as toujours été géniale avec moi. Je ne sais pas où je serais aujourd'hui sans toi ou ta famille.

— Quelque chose me dit que tu te serais bien débrouillée toute seule. Tout comme tu l'as fait ces trois dernières années.

Je pense à Dakota, Ginny, les garçons. Je ne me suis jamais débrouillée seule. Pas vraiment, mais j'apprécie ses paroles.

— Tu mérites d'être heureuse, Rea. C'est tout ce que j'ai toujours voulu et si être amie avec moi complique les choses, je comprends.

— Je suis plus forte maintenant. Promets-moi juste qu'on ne mentionnera plus jamais Lori.

— Marché conclu.

Je m'appuie contre le dossier de ma chaise.

— Bon, raconte-moi tout ce qui s'est passé de ton côté.

— Qu'est-ce que tu veux savoir ?

— Tout ce que j'ai manqué ces trois dernières années. J'ai souvent pensé à toi, pour ce que ça vaut.

— Tu n'as pas manqué grand-chose. J'ai été tellement

concentrée sur mes études. J'ai un peu oublié que c'est la période de ma vie où je suis censée m'amuser.

— Tu veux arrêter de te concentrer sur l'école et t'amuser ?

— Eh bien, non, quand même pas. L'école reste ma priorité, mais j'ai laissé Sean me convaincre de ne prendre qu'un cours cet été.

— Quelle fainéante, la taquiné-je.

— Comment va Adam ? Est-ce qu'il jubile pour la bourse d'études ?

— Il va bien. Il est excité, je pense. En fait, on a décidé de rompre.

— Sérieusement ?

— Tu es vraiment si surprise ?

Elle hausse les épaules.

— Bien sûr, Adam est sorti avec beaucoup de filles, mais vous sembliez si bien ensemble.

— On a simulé des fiançailles en ta présence, donc je ne suis pas sûre que tu as vu la version la plus sincère de nous.

— Peut-être, mais j'ai lu son discours.

Je demeure silencieuse pendant qu'elle analyse mon expression.

— Tu ne l'as pas lu, n'est-ce pas ?

— Non, je suis partie avant qu'il le fasse.

Je regrette vraiment de ne pas avoir été là pour lui. Peut-être que si j'étais restée, les choses se seraient passées différemment. Si je croyais à ça, ce serait peut-être plus facile sans lui. Ça aurait fini par arriver.

— Pas le discours qu'il a donné, celui qu'il a écrit.

Elle sort son téléphone et le fait glisser sur la table.

— Il me l'a envoyé la veille. Lis-le.

— Je suis si nerveuse. Je ne pense pas être capable de faire ça.

Mila pose une main sur son sternum et inspire profondément.

— Détends-toi. Tu vas être super. Dès que tu seras sur scène, tu oublieras ta nervosité.

— Non, je ne pense pas. Je vais vomir.

Elle sort précipitamment de la loge et court vers les toilettes. Je la suis et entre tandis qu'elle claque la porte d'une cabine et se met à vomir.

Beurk.

— Je vais juste attendre ici au cas où tu aurais besoin de quelque chose, dis-je quand elle se remet à vomir.

Notre costumière entre dans les toilettes. La robe de Mila dans une main, elle se tient dans l'embrasure de la porte en la tenant ouverte.

— Tu as vu Mila ?

— Elle arrive tout de suite.

— Elle est en retard. Hoffman veut voir tout le monde dans deux minutes.

— On sera là, lui assuré-je.

Une fois la porte fermée, je demande à Mila :

— Ça va ?

— Non.

Sa voix tremble.

— Viens. On va te mettre en costume. Comme ça, tu te sentiras prête.

Je ne sais pas trop si c'est vrai, mais je l'espère en tout cas.

Elle sort des toilettes, le teint un peu verdâtre.

Dans la loge, elle enfile son premier costume et nous retouchons son maquillage.

— Voilà. Tu es parfaite.

Tant mieux, car j'entends Hoffman dans le couloir qui convoque tout le monde.

Nous nous joignons au reste de la troupe tandis qu'il nous fait son habituel discours d'encouragement, qui inclut pas moins de cinq rappels, tous formulés de manière légèrement différente pour que nous restions attentifs en coulisses et soyons prêts à partir quand c'est notre tour. Comme si quelqu'un s'était déjà retrouvé à l'arrière sans prêter attention.

Nous sommes tous anxieux et très conscients des secondes qu'il reste avant le lever du rideau, mais nous écoutons tout de même ses rappels.

Mila me prend la main et la serre. J'essaie de repenser à ma première pièce à Valley, dans une plus grande salle que ce dont j'avais l'habitude au lycée ou au club de théâtre. Je suis sûre que j'étais nerveuse, mais tout ce dont je me souviens, c'est à quel point j'étais excitée.

Mon cœur saigne en sachant qu'aujourd'hui, je ne serai pas sur scène.

Quand il nous libère, quelqu'un crie qu'il nous reste cinq minutes avant que les lumières s'éteignent.

— Monsieur Hoffman, dit Mila en me tenant toujours la main. Je ne pense pas que j'y arriverai.

Elle presse sa main libre sur son estomac.

— Je crois que je fais une intoxication alimentaire.

— Tu es malade ou nerveuse ? demande-t-il, sans aucune trace de compassion dans sa voix ou son regard.

— Les deux, mais je vomis toutes les cinq minutes.

Elle grimace comme si elle était sur le point de vomir à nouveau.

Il fait un pas en arrière et me regarde.

— On dirait que c'est à toi de jouer.

Les papillons fourmillent dans mon ventre.

— Dépêche-toi maintenant, on n'a plus beaucoup de temps, râle-t-il.

Mila me traîne dans la loge. Elle retire sa robe et me la tend.

Je l'enfile, abasourdie. Mes cheveux et mon maquillage sont déjà faits, mais elle retouche un peu le tout.

Je croise son regard. Elle rayonne et a l'air bien moins malade.

— Tu n'es pas malade, n'est-ce pas ?

Elle secoue la tête et parle doucement.

— C'est ton rôle. J'aurai ma chance une autre fois.

— Mila, non.

Elle sourit.

— Si. Trop tard. Maintenant, je te dis merde !

Quand le rideau se baisse, je ferme les yeux et savoure les applaudissements. Mon cœur se met seulement à tonner maintenant, comme si toute l'adrénaline et le stress me submergeaient enfin. Les lumières s'allument et nous sortons en groupe pour saluer. Depuis les coulisses, j'arrive à voir le public. Je le parcours du regard, comme d'habitude. Je vois des visages que je ne reconnais pas et cherche celui qui n'est jamais là.

Parfois, j'aime prétendre que ma mère est là et que je ne l'ai simplement pas vue, ou qu'elle est peut-être partie juste avant pour me cacher sa venue. C'est un rêve auquel je ne crois pas vraiment, mais je m'autorise à l'imaginer là, une dernière fois.

Quand vient mon tour, je me dirige vers les cris et les applaudissements. J'agite la main et salue. Le bruit semble de plus en plus fort, je m'en imprègne pour apaiser la douleur. Ici, je fais la différence. Je suis leur fille, leur amie, leur famille, seulement pour une soirée.

Toute la troupe se prend par la main et nous saluons une dernière fois ensemble. Alors que je me redresse et que nous reculons, je scanne une dernière fois la foule. Je sais qu'elle n'est pas là, mais peut-être la chercherai-je toujours.

Mila m'attend en coulisses. Elle pousse un cri et m'assomme presque en me sautant dans les bras.

— Tu as été incroyable.

— Merci de m'avoir laissée jouer ce soir. C'était très important pour moi.

Elle hoche la tête.

— Il n'y a pas de quoi. Maintenant, retourne là-bas et laisse tes fans t'encourager.

J'accepte les félicitations et d'autres compliments des gens tandis que je sors devant le théâtre. Je m'arrête et discute, je souris sur les photos et accepte les câlins d'inconnus.

— Reagan, lance quelqu'un.

Je lève les yeux et aperçois Dakota, Ginny et les garçons. Même Adam. Surtout Adam.

— Qu'est-ce que vous faites là ? Je vous ai dit que vous n'aviez pas besoin de venir. Je n'étais même pas censée jouer.

— Encore heureux qu'on ne t'ait pas écoutée, dit Dakota en m'étreignant avec un bras.

Adam se tient derrière nos amis. Une fois que tout le monde m'a prise dans ses bras, il s'avance.

— Félicitations. Tu étais incroyable. Je suis en admiration devant toi.

— Merci.

Ils n'arrêtent pas de se pâmer et j'en profite. Après cette semaine, je ne prendrai plus jamais pour acquis ces moments ou ces amis.

— Je devrais aller voir les gens et me changer, dis-je au bout de quelques minutes à parler avec mes amis.

Tout le monde me félicite une dernière fois et m'enlace. Adam arbore ensuite un sourire hésitant.

— On peut parler vite fait ?

Les gens arrivent, attendant de me parler. Une personne me tape sur l'épaule. Je lui souris, puis retourne à Adam.

— Désolée. Je dois...

Il fronce les sourcils.

— Oui, bien sûr. Bien sûr. Encore félicitations.

— Merci d'être venus.

Je prends encore une fois Dakota dans mes bras parce que je ne peux pas m'en empêcher. Je suis tellement heureuse qu'elle soit têtue.

— On se voit plus tard.

Une heure semble s'être écoulée et le théâtre est toujours bondé. D'acteurs qui n'ont pas réussi à s'échapper, ainsi que de familles et d'amis qui s'attardent pour discuter.

La main autour de la gorge, je m'excuse auprès d'un gentil couple parce que j'ai besoin d'un verre d'eau. C'est vrai. Ma gorge est sèche et gratte, mais je suis prête à retourner en coulisse me rhabiller normalement, me démaquiller et rentrer.

Je suis presque à la porte des loges quand une voix rauque grésille dans le haut-parleur.

— Salut, tout le monde. Désolé de vous interrompre.

J'ai eu de pires idées, mais alors que je commence à parler et que toutes les têtes dans le théâtre se redressent brusquement pour me regarder, m'accordant une extrême attention, je n'en trouve aucune qui aurait pu me faire atteindre un tel niveau de gêne. En règle générale, je n'écoute pas les mauvaises idées. Je suis doué pour peser le pour et le contre et ignorer les options stupides qui me viennent en tête.

Pas ce soir. Je ferais n'importe quoi pour lui prouver que je ne compte aller nulle part. Que je vais soit échouer spectaculairement de l'aimer, soit être le meilleur ami qu'elle ait jamais eu. Tout de même, j'espère ne pas m'évanouir ou être hué avant de me forcer à tout lui dire.

Je commets l'erreur de regarder Rhett et les gars qui sourient au fond du théâtre. J'apprécie leur soutien, mais j'arrive à peine à les regarder sans avoir envie de quitter la scène et de leur dire d'aller se faire voir.

— Je cherche Reagan, dis-je à la foule.

J'attendais qu'elle finisse de parler à ses fans, mais, à un moment donné, je l'ai perdue de vue. C'était pendant que j'écoutais les suggestions de mes amis pour la reconquérir et que je décidais qu'elle ne méritait rien de moins que de me voir tout risquer pour elle. Et me voilà maintenant.

Tout le monde regarde autour, à sa recherche. Je me suis peut-être ridiculisé pour rien. Elle est en route pour l'appartement et je suis toujours là, idiotement debout sur scène.

— Elle est là !

Un type devant la scène la pointe du doigt. J'aperçois Reagan qui se dirige lentement vers moi, le regard confus.

Le projecteur s'allume et m'aveugle. Eh bien, ce n'était pas nécessaire. Je jette un regard noir en direction de la personne qui l'a allumé, mais je ne vois strictement rien.

— Qu'est-ce que tu fais ? demande doucement Reagan.

— Tu as raté mon discours la semaine dernière. Je crois que tu devrais l'entendre.

— Ici ?

Elle parcourt la salle des yeux et sourit poliment en saluant la foule.

Je saute presque de la scène pour lui supplier de m'écouter partout sauf ici, mais j'ai besoin qu'elle l'entende. Vraiment.

— Ici.

Elle hoche la tête. Je commence alors vraiment à stresser. À quoi je pensais ? J'aurais dû accepter l'une des idées de Maverick. Elles étaient audacieuses et ridicules, mais elles n'incluaient pas de parler en public.

— Euh...

Je balaie la foule du regard et ravale mon stress.

— Quand j'avais huit ans, je me suis cassé le bras en jouant au hockey dans la rue avec des amis. Ma mère m'a conduit aux urgences, mon os était sorti de mon bras. Je n'ai même pas pleuré. J'étais choqué, terrifié, vraiment. Tout ce à quoi j'ai pensé, c'est s'ils allaient me couper le bras.

Je ris et avale le nœud dans ma gorge.

— J'avais si peur de ne plus jamais jouer au hockey. Quand le docteur est entré dans la chambre, qu'il m'a dit que je garderais mon bras et que je n'aurais qu'un plâtre pendant quelque temps, j'étais si heureux que j'en ai pleuré.

Je continue mon histoire, je leur raconte ce que m'ont dit les médecins pendant tout le procédé, prenant le temps de s'assurer qu'un enfant de mon âge comprend bien tout. Je n'étoffe pas cette fois-ci, car le public ne semble pas se soucier de ma fascination ou du fait que ça m'a donné envie de devenir docteur. Cependant, je n'ai pas seulement appris à réparer un bras cassé ce jour-là.

Reagan sourit. Son corps se détend à chaque mot et me pousse à continuer.

— C'est seulement l'une des nombreuses fois où j'ai été émerveillé par l'impact que pouvait avoir une personne. Une étude estime qu'en moyenne, un individu rencontre dix mille personnes dans sa vie. Dix mille. Pourtant, celles dont on se souvient, celles qui nous changent réellement, sont un bien plus petit nombre. J'ai eu de la chance. Tant de gens ont impacté ma vie. La plupart, de la bonne manière. Ma famille a fait de moi un homme meilleur, mes amis qui me rendent fou m'ont toujours soutenu.

— Ça oui ! crie-t-on tout au fond et je suppose qu'il s'agit de Maverick.

— Les professeurs qui m'ont aidé à préparer l'avenir, les camarades qui m'encouragent à travailler davantage à l'école pour ne pas que je sois mal vu, et une petite amie qui me rappelle chaque jour ce qu'est le vrai courage. Je serai un bon médecin non pas parce que je veux changer le monde, mais parce que je veux avoir un impact positif sur chaque personne que je rencontre. Je veux soulager leur douleur ou leur désarroi, les aider à se souvenir que le plus important, c'est de vivre. J'ai toujours pensé que rien ne pouvait être plus important que ça : aider les autres.

Je secoue la tête.

— Je ne veux pas banaliser le fait de guérir quelqu'un. J'ai longtemps considéré le médecin qui a réparé mon bras comme mon plus grand héros. Je pensais que c'étaient ses compétences en tant que professionnel de la santé que j'admirais, mais ce n'était pas le cas. C'était l'espoir qu'il insufflait. Il m'a fait sentir que tout était encore possible. Comme si le monde était à mes pieds, si j'étais assez courageux pour y retourner et essayer.

Un enfant effrayé, qui a peur de ne plus jamais pratiquer son sport préféré, n'est pas un événement traumatisant, mais cela n'avait pas d'importance pour lui. Il m'a traité comme si rien n'était plus important. Son affection et sa compassion ont changé ma vie. Un million d'autres médecins auraient pu guérir mon bras, mais si cela avait été quelqu'un d'autre, je ne serais peut-être pas debout ici.

Je pense que notre influence sur les gens, ou le hasard de nos rencontres sont bien plus profonds que ce que nous choisissons de faire. Médecin, joueur de hockey, actrice, ces métiers ne valent rien sans les personnes qui les revendiquent.

Je croise le regard de Reagan.

— Je viens de commencer à fréquenter cette fille. Une belle actrice talentueuse. Elle ne pourrait pas réparer un bras cassé ou faire quoi que ce soit qu'elle considère comme héroïque, mais c'est la personne la plus courageuse que je connaisse. L'essence de sa personnalité me rappelle beaucoup ce médecin d'il y a longtemps. Elle m'inspire tous les jours à donner le meilleur de moi-même. Dix mille personnes, mais aucune d'elles ne m'a fait me sentir comme ça. À part elle.

Je ne la quitte pas des yeux.

— Je t'aime, Reagan. Je suis tombé amoureux de toi. Dix mille personnes, mais je ne veux que toi.

Je m'éloigne du micro. La salle explose de cris et d'applaudissements. J'avais presque oublié qu'on nous regardait. Mon stress revient et je me mets à transpirer de la nuque.

Elle me rejoint, le sourire aux lèvres et les larmes aux yeux. Je n'ai plus de mots, alors je l'embrasse. Je ne sais pas si je crois au fait que tous les individus ont une moitié, mais je crois en elle.

— C'était un beau discours, dit-elle en s'écartant et en me regardant dans les yeux. Tu le pensais vraiment ?

— Chaque mot. Je n'irai nulle part. Quoi qu'il arrive.

— Même ceux que tu n'as pas mentionnés ? Il y avait toute cette partie où tu comparais l'amour à l'école. L'importance de choisir la bonne personne et de travailler dur. J'ai aimé cette analogie.

— Comment tu...

— Janine me l'a montré.

Elle lève la main. Ses doigts sont enroulés autour de son téléphone.

— J'étais sur le point de t'envoyer un message.

— Ah oui ?

— Le discours que j'avais préparé était loin d'être aussi bon que le tien, alors je suis contente que tu l'aies fait en premier.

— Je veux toujours l'entendre.

— Tu m'as volé la vedette et ma réplique. Je t'aime aussi, Adam. Tu vaux la peine de prendre des risques. *On* en vaut la peine.

Je ris et la prends par la taille. Ça fait tellement de bien d'être à nouveau près d'elle. Mes lèvres sont à quelques millimètres des siennes quand Rhett débarque de nulle part et nous enlace en nous prenant par le cou.

— C'était épique, dit-il. Bien mieux que ces discours d'encouragement pourris que tu nous fais.

— J'ai gardé le meilleur pour elle, rétorqué-je.

Je reste collé à Reagan pendant que le reste de nos amis nous rejoint.

— Vous êtes de nouveau ensemble ? demande Ginny, la voix un peu plus aiguë que la normale.

— Oui, répond Reagan pour nous.

Elle se hisse ensuite sur les orteils pour m'embrasser. *Enfin, putain.*

— Je devrais te prévenir, par contre. Je suis tellement amoureuse de toi. Tu ne vas plus pouvoir te débarrasser de moi maintenant.

Je jure que mon cœur fait des bonds de joie. Comme si j'allais même essayer de me débarrasser d'elle.

TRENTE-QUATRE
REAGAN

CANCER, *de bonnes choses se profilent. Surtout au lit. Attendez-vous à des orgasmes époustouflants réguliers.*

— C'est toi qui as écrit ça ? demandé-je en relisant le message d'Adam qui, j'imagine, est mon horoscope quotidien.

— Bien sûr que c'est moi. Il y en aura d'autres. Tous les jours, bébé.

Depuis que j'ai vu Lori et que je lui ai dit que j'en avais terminé avec elle, elle a arrêté de m'envoyer mon horoscope tous les matins. Il y a curieusement un sens de finalité dans ce geste. C'était la seule chose qui nous liait toutes ces années.

— Tu sais qu'elle ne rédigeait pas mon horoscope, n'est-ce pas ? Elle le prenait juste sur un site web et me l'envoyait par mail.

— Eh bien, c'est très peu original de sa part. En plus, ce n'est pas vraiment un horoscope, mais un mantra pour la journée. Je dirais que j'ai déjà accompli celui d'aujourd'hui.

Il me fait un clin d'œil.

Oui, oui, en effet.

— Tu peux m'attraper mon baume à lèvres dans le tiroir du haut ? demandé-je à Adam.

C'est lui le plus près de ma table de nuit.

Il me le lance puis demande :

— C'est quoi ça ?

— Hmm ?

Je recouvre mes lèvres sèches. Nous nous sommes beaucoup embrassés hier soir et ce matin. Je regarde et le vois tenir un morceau de papier rouge plié en un petit carré.

— Oh non, donne-moi ça.

— Qu'est-ce que c'est ?!

Il sourit à présent, déterminé à le découvrir. Il le déplie pendant que je l'attaque en essayant de le récupérer. Il se lève sur le lit et le tient hors de ma portée. C'est nul d'être petite.

— Cher Adam, dit-il avant de se taire.

Je m'assieds sur le lit et cache mon visage. Oh, putain. Pourquoi n'ai-je pas brûlé ce truc ?

— Attends, attends, attends... dit-il en baissant les yeux sur moi. C'est bien ce que je crois ?

— Si ce que tu penses est le moment le plus embarrassant de ma vie, alors oui. Sérieusement, donne-le-moi.

J'essaie de faire la moue, mais mon visage boudeur ne l'atteint pas.

— Tu as mis ça dans ma chambre cette nuit-là ? demande-t-il en continuant à lire.

— Oui, je l'ai glissé sous ta porte après un rencard pourri et une bouteille de vin. Quand je me suis réveillée le lendemain matin, je savais que je devais le récupérer.

— Pourquoi ?

— Je suis désolée. Tu es arrivé à la phrase où je te dis que tu tiens mon cœur dans tes mains ?

Il glousse et s'assied à côté de moi.

— C'est l'une des choses les plus gentilles qu'on ait jamais faites pour moi.

— Presque faites. Si tu t'étais réveillé et que tu avais découvert ça, on ne se serait jamais mis ensemble.

— Tu n'en sais rien.

Je le regarde d'un air incrédule. Il m'attire sur ses genoux.

— Bon, j'aurais probablement pensé que c'est un peu exagéré venant d'une fille à qui j'ai à peine parlé. Mais j'aime me dire que tu as passé une mauvaise journée, que tu t'es saoulée et que tu as pensé à moi. Tu promets de toujours penser à moi quand tu es ivre ?

Je réfléchis un instant.

— C'est promis.

— Une fois... Juste avant les vacances de printemps de l'année dernière.

Je sais immédiatement de quoi il veut parler. Nous n'étions que tous les deux à l'appartement pendant que les autres étaient partis chercher à manger. Je me suis attardée ce soir-là rien que pour passer plus de temps avec lui.

— J'ai failli te le dire la veille de ton départ, mais je me suis dégonflée. À ton retour, tu as commencé à sortir avec Maria.

— Quel idiot j'étais.

Il se rattrape en m'embrassant jusqu'à ce que mon réveil sonne. Adieu mon baume à lèvres.

— Je dois y aller, dis-je à contrecœur.

— Encore cinq minutes.

— Je ne peux pas. Tu as dit ça à ma dernière alarme et, cette fois, je dois vraiment y aller.

Il relâche sa prise.

— Bon d'accord. Je dois aller à la patinoire de toute façon. Tu sors avec nous après la pièce ?

— Ouais. Au fait, tu as des paillettes partout sur le visage, lui dis-je avec un sourire en coin en essayant de les essuyer.

C'est sans espoir.

Il se lève, enfile son jean et fourre le cœur dans sa poche arrière.

— Je vais le garder.

— Non, il faut le brûler.

— Trop tard. Il y a mon nom dessus et je veux l'encadrer.

Je gémis. Il dépose un autre baiser sur mes lèvres.

— On se voit après le match. Merde pour aujourd'hui.

— Bonne chance ! lancé-je dans son dos.

— Pas besoin de chance. J'ai ton cœur entre mes mains ! réplique-t-il en s'éloignant de ma chambre.

La dernière représentation a lieu ce matin. L'air est différent d'hier. Je me sens calme, tous ces scénarios catastrophes dont nous nous inquiétions ont été temporairement déjoués. Dix minutes avant la pièce, nous les ressentons tous à nouveau, mais ce n'est pas aussi terrifiant que le soir d'ouverture.

Monsieur Hoffman lève les yeux tandis que j'entre en coulisses.

— Reagan, bonjour. Tu es matinale.

— Je voulais vous parler avant que tout le monde arrive.

— Bien sûr, je t'écoute.

Il laisse tomber son porte-bloc sur le côté et se concentre sur moi.

— Je suis désolée d'avoir manqué une répétition et d'avoir été en retard, mais j'ai travaillé dur pour ce rôle. Mila est fantastique, mais je veux jouer aujourd'hui.

Les rides autour de sa bouche se redressent quand il sourit.

— C'est toi qui joues. Mila a appelé pour dire qu'elle était malade. Je pense qu'elle est vraiment malade aujourd'hui. C'est le karma qui va dans ton sens.

— Attendez, vous saviez qu'elle faisait semblant ?

Il se moque.

— Je t'en prie. C'est peut-être ma première mise en scène,

mais j'ai déjà été témoin de tout ça. Tu n'as pas idée de ce que les élèves disent pour sortir de cours.

— Je suis prête à parier que si.

— Tu as fait du bon travail hier. Tu as trouvé ce qui t'animait. Je sais que j'ai été dur avec toi, mais c'est parce que je sais que tu peux faire mieux. Tu as seulement besoin de croire en toi. Pas au personnage. Mais en toi.

— Je crois que je commence à le faire.

— Bien. Va te préparer.

Je commence à me diriger vers la loge et il m'appelle.

— Oui ?

— Tu es une bonne mentore pour Mila. Je sais qu'elle apprécie, et moi aussi.

— Merci.

Puisque l'équipe de hockey a un match aujourd'hui, les garçons ne seront pas présents. Ginny arrive avant la pièce pour s'assurer que je suis bien maquillée. Elle me souhaite ensuite bonne chance et s'en va.

Une représentation matinale n'a pas la même énergie que le soir, mais, lorsque nous saluons une dernière fois, c'est devant les mêmes applaudissements enthousiastes. Dakota est tout devant, elle crie et applaudit, un grand sourire fier sur le visage. Je crois qu'elle n'a raté aucune représentation maintenant que j'y pense.

Je parcours la foule du regard, par habitude. Mon souffle se coupe quand je la vois. Lori est debout, en train d'applaudir avec les autres. Mes genoux tremblent, mais je suis soutenue par deux personnes de chaque côté de moi. Nous partons et le rideau se ferme définitivement.

J'attrape de l'eau et sors. Je cherche Lori, certaine que je l'ai imaginée, mais elle est là, au même endroit. Agrippée à son sac, elle a l'air plus que nerveuse. Elle m'adresse un signe de tête des plus brefs, puis disparaît dans la foule pour sortir par les portes arrière. Je la laisse partir. Peut-être avait-elle besoin d'une conclusion. J'ai eu la mienne.

Dakota me serre dans ses bras.

— Tu as été incroyable. Un jour, quand tu seras une grande star, tu promets d'être toujours ma meilleure amie ?

Je la prends par le bras.

— Je t'en prie. Je vais avoir besoin d'une assistante personnelle.

— Et d'une entraîneuse personnelle.

Elle court sur place.

Un grognement s'échappe de mes lèvres, mais elle rit.

— Viens. Si l'on se dépêche, on peut arriver avant la fin du match.

TRENTE-CINQ
ADAM

— Beau match, mon fils.

Mon père m'enlace et ma mère l'imite ensuite.

Je les regarde tour à tour.

— Vous êtes tous les deux venus.

— Bien sûr.

Ils me regardent comme si c'était moi le fou, comme s'ils n'avaient pas raté tous mes matchs depuis deux mois. Je laisse couler.

Je ne sais pas à quel point c'est gênant pour eux d'être ensemble et je décide que, ce soir, je m'en fiche.

— Laissez-moi aller chercher Reagan et allons dîner. Avec Heath et Ginny aussi. Merde, laissez-moi juste aller chercher tout le monde.

Ils ont promis que nous serions toujours une famille et les familles partent dîner avec les amis après les matchs.

Nous nous rendons *Au repaire* et nous installons à deux tables qu'on a collées pour nous. Je ne me fais pas d'illusions, je sais que mes parents ne décideront pas de se remettre ensemble ou que les choses seront faciles. Je suis sûr qu'il y a plein de choses auxquelles je n'ai pas encore pensé qui arriveront et me rappelleront que nous ne sommes plus la même famille qu'autrefois. Cependant, ce soir, tout est presque parfait.

— Ça va ? chuchoté-je à Reagan.

Je n'ai pas réfléchi au fait que je pourrais remuer le couteau dans la plaie en lui faisant passer du temps avec ma famille.

— Oui, ça va super. Je suis contente de vous voir autant sourire, Ginny et toi.

Je porte ses doigts à mes lèvres et lui fais un baise-main.

— C'est toi qui es super.

Elle s'appuie contre moi et m'embrasse rapidement sur la bouche. Ma mère n'en rate pas une miette. Elle sourit en regardant Reagan et moi interagir. Elle va m'appeler pour parler de nous, ça ne fait aucun doute. Je la présente comme ma petite amie, mais, si ce que je ressens se perçoit dans mes actions, alors ils sauront à quel point elle est spéciale pour moi.

La discussion est légère et amusante. Mav est doué pour rendre n'importe quelle situation drôle. Je vois mes parents se détendre à chaque bout de table. Je prends donc une grande inspiration et me relaxe dans mon siège. Papa me pose des questions sur les prochains matchs. Il ne nous en reste plus que quelques-uns pour cette saison. Par conséquent, les gars affichent tout de suite leur excitation et leurs espoirs pour le championnat régional.

La seule chose bizarre, c'est quand nous nous disons au revoir et que mes parents montent chacun dans leur voiture. Il va falloir un peu de temps pour s'y habituer, mais ils sont venus. J'ai l'impression que ça ira peut-être... que ce sera notre nouvelle normalité. Ce n'est pas ce que j'avais imaginé, mais qu'est-ce que j'avais supposé ? La vie a le don de nous arracher à nos habitudes et de tout bouleverser, de remettre en question notre foi envers les gens, l'amour et même la famille.

De retour à l'appartement, nous nous dispersons tous sur la terrasse.

— On joue aux sardines ? propose Dakota.

Reagan se blottit contre moi.

— Je suis plutôt bien installée ici.

Je suis d'accord.

— Oui, et je suis fatigué de devoir me mettre en trio avec ces deux-là, dit Rhett en inclinant sa bière vers nous. C'est vraiment chiant.

Je lui fais un doigt d'honneur et rapproche Reagan.

— Je me suis occupée de ça et j'ai appelé des renforts, déclare Dakota. Allez. Il fait si beau dehors et être assise ici avec tous ces couples heureux, ça me donne l'impression d'être dans un mauvais épisode du *Bachelor in Paradise*.

— Je te choisirais sans hésiter si l'on était échoués sur une île, lui dit Mav.

— Qui a dit que je te choisirais ?

Pourtant, elle lui sourit.

C'est une belle soirée. Le climat de la fin février promet que le printemps est bientôt là. Il fait assez bon pour se découvrir, mais suffisamment froid pour que Reagan recherche ma chaleur.

— Où sont les renforts, Kota ?

Maverick passe un bras autour de ses épaules alors que nous nous rapprochons du campus.

Elle pointe du doigt et nous levons tous la tête pour voir Liam se diriger vers nous.

— Le beau gosse ? s'exclame Mav. Il est dans quelle équipe ?

— Pas la mienne, dit rapidement Rhett.

— Quoi de neuf, les gars ? dit Liam.

— Salut, dis-je. Tu as déjà joué aux sardines ?

— Pas dehors, répond-il en regardant autour de lui.

Rhett et Maverick se disputent pour savoir qui doit faire équipe avec lui.

— Je me mets avec lui, dit Dakota en levant les yeux au ciel. Vous êtes ridicules. On a besoin d'une autre personne maintenant qu'Adam sort avec quelqu'un de la famille.

Ginny rit.

— Ça sonne tellement bizarre.

— Si je sors avec quelqu'un de la famille, alors toi aussi, dis-je à ma sœur.

Les bras de Heath se glissent autour de sa taille.

— Mais il risque de froisser son fute, se plaint Mav en montrant le pantalon de Liam, impeccablement repassé. Mec, ça craint. Rhett a besoin d'une copine. Je veux récupérer ma partenaire ! crie-t-il à Liam.

— Alors peut-être que ça devrait être la règle de ce soir, dit Dakota en regardant Liam. Enlève ton pantalon.

— Pas de pantalon ?

Rhett éclate de rire en reluquant les jambes de Dakota.

— Juste pour les garçons, clarifie-t-elle.

— Oh, allez, se plaint Heath. C'est demain que je fais ma lessive.

— Et alors ?

Dakota lève les mains en signe d'exaspération.

Le rire de Ginny résonne dans la nuit et rapidement, elle pleure de rire.

— Oh, mon dieu, encore ?

Heath commence à rougir.

— C'est quoi ce bordel ? demandé-je.

Il se tourne sur le côté et baisse suffisamment son jean pour que j'aie un aperçu de son cul nu.

— Mec.

Je lève une main pour me cacher la vue.

— T'as rien mis en dessous, frérot ? s'exclame Mav.

Reagan rit, je la serre contre moi et me baisse.

— Protège-moi.

Dakota sourit.

— OK, waouh. Eh bien, c'est inattendu. Je suppose que vous pouvez garder vos pantalons.

— Merci, dit Rhett en secouant la tête. Il y a certaines choses qu'on ne peut pas oublier.

Reagan se tourne dans mes bras et me regarde.

— Pourquoi tu mets toujours un caleçon ?

— Je n'aime pas sentir ma queue frotter contre mon jean.

Rien que l'idée me met mal à l'aise.

— C'est une bonne raison, mais pense à la facilité avec laquelle je pourrais la sentir si je pouvais juste glisser ma main... dit-elle en joignant le geste à la parole, par-dessus mon caleçon.

Je glousse et gémis, je lève les yeux et inspire pour qu'elle ait plus d'espace.

— Eh, vous deux.

Rhett nous envoie une pierre qui atterrit sur ma hanche.

— Mec, tu aurais pu la frapper.

— Non, parce que c'est toi que je visais. On ne se tripote pas ici. Ça me rappelle que je rentre seul à la maison ce soir.

— Tu vas serrer la main du président ? lui demande Mav avant de rire de sa propre blague.

Rhett fait un signe de tête enthousiaste.

— Absolument. J'ai une réunion stratégique avec lui, en gros. On doit planifier tous nos objectifs pour l'année à venir.

— Oh putain.

Dakota secoue la tête et fait un sourire d'excuse à Liam.

— Tu veux toujours faire partie de la bande ? Je ne t'en voudrais pas si tu tirais ta révérence maintenant.

— Il est habitué, réplique Mav. Lui aussi se branlera plus tard. Pas vrai, le beau gosse ?

Liam devient rouge-écarlate.

— Très bien. Commençons la partie.

Il est clair que c'est moi qui vais devoir gérer leur absurdité, comme d'habitude.

Mais ce soir, je me sens aussi ridicule. Ridiculement chanceux, ridiculement heureux et absolument et ridiculement amoureux. Tout est possible. C'est une nuit unique.

ÉPILOGUE

ADAM

Quatre mois plus tard

— Qu'est-ce qu'il y a là-dedans pour que ce soit aussi lourd ? demandé-je à Ginny dans les escaliers en portant un carton jusqu'au nouvel appartement des filles.

Elle emménage avec Reagan et Dakota dans un T4 à l'étage du dessus.

— Je crois que c'est le carton avec la balançoire sexuelle, dit-elle d'un ton nonchalant par-dessus son épaule.

Je me fige et Heath se cogne à mon dos, portant un autre carton.

— Mec, détends-toi, elle plaisante. Je crois, en tout cas, dit-il avant d'élever la voix. Tu nous as acheté une balançoire sexuelle, poupée ?

Ginny rit.

— Qui a besoin d'une balançoire quand tu...

— D'accord, bon, j'en ai assez entendu.

Je tressaille, les oreilles en sang et mon esprit s'imaginant des choses qu'un frère ne devrait jamais s'imaginer au sujet de la vie sexuelle de sa sœur.

Avec autant d'aide, un voyage en Jeep suffit à apporter les affaires de Ginny au deuxième étage. Je suis ensuite libre d'emmener Reagan dans sa nouvelle chambre.

Sa chambre est identique à la mienne, elle aussi possède une baie vitrée qui mène à la terrasse. Elle est ouverte, laissant entrer une brise agréable.

— C'est sympa. Tu as bien avancé depuis ce matin, dis-je en faisant le tour et en inspectant chaque détail.

Des photos sont accrochées au-dessus du lit : elle avec Dakota et Ginny, d'autres avec tout le groupe et beaucoup de nous deux.

— Quand est-ce qu'elle a été prise celle-là ? demandé-je en pointant une photo de nous deux assis côte à côte à une soirée.

Il y a beaucoup de monde autour de nous et nous ne nous prêtons pas attention. C'est la vieille Reagan, celle qui me parlait à peine. Je le distingue à sa posture et son air réservé. Je suppose que c'est aussi le vieux Adam parce qu'il est impossible que je m'asseye à côté d'elle maintenant, réservée ou pas, sans la remarquer.

Elle rit.

— Je l'ai trouvée dans les photos de Ginny. C'est un cliché de nous sans vraiment l'être. Tu vois Heath dans le coin ? Je suis quasiment sûre qu'elle essayait de le prendre en photo en cachette, mais, à la place, elle m'a fait paniquer parce que j'étais assise à côté de toi.

Je prends son visage dans mes mains et l'embrasse. Je déteste ne pas pouvoir passer toutes mes journées à l'embrasser et à me rattraper pour toutes les occasions manquées.

— Aïe. Il va falloir que je m'y habitue.

Elle tire sur ma barbe.

— Je suis diplômé maintenant. Je dois avoir l'air mature et sage.

Elle me gratte la joue avec ses ongles. Bon sang, ça fait du bien.

Je grogne et m'écarte.

— J'ai une réunion avec mon conseiller. On se voit plus tard ?

— On fait une soirée entre filles pour fêter notre nouvel appartement. Vin, malbouffe, *N'oublie jamais* et masques.

Je souris en repensant à leur dernière soirée masques. Mon adorable lama.

— Je pourrai m'incruster à nouveau ?

— Quand tu veux.

Elle fait glisser ses mains sur mon ventre.

— Mais peut-être pas avant minuit. Pourquoi tu ne sortirais pas avec les gars ? Sinon, Heath va se pointer. Ginny et lui sont inséparables. Tu crois que c'est possible qu'ils soient plus amoureux maintenant qu'il y a un an ?

Elle secoue la tête à cette idée.

— C'est fou.

— J'aimerais qu'on soit inséparables, dis-je en l'embrassant à nouveau.

Je ne crois pas qu'un jour, j'en aurai assez. Oui, je crois bien que je serai encore plus fou de Reagan dans un an. Le temps ne semble rien faire d'autre que me prouver à quel point je suis chanceux.

— Quelle est la durée de votre bail ?

— Un an. J'ai mon diplôme en mai prochain, tu te souviens ?

— Oh, je me souviens. Tu vas recevoir ton diplôme et partir à New York ou à Hollywood pour mettre le feu aux planches.

Elle en parlait souvent quand on a commencé à sortir ensemble. Je ne doute pas une seconde qu'elle va le faire. Elle a tellement de talent.

— En fait, j'envisage d'ouvrir un théâtre communautaire. Quelque chose pour les enfants.

Elle baisse les yeux.

— Un endroit où ils pourraient venir après l'école et apprendre à jouer, chanter, danser. Un endroit sûr pour être créatif et stupide.

— Ah oui ?

Je déteste le fait qu'elle avait besoin d'un foyer et ne savait pas toujours où aller quand elle était enfant. Mais j'aime tellement qu'elle veuille faire bouger les choses pour les autres comme elle.

Elle hoche la tête.

— Est-ce que ça semble fou ? Je ne l'ai encore dit à personne, mais depuis que la maison a été vendue, j'ai assez d'argent pour rembourser mes prêts étudiants et même un peu plus.

— Ce n'est pas fou du tout. La scène ne te manquerait pas ?

— Je ne sais pas trop. Je pourrais toujours me produire sur des scènes locales si c'est le cas. Je ne me soucie pas vraiment de la taille du public.

— Tu es vraiment incroyable. Tu le sais ça ?

Son sourire me frappe en pleine poitrine.

— Je le sais.

— Emménage avec moi.

— Quoi ?

Son visage pâlit.

— Mais on vient de signer le bail. Ginny et Dakota avaient tellement hâte qu'on vive toutes les trois, ensemble.

— Pas cette année.

Bien que l'idée de vivre tout le temps avec elle semble assez géniale.

— Après ton diplôme. Reste à Valley et emménage avec moi. On trouvera comment ouvrir ton théâtre ensemble.

— Je devrai probablement acquérir de l'expérience d'abord. Je ne sais pas comment enseigner à des enfants.

— Tu peux faire ça ici ? demandé-je avec espoir.

— Tu es sérieux ?

— Complètement.

Son sourire s'étire lentement, mais, très vite, elle sourit jusqu'aux oreilles, ses fossettes illuminant son visage.

— Tu veux qu'on vive ensemble ?

— Mhmm.

— Et si tu changes d'avis ? Un an, c'est dans longtemps.

— Je ne vais pas changer d'avis, mais si tu veux y réfléchir ou décider plus tard, ça me va.

Elle bondit.

— Je n'ai pas besoin d'y réfléchir. Oui ! Oui ! Oui, à tout ça !

Elle saute dans mes bras et se jette sur ma bouche. J'accueille son invasion. J'oublie mon rendez-vous. Que puis-je dire ? Je suis sacrément amoureux.

Ses doigts se glissent dans mes cheveux, tenant ma tête en place. Je la fais reculer pour la plaquer contre le mur. Quand son dos heurte la vitre, j'ajuste ma prise et glisse les mains sous son t-shirt. Je plonge ensuite en avant, je l'embrasse, savoure chaque caresse de sa langue et me délecte de ses petites morsures à ma lèvre inférieure.

Elle s'affaire sur le bouton de mon jean et nous nous déplaçons pour essayer de retirer nos vêtements, les bouches toujours jointes. Ce n'est pas facile. Nous glissons le long de la baie vitrée en tâtonnant et en nous frottant l'un à l'autre. Je la soulève et échange nos positions afin de m'appuyer contre la baie vitrée, juste le temps de la déshabiller, mais je me retrouve devant la fenêtre ouverte et, trop tard, je tombe en arrière.

— Oh merde, crié-je en sachant que je vais m'écraser au sol.

Je m'accroche fort à Reagan afin que ce soit moi qui prends le plus gros du choc.

Mon coccyx cogne en premier, puis mon épaule et ma tête. La terrasse en bois est trop rigide et je grogne quand mes poumons se vident de tout leur air.

— Ça va ? demandé-je.

La douleur transperce mes fesses et je crois qu'un de mes organes est touché.

Heath débarque en courant en entendant le vacarme.

— C'est quoi ce bordel ?

Il paraît inquiet au début, mais ensuite, il s'écroule de rire en nous voyant étalés sur la terrasse.

Mon pantalon est baissé au niveau des chevilles et Reagan n'a pas de haut.

Je ne lui réponds pas parce que je ne sais toujours pas si Reagan va bien. Je lève la tête. Oui, je vais vraiment avoir une bosse à l'arrière de la tête, mais c'est le cadet de mes soucis. Reagan est recroquevillée au-dessus de moi, le visage blotti sous mon bras. Son dos tremble et je me fige. Oh merde.

— Reagan, bébé.

Je lève son menton. Des larmes coulent sur son visage, mais ses lèvres sont recourbées. Elle tremble à cause de son fou rire.

— Oh mon dieu, et toi ça va ?

C'est tout ce qu'elle parvient à dire avant de se remettre à rire.

— Et c'est nous qui sommes fous ? dit Ginny à côté de Heath, tout sourire devant la scène qui se déroule sous ses yeux.

— Oui, oui. Content qu'on trouve tous ça drôle. Oh putain, je vais avoir un bleu, râlé-je en me massant les fesses. Je vais devoir voir avec le coach si je peux emprunter des protections au prochain match.

Reagan essaie de faire la moue, mais elle n'arrive pas à s'arrêter de rire.

— Je suis désolée.

Je remonte mon pantalon. Me pencher me fait mal, mais je suis distrait par les seins de Reagan parce qu'elle ne porte toujours rien en haut. Ça ne semble pas la déranger, mais je retire mon t-shirt et le passe par-dessus sa tête pour cacher sa poitrine des regards indiscrets. Juste à temps, car Mav, Rhett et Dakota sortent sur la terrasse.

— Super. Merveilleux. Profitons tous ensemble de ce moment.

Bon sang, ça fait mal de parler.

Ils sont morts de rire face à la situation.

— Je parie que tu aimerais avoir une balançoire sexuelle maintenant, dit Ginny.

Elle pousse les gars à l'intérieur, laissant Reagan et moi seuls.

Reagan saute sur ses pieds, l'air bien plus alerte que je m'en sens capable.

— Viens, mon grand.

Elle prend mes deux mains et m'aide à me relever. Elle me conduit à l'intérieur jusqu'à son lit et, dès qu'elle recommence à m'embrasser, la douleur disparaît comme par magie.

Tout à coup, elle se remet à rire. Ses yeux bruns pétillent et s'adoucissent.

— Je n'arrive pas à croire ce qui vient de se passer. Tu vas bien, vraiment ?

— Je n'ai jamais été aussi bien.

C'est la fichue vérité.

ÉPILOGUE

REAGAN

Deux ans plus tard

CANCER, *aujourd'hui est le début d'un truc énorme !*

Le *Théâtre pour enfants* de Valley termine la saison estivale par une pièce sur *Alice au pays des merveilles*. Adam est au premier rang en train d'applaudir et de sourire tandis que les enfants saluent. Je l'observe depuis les coulisses, le cœur gros devant sa façon de les regarder. Il est si fier d'eux, il a bien raison. Avec la quantité de discussions et mon obsession pour mon premier poste d'assistant-metteur en scène, il connaît probablement ces enfants et leurs problèmes aussi bien que moi.

Quand le metteur en scène, monsieur Martinez, me demande de venir sur scène, Adam se lève en même temps que le public. Je salue de la main, pas encore très à l'aise dans ce rôle. Nous saluons tous une dernière fois avant que le rideau se baisse.

Je dois aller voir les enfants en coulisses, m'assurer qu'ils se changent et qu'ils retrouvent leurs parents avant de retrouver

Adam. Il est appuyé contre le mur, une douzaine de roses à la main.

— Joyeux anniversaire, bébé, dit-il en m'embrassant et en me prenant dans ses bras. Félicitations. Ils ont été super.

— Merci.

Je lève les roses et les sens.

— À part le Lapin blanc qui a oublié sa montre en coulisses lors de la première scène, ça s'est plutôt bien passé.

— Le gamin a eu l'air paniqué pendant une seconde, dit Adam avec un sourire. J'étais prêt à lui donner ma propre montre, mais il s'est adapté. Il s'en est bien sorti. Et toi aussi.

Nous sortons du théâtre et commençons à marcher vers la maison, main dans la main.

— Maintenant, je peux rattraper mon sommeil, lire un livre ou deux, peut-être réorganiser le dressing et faire une manucure, dis-je en m'appuyant contre lui. Je ne quitte pas la maison de la semaine.

Le théâtre ferme deux semaines avant la saison automnale. Je suis contente de ces vacances d'été tardives pour me détendre et me consacrer à la maison que j'ai négligée ce mois-ci.

— Tu pourrais faire ça, ou tu pourrais ignorer toutes tes responsabilités et me laisser t'emmener en vacances quelque part.

— Il faut qu'on parte en week-end pour fêter mon anniversaire, insisté-je.

L'année dernière, il m'a offert un cadeau chaque heure de la journée. Je trouve ça mignon qu'il veuille me chouchouter pour mon anniversaire, comme s'il essayait de rattraper la négligence de la femme qui m'a mise au monde. Mais ce n'est pas du tout nécessaire. L'amour d'Adam se perçoit tous les jours, dans un million de petites actions différentes, apparemment insignifiantes, qui signifient tout pour moi. Je ne pourrais pas rêver mieux.

— Pas seulement pour ton anniversaire.

Il réprime un sourire. J'étudie son visage.

— Oh mon dieu. Tu as eu les résultats de tes examens ?

Il hoche la tête.

— Deux cent quarante-huit.

— Adam, c'est incroyable !

Je l'enlace. Il était très stressé par les résultats de son test de niveau un. Janine et lui ont passé des mois à étudier pour ça. L'école de médecine n'est pas pour les âmes sensibles.

— Janine a eu les siens ?

— Oui.

— Et ?

Il lève les yeux au ciel.

— Deux cent cinquante.

— Oh, elle ne te laissera jamais oublier ça.

— Sans blague. Elle n'arrête pas de m'envoyer des GIF et des memes de médailles d'argent.

— Ah, quelle journée incroyable ! Tu le savais déjà ce matin vu l'horoscope que tu m'as envoyé ?

Il me l'envoie toujours tous les matins et c'est mon moment préféré de la journée. Parfois, c'est un mot stupide, gentil ou torride, mais ça me fait toujours sourire.

— Non, euh, en fait, je ne savais pas.

— Ça doit être le destin.

Je pose la tête sur son bras tandis que nous remontons l'allée qui mène à notre maison. Ce n'est qu'une location, à mi-chemin entre le campus et le théâtre. On peut se rendre à pied aux deux et j'adore ça.

Mon téléphone sonne dans ma poche et je le sors.

— C'est Dakota. Elle veut probablement s'assurer que je n'ai pas raté mon premier boulot d'assistante. J'ai menacé de manger tout le stand de glace si je foirais. Je devrais lui répondre et lui faire savoir que j'ai survécu.

Il s'empare de mon portable et le range dans sa poche arrière. Il me prend ensuite les mains.

— Elle rappellera. Nous devons célébrer ce moment à nous.

Sa bouche s'abat sur la mienne. Je me hisse sur mes orteils pour emmêler mes doigts dans ses cheveux. Il rompt le baiser et pose son front contre le mien. Ces magnifiques yeux noisette me transpercent. Je crois bien que jamais je ne regarderai cet homme sans avoir l'impression que le monde s'arrête.

— J'ai failli oublier de te donner ta carte d'anniversaire.

Il récupère un papier rouge dans la poche arrière de son pantalon.

— C'est toi qui l'as fait ? demandé-je en le prenant.

Le papier est parfaitement découpé en forme de cœur.

Il sourit alors que je le déplie.

Reagan,
Mon cœur t'appartient. Veux-tu m'épouser ?
Adam

Les mots s'engouffrent lentement dans mon esprit. Je le lis deux fois, les larmes brouillant ma vision.

— Je t'aime. Je veux que tu sois ma femme. Je veux t'envoyer ton horoscope tous les jours pour le reste de ma vie et fêter ton anniversaire en grande pompe chaque année. Je serai dans le public chaque fois que tu seras sur scène, que ce soit pour jouer ou pour diriger. Je t'encouragerai ou t'attendrai avec un pot de glace. Je veux tout ça. Épouse-moi, Reagan, tu veux bien ?

Il sort l'écrin de la bague dans sa poche et pose un genou à terre. C'est un vrai conte de fées... non, c'est tout droit sorti de mes rêves.

— Oui. Oh, mon dieu, oui !

Il glisse la bague à mon doigt. Je jette les roses par terre, saute dans ses bras et l'embrasse de tout mon être. Il nous fait tourner en riant dans ma bouche. Mon cœur est si gonflé et comblé grâce à cet homme. Ces deux dernières années ont été les plus belles de toute ma vie. Et maintenant, il m'en promet d'autres.

Mon téléphone sonne à nouveau. La sonnerie commence doucement, puis se fait plus forte.

— Elle rappellera, dis-je en sachant que c'est encore Dakota.

J'ai un peu exagéré ce matin en l'appelant, complètement paniquée pour ce soir, donc je sais qu'elle continuera à m'appeler jusqu'à ce qu'elle sache que je vais bien.

Adam me repose par terre et me tend mon téléphone.

— Réponds. Elle souhaite te féliciter.

Il sourit et m'embrasse sur le front.

Je comprends qu'elle savait déjà qu'il allait faire sa demande ce soir.

Aujourd'hui est le début d'un truc énorme !

Bien sûr, elle est au courant parce qu'Adam pense à tout. S'il devait demander à quelqu'un la permission de m'épouser, ce serait elle. C'est ma famille.

Lui aussi, à présent.

ÉPILOGUE
REAGAN

Quatre ans plus tôt

CANCER, *gardez les yeux ouverts ! Quelque chose de sympa va vous arriver.*

— Je n'arrive pas à y croire ! Notre propre maison !

Je dépose le premier carton dans le salon vide.

Dakota se fait une queue de cheval et s'évente.

— J'aurais dû attendre d'avoir emménagé pour rompre avec Miller. J'aurais bien besoin d'un coup de main pour porter tout ça.

— Qui a besoin de mecs ?

Je suis trop excitée pour me soucier de la sueur qui coule dans mon dos.

— Il ne reste qu'un carton. Je vais le chercher.

Je sors récupérer le carton dans le coffre de la voiture de Dakota. Il fait si chaud. Je suis épuisée, les bras tremblant à force de monter nos affaires, mais rien ne gâchera cette journée. Pour la première fois de ma vie, je vis dans un endroit que j'ai choisi. Rien d'autre que de bonnes choses à venir.

Je manœuvre maladroitement et referme le coffre avec un pied en tenant bien le carton. Quand il se referme en claquant, je soupire de soulagement. J'ai réussi ! Waouh. Je devrais peut-être me remettre au sport parce que je me sens faible.

Tout à coup, je l'aperçois. Il est en train de descendre d'une Jeep noire. Le t-shirt blanc qu'il porte s'agrippe à son corps comme Rose s'agrippe à la porte dans *Titanic*. Bon sang de bonsoir.

Mon pouls s'accélère lorsque son regard se pose lentement sur moi. Un petit sourire s'étire au coin de sa bouche et il agite la main pour me saluer. Je regarde autour de moi pour m'assurer que c'est à moi qu'il dit bonjour. Je ne comprends pas. Pourquoi me salue-t-il ? Sûrement parce que je le fixe. Mais je n'arrive pas à détourner les yeux.

Trois ans après la guerre, je le salue maladroitement en retour, levant précautionneusement les doigts du carton. Il se dirige vers moi et j'ai l'impression d'être dans un rêve.

— Salut.

Il incline la tête. Il est encore plus beau de près. Des cheveux blond couleur sable qui lui arrivent aux oreilles, des yeux noisette et l'ombre d'un sourire à la fois prétentieux et sincère.

— Tu veux un coup de main ?

— Avec quoi ?

Je le fixe bêtement.

Il rit doucement et putain, ce son... je le sens jusque dans mes doigts de pied. Il s'avance et je retiens mon souffle quand ses mains effleurent les miennes. Il s'empare du carton et recule.

— Ah oui. Merci.

Je repousse une mèche de cheveux derrière mon oreille. Remplir mes poumons n'a jamais semblé aussi compliqué.

— Emménagement ? Tu étais en cité U ?

— Oui. Et toi ? Je veux dire, tu vis aussi ici ?

— Oui. Tu me montres le chemin ? dit-il en tendant le menton.

Je suis toute transpirante et je ne pense pas que c'est à cause du soleil brûlant niché bien haut en cette fin d'après-midi. Marcher semble un grand exploit en me dirigeant vers mon nouvel appartement. C'est un grand lotissement et tous les immeubles se ressemblent. Je parcours les numéros des yeux, jusqu'à ce que je trouve le mien. Je parviens ensuite à nous faire monter les escaliers sans trébucher.

— Tu vis ici ? demande-t-il en fixant la seule porte derrière moi.

— Euh... oui.

Je vérifie deux fois le numéro pour être sûre.

Il prend le carton dans une seule main et désigne du pouce la porte derrière lui.

— Je vis juste là. On est voisins.

— Pas possible.

Mon cœur bat la chamade.

— Je m'appelle Adam, au fait.

— Reagan.

Il sourit.

— C'est génial. Je t'inviterais bien pour que tu rencontres les gars, mais on a entraînement dans trente minutes.

— Entraînement ?

— De hockey.

Aussi connu comme mon sport préféré. Qu'est-ce que je ne donnerais pas pour le voir plaquer quelqu'un contre la rambarde. Mon intimité se contracte. Waouh. Bon, d'accord, c'est peut-être moi que je viens d'imaginer, plaquée contre un mur par ce type. N'importe quel mur fera l'affaire.

— On fait une fête chez nous ce soir. Tu devrais venir.

— J'aimerais bien.

— T'as un rencard ? demande-t-il.

Je n'ai jamais autant regretté d'avoir des projets de toute ma vie.

— J'ai compris. Bien sûr. C'est logique.

— Une autre fois. Tu pourras rencontrer ma coloc Dakota, aussi.

— J'ai hâte.

Il me rend le carton et se retourne pour m'ouvrir la porte.

— Je suppose qu'on se verra souvent.

Il regarde par-dessus son épaule une dernière fois avant d'entrer dans son appartement en face du nôtre.

Je lâche une longue expiration, entre et pose le carton par terre.

— Ah, super, j'espère qu'il y a du papier toilette à l'intérieur.

Dakota soulève les rabats et fouille à l'intérieur, jusqu'à ce qu'elle trouve des affaires de toilettes.

Je fixe la porte.

— Reagan ? Allô ? Ça va ? T'as eu un coup de chaud ? J'ai allumé la clim, mais il va falloir attendre quelques minutes pour que ça se rafraîchisse. Quarante-trois degrés. Ouf.

Elle continue encore et encore, et je suis toujours debout, à fixer l'appartement de mon nouveau voisin sexy, un peu abasourdi.

— Rea ? Tu peux fermer la porte ? Sinon, la clim ne sert pas à grand-chose.

— Désolée.

Je secoue la tête.

— Assieds-toi et souffle. Je m'en occupe.

Je brûle de l'intérieur. Bon sang. Mon cœur bat la chamade et je n'arrive pas à reprendre mon souffle.

— Rea ? Tu me fais peur.

Dakota s'avance vers moi et pose les mains sur mes épaules.

— Il s'est passé quelque chose ?

Je hoche la tête.

— Je dois botter le cul de qui ?

Elle jette un coup d'œil à la porte, puis à moi.

J'ouvre la bouche, mais ne trouve pas les mots.

Elle me secoue les épaules.

— Je dois appeler les flics ou sortir mon cran d'arrêt ? À quel genre de situation avons-nous affaire ?

J'atterris enfin sur terre.

— Tu as un cran d'arrêt ?

— Concentre-toi, m'ordonne-t-elle en me secouant légèrement.

— Je vais bien. Ne poignarde personne et n'appelle surtout pas les flics.

J'écarte mon t-shirt de ma poitrine. De la sueur coule entre mes seins.

— J'ai eu une peur bleue. T'as eu un coup de chaud ou quoi ?

— Non. J'ai rencontré un garçon. Un garçon très mignon.

— Déjà ?

Elle jette un coup d'œil à la porte encore ouverte, s'en approche et regarde dehors.

— Personne. Je ne vois personne. Eh oh, les garçons sexy ! Où êtes-vous ? crie-t-elle, la main en haut-parleur.

Je la tire à l'intérieur et ferme la porte.

— Chut. Oh, mon dieu, tais-toi. Les voisins vont croire qu'on est folles.

— Je te jure, où que tu ailles, des mecs sexy apparaissent devant toi. Pouf ! Les gens sexy attirent les gens sexy ou quoi ?

— Je t'en prie, tu es sexy aussi.

— Oui, ça va. Tu pourrais faire la couverture d'un foutu magazine. Même en sueur, dit-elle en me contemplant. C'est vraiment pas juste.

— Je n'ai pas ton tempérament de gagnante, par contre, dis-je sur un ton sarcastique.

Elle sourit.

— C'est vrai. Alors, parle-moi de ce garçon. Il est assez sexy pour que tu l'invites à baptiser ta nouvelle chambre ou juste un peu sexy pour espérer retomber sur lui ?

— Aucun des deux.

Elle fronce les sourcils.

Il n'y a pas de mots pour décrire l'homme à qui je viens de parler. J'ai de nouveau chaud rien qu'en sachant qu'il se trouve à quelques mètres, peut-être nu. Il a dit qu'il avait entraînement. Est-il en train de se changer ?

— J'ai besoin de détails, m'ordonne sèchement Dakota.

— Il est encore plus sexy que ça. Tellement sexy que je crois bien avoir trouvé l'homme de ma vie.

PLAYLIST

« Crush » par Tessa Violet

« Stuck in the Middle » par Tai Verdes

« Play Date » par Melanie Martinez

« Righteous » par Juice WRLD

« Supalonely » par BENEE feat. Gus Dapperton

« Dropout » par OMB Bloodbath feat. Maxo Kream

« Dear Society » par Madison Beer

« Like This » par 2KBABY feat. Marshmello

« I'm Ready » par Sam Smith feat. Demi Lovato

« Rooting For You » par Alessia Cara

« Superpower » par Adam Lambert

« Satellite » par Lena

« Remember Me » par Dove Cameron feat. BIA

« Queen of Broken Hearts » par blackbear

« Your Body » par Christina Aguilera

« Drinks » par Cyn

« Oh My God » par Alec Benjamin

« Bad Boy » par Juice WRLD feat. Young Thug

« So Pretty » par Reyanna Maria

« Boyshit » par Madison Beer

« Side Effects » par Carlie Hanson
« Holiday » par Lil Nas X
« Stupid » par Tate McRae
« Alone In My Car » par Niki Demar
« Fuck My Friends » par Eddie Benjamin
« If I Hated You » par Fletcher
« Break My Heart » par Dua Lipa
« Crush » par Jennifer Paige

Les Nuits Du Campus

Tendre Passion

Plaisir Coupable

Série Smart Jocks

Passe décisive

Droit au but

Un entre-deux

La Feinte